ALBERTO VÁZQUEZ-FIGUEROA

Bora Bora

Buch

Tapú Tetuanúi, ein junger Bewohner der Südseeinsel Bora Bora, steht kurz vor seiner Aufnahme in die Gemeinschaft der Männer, als seine Heimat von Kannibalen unter der Führung des berüchtigten Königs Oktar überfallen wird. Die Angreifer töten den König von Bora Bora und entführen seine Tochter und Thronerbin Anuanúa. Zur Befreiung der Prinzessin läßt der »Große Seefahrer« Miti Matái, der als einziger des Stammes die Weltmeere befahren und wieder zurückgefunden hat, einen großen Katamaran bauen und stellt eine Truppe zusammen, der auch Tapú angehört. Die Expedition ist eine Fahrt ins Ungewisse, die allen Teilnehmern das Äußerste abverlangt.

Bei der Suche nach den Entführern haben sie gefährliche Abenteuer zu bestehen, so den Kampf mit einem weißen Hai, der den Katamaran fast zerstört. Sie begegnen einer Gruppe von Spaniern, die auf der Fahrt von Lima an der Westküste von Südamerika nach Manila, der Hauptstadt der Philippinen, auf einer Insel gestrandet sind. Mit Hilfe der Spanier finden die Leute von Bora Bora das Reich Oktars; in einem Überraschungsangriff plündern sie die Insel. Seit dem Überfall auf Bora Bora sind jedoch Jahre vergangen, und die Prinzessin ist Oktars Frau und Königin der Kannibalen geworden ...

Autor

Alberto Vázquez-Figueroa, 1936 in Santa Cruz de Tenerife geboren, verbrachte einen großen Teil seiner Kindheits- und Jugendjahre in Marokko. Nach seinem Studium in Madrid arbeitete er als Auslandskorrespondent in Afrika und Südamerika. Er lebt heute in Spanien. Von seinen Romanen liegen neben »Bora Bora« folgende als Goldmann-Taschenbücher vor:

Ébano (9181) · Die Kinder von Bogotá (42807) · Manaos (8821)
Nacht über Panama (9907) · Tuareg (9141)

Die »Hundertfeuer«-Trilogie: Hundertfeuer (41496)
Santa Maria (42193) · Die Gärten der Königin (41564)

Die »Océano«-Trilogie: Océano (9701) · Yaiza (9922)
Maradentro (41226)

ALBERTO VÁZQUEZ-FIGUEROA

Bora Bora

Roman

Aus dem Spanischen
von Astrid Kail

GOLDMANN

Deutsche Erstveröffentlichung

Titel der Originalausgabe: Bora Bora
Originalverlag: Plaza & Janés Editores, Barcelona

Umwelthinweis
Alle bedruckten Materialien dieses Taschenbuches
sind chlorfrei und umweltschonend.
Das Papier enthält Recycling-Anteile.

Der Goldmann-Verlag
ist ein Unternehmen der Verlagsgruppe Bertelsmann

Genehmigte Taschenbuchausgabe 7/97

Umschlagentwurf: Design Team, München
Umschlagfoto: Tony Stone Bilderwelten
Satz: DTP-Service Apel, Laatzen
Druck: Elsnerdruck, Berlin
Verlagsnummer: 43357
MV · Herstellung: Heidrun Nawrot
Made in Germany
ISBN 3-442-43357-6

1 3 5 7 9 10 8 6 4 2

Der feingeschliffene Kamm aus Schweinezähnen legte sich leicht auf die Haut des Unterarms. Entschlossen holte der alte Mann mit dem kleinen hölzernen Schlagstock aus. Tapú Tetuanúi ballte eine Hand zur Faust und biß sich auf die Lippen. Er wollte zeigen, daß er ein Mann war. Nicht die leiseste Klage, nicht einmal ein Zucken sollte verraten, daß der Schmerz, den er gleich verspüren würde, ihm auch nur im geringsten etwas anhaben konnte.

Der Tätowierer vergewisserte sich, daß jeder Zinken genau auf der sorgfältig angelegten Umrißzeichnung plaziert war. Er schmunzelte innerlich, als er aufsah und den entschlossenen Gesichtsausdruck seines jungen Kunden bemerkte. Schließlich schlug er mit dem Kopfstück des Schlagstocks, dessen langer Griff aus einem Walfischknochen bestand, auf die weißen Kammzähne, gerade so stark, daß diese die Haut durchstachen, aber nicht das Fleisch verletzten.

Von Kindesbeinen an hatte Tapú diesen Augenblick herbeigesehnt. Dennoch überraschte es ihn ein wenig, wie heftig dieser Schmerz war, der ihn an keinen anderen erinnerte, den er jemals empfunden hatte.

Schmerzen traten gewöhnlich unerwartet auf, etwa wenn er gegen einen Gegenstand stieß, wenn er stürzte oder aus Unachtsamkeit beim Fischen in der Lagune auf einen Seeigel trat. Aber zu spüren, wie der Stock herabfiel und sein Nacken sich dabei verkrampfte, war für ihn etwas Neues.

Der Alte blickte ihm in die Augen, und offenbar wußte er im voraus, was er in ihnen lesen würde, denn im nächsten Augenblick zog er den Kamm zurück. In einer großen Muschelschale schwamm eine farbige Flüssigkeit, eine Mischung aus Holzkohle und dem Öl der Tairi-Nuß. Darin tauchte er den Kamm ein und setzte ihn sogleich auf die nächste Linie der Zeichnung.

Tapú fragte sich, ob er diese Prozedur noch länger ertragen konnte. Aber der Tätowierer gab ihm keine Zeit zum Nachdenken und hämmerte erneut auf ihn ein, hob den Kamm, tauchte ihn wieder in die Farbe, um ihn von neuem auf den Arm zu setzen. Dies tat er mit der Routine eines Fachmanns, der seine Arbeit unzählige Male ausgeführt hat und weiß, daß er keine Zeit verlieren darf.

Zuletzt entfernte er mit dem kleinen Stück eines sauberen Korkens die winzigen Blutstropfen, die vereinzelt aus den beinahe unsichtbaren Wunden traten und sich mit der schwarzen Tinte vermischten. Dann murmelte er heiser: »Für heute reicht es.«

»Ich halte es schon noch aus«, wandte Tapú ein.

»Das weiß ich«, erwiderte der andere und begann seine Werkzeuge in einem Palmkörbchen zu verstauen. »Deine Haut ist widerstandsfähig, aber ich muß sichergehen, daß sie gut verheilt und sich nicht entzündet. Komm in fünf Tagen wieder.«

Ein wenig enttäuscht betrachtete der Junge die dunkle Zeichnung auf seinem Unterarm, die kaum größer als ein Daumen war. Er versuchte, den Alten zum Weitermachen zu bewegen.

Aber dieser schnitt ihm das Wort ab. »Ich habe gesagt,

es reicht«, brummte er. »Ich verstehe schließlich was von meinem Handwerk.«

Etwa zweihundert Meter von der Hütte des Tätowierers entfernt setzte sich Tapú auf den sandigen Boden am Strand, und den Ellbogen auf das Knie gestützt, betrachtete er erneut die Stichwunden, die die Schweinezähne ihm zugefügt hatten.

Es war wirklich nicht viel zu sehen, kaum mehr als eine zaghafte Skizze. Doch war die Zeichnung erst einmal fertig, würde sie jedem zu verstehen geben, daß er auf der Insel Bora Bora geboren war, daß er der edlen Familie der Tetuanúi angehörte und fest entschlossen war, niemals der mächtigen Sekte der Ariói oder einem ähnlichen Geheimbund beizutreten.

Tapú würde ein freier und unabhängiger Mann sein, an dessen Unterarm man vielleicht eines Tages ablesen konnte, daß er es zu dem begehrten Rang eines »Kriegsanführers«, eines »Schiffsbaumeisters« oder sogar zum legendären Titel eines »Großen Seefahrers« gebracht hatte.

Es wurde Abend. Von der Insel Rairatea, deren Silhouette sich in einer Entfernung von etwas mehr als zwanzig Kilometern am Horizont abzeichnete, zog eine leichte Brise auf, die die spiegelglatte Wasseroberfläche der riesigen Lagune in Bewegung versetzte. Nachdem Tapú eine Weile einem Fischer zugesehen hatte, der hinter einem Felsen der kleinen Insel Piti-uu-Taí sein Netz auswarf, erhob er sich langsam und trat den Rückweg über den weiten schneeweißen Sandstrand an.

Bald erreichte er Kap Matira, das wie eine Lanze aus dem Meer ragte und den südlichsten Punkt der Insel bildete, und nachdem er eine Landzunge von etwas über hundert Metern Breite überquert hatte, erreichte er den

Strand, der im Windschatten der Passatwinde lag, die während der meisten Zeit des Jahres über Bora Bora hinwegfegten. Er fand es immer wieder erstaunlich, wie unglaublich ruhig das Meer dort war. Vor allem abends verwandelte sich der Ozean an der Westküste von Kap Matira in ein stilles und friedliches Gewässer, in das sich der Gott Taaroa, wie die Überlieferung besagte, gerne zum Nachdenken zurückzog, wenn er mit den Menschen Schwierigkeiten hatte.

Die Oberfläche des smaragdgrünen Meeres war so glatt, daß es aussah, als sei sie gefroren, und wenn nicht von Zeit zu Zeit ein Fisch aus dem Wasser geschnellt wäre und dabei die Oberfläche durchschnitten hätte, so hätte man es für möglich halten können, zu Fuß über das Wasser bis zum Barrierenriff zu gelangen, das von diesem Punkt der Insel nur noch einen knappen Kilometer entfernt war.

Er stieg ins Wasser und setzte sich auf den grobkörnigen Sand. Die Zeit verstrich, am Horizont ging allmählich die Sonne unter, und während er, die Anweisung des Tätowierers befolgend, den einen Arm in die Luft streckte, ließ er es geschehen, das sich »sein Herz mit Heiterkeit füllte«, so wie es sein weiser Lehrmeister, der ehrwürdige Hiro Tavaeárii, ihm geraten hätte.

Da tauchten vor Kap Rofau plötzlich zwei Kanus auf, die geradewegs auf Kap Matira zufuhren. Ihre Umrisse hoben sich scharf gegen die Sonne ab, die mittlerweile den Horizont berührte und die Wolken in rotes Licht tauchte. Obwohl die Insassen der Boote mit unglaublichem Einsatz ruderten, glitten diese lautlos über das Meer, und ohne daß sich dabei Gischt gebildet hätte. Es schien, als käme es bei diesem Bootsrennen nicht darauf an, der erste zu sein, sondern so unauffällig wie möglich zu rudern.

Am südlichsten Punkt der Insel angelangt, machten sie eine Kehrtwendung. Jetzt ließen sich auch Stimmen und Gelächter vernehmen. Tapú glaubte, unter ihnen die rauhe Stimme seines Freundes Chimé zu erkennen. Er trug den Beinamen »Gigant von Farépiti«, da es bislang niemand gelungen war, ihn im Nahkampf oder bei einem Bootsrennen zu besiegen.

Als die Kanus wieder hinter Kap Rofau verschwanden und die Sonne sich mit einem letzten Strahl endgültig verabschiedete, stieg Tapú aus dem Wasser und machte sich auf den Weg zum Haus der schönen Maiana.

Er zog es vor, bei Dunkelheit zu ihr zu gehen, um das Mädchen nicht seine frische Tätowierung sehen zu lassen. So wie sie augenblicklich aussah, würde Maiana ihn wegen des lächerlichen Flecks auf seinem Arm nur auslachen, war sie es doch gewohnt, mit Dutzenden von Männern zu schlafen, die von Kopf bis Fuß mit eindrucksvollen Zeichnungen bedeckt waren.

Erneut stellte er sich die Frage, ob die bezaubernde Maiana eines Tages seinen Heiratsantrag annehmen würde, wobei er sich an ihre Antwort erinnerte, als er ihn zum ersten Mal ausgesprochen hatte.

»Was soll ich dazu sagen, wenn ich noch nicht mit allen alleinstehenden Männern auf dieser Insel zusammen war?« hatte sie mit ihrem unwiderstehlichen Lächeln gehaucht. »Du verwöhnst mich sehr, doch bevor ich mich entscheide, muß ich herausfinden, ob es nicht einen gibt, der mir mehr zusagt.«

Tapú erfüllte es mit Stolz, daß die Frau, die er begehrte, bei Männern so erfolgreich war. Die Mehrzahl der heiratswilligen Insulaner standen Schlange, um einmal mit ihr schlafen zu dürfen, was eindeutig bewies, daß sie wirklich ein reizendes Geschöpf war. Doch manchmal, wenn er sah, wie sie in Begleitung eines ihrer vielen Verehrer, die sie zu ihrer Frau haben wollten, im Dickicht verschwand, empfand er einen bitteren Geschmack im Mund und tiefe Trauer.

»Das ist dumme Eifersucht«, hatte ihm sein Lehrmeister, der ehrwürdige Hiro Tavaeárii, vorgeworfen. »Solch ein Gefühl ist eines Mannes deines Alters unwürdig. Maiana hat das Recht, ihr Glück zu suchen und ihren Partner selbst zu bestimmen, wie auch du deine Partnerin selbst auswählen kannst. Erst wenn man sich dazu entschließt, eine Familie zu gründen, ist man verpflichtet, dem Partner bis zum Tode treu zu sein, aber bis zum Hochzeitstag ist jeder Herr über seinen eigenen Körper.«

»Aber ich liebe sie doch«, klagte Tapú.

»Na und, verpflichtet sie das etwa, dich ebenfalls zu lieben?« war die Antwort. »Du hast einfach zu schnell herausgefunden, daß du Maiana mehr begehrst als jedes andere Mädchen, aber das gibt dir noch nicht das Recht, von ihr zu verlangen, daß sie sich ebenso schnell entscheidet. Betrachte einmal deinen Penis, wenn er erregt ist: Er steht aufrecht, ist fest und glänzt. Betrachte dann einmal das Geschlecht einer Frau: Es ist dunkel, tief und voller Windungen.« Er legte ihm liebevoll die Hand auf den Kopf. »Genauso verhält es sich mit ihren Gefühlen: Sie sind viel verwickelter, und es dauert viel länger, ihre Geheimnisse zu ergründen. Aber wenn sie einmal ihre Entscheidung getroffen hat, so ist es gewöhnlich die richtige.«

»Und was soll ich nun tun?«

»Abwarten.«

»Aber wie soll ich gegenüber solchen Rivalen wie dem starken Chimé bestehen oder gegenüber dem mutigen Vetéa Pitó, der inzwischen einer der besten Taucher des ganzen Archipels ist?«

»Wenn deine ganze Angst die ist, daß Maiana sich nur von einem riesigen Penis oder einer großen Perle angezogen fühlt, so bedeutet das, mein Sohn, daß du dich für die falsche Frau entschieden hast. Und in diesem Fall ist es das Beste, wenn sie deinen Antrag ablehnt. Liebe, aus der Kinder hervorgehen und die ein Leben lang hält, muß erhaben sein über die Größe eines Glieds oder den Durchmesser einer Perle.«

Wenn er auf der Veranda der Hütte seines Lehrers auf der Matte saß, vermochte Tapú meist die Weisheit anzuerkennen, die seine Lehren enthielten, und in der Regel nahm er die Ratschläge dankbar an. Aber wenn er sich wie jetzt so nahe am Haus seiner Geliebten befand, daß er fast den Duft ihrer Haut einatmen konnte und sein ganzer Körper bei der Vorstellung, sie zu streicheln und in sie einzudringen, vor Erregung vibrierte, dann wußte er, daß dieses »unwürdige Gefühl« sich bereits seiner Seele bemächtigt hatte und er am liebsten demjenigen, der in solchen Augenblicken Maianas Körper genoß, mit einem großen Stein den Schädel eingeschlagen hätte.

Und tatsächlich: Dort lagen sie stöhnend und flüsternd, lachend und einander liebkosend, genau an der Stelle, an die sie ihn immer führte, unter einem buschigen Purau-Baum mit gekrümmten Ästen, wenige Schritte vom warmen Meer entfernt. Dort würden sie später baden, und oft gefiel es ihr, wenn ein feuriger Liebhaber sie auch im Meer noch einmal nahm.

Wer war dieser Mann?

Sogleich schämte er sich dieser abscheulichen Frage. Schon die Tatsache, daß er sich halb hinter einer Palme versteckte und heimlich das Treiben eines Liebespaares beobachtete, empfand er als abstoßend.

Er kehrte um und entfernte sich von dem Gelächter und Geflüster. Und um nicht noch einmal an der Stelle vorbeikommen zu müssen, wo die beiden sich einander hingaben, machte er einen Umweg über den Berghang.

Zum Glück wurde es Nacht, als er den höchsten Punkt von Kap Rofau erreichte. Am Himmel zeigten sich die ersten Sterne.

Dies war für jeden jungen Polynesier, der es im Leben zu etwas bringen wollte, der richtige Zeitpunkt, sich für einige Stunden an einem ungestörten Platz dem Studium der Sterne zu widmen und sich während ihrer Wanderung über das schwarze Himmelsgewölbe ihren jeweiligen Standort genau einzuprägen.

Kaum hatte er es sich auf dem Gipfel des Berges bequem gemacht, erstrahlten über Tapús Kopf Hunderte von Sternen. Tapú hatte gelernt, die großen Einzelsterne ebenso wie die Sternbilder, die sich jede Nacht über dem klaren Himmel seiner Insel zeigten, voneinander zu unterscheiden. Er war überzeugt davon, daß er eines Tages, wenn er sich ausreichend damit befaßt hatte, ihren Standort am Himmel je nach Monat, Tag und Stunde würde deuten können.

Erst danach konnte er sich um den Posten eines »Großen Seefahrers« bemühen. Dann brauchte Maiana keine Bedenken mehr zu haben, ihn unter all ihren Freiern auszuwählen.

Ein König bestieg seinen Thron aufgrund der Erbfolge, ein Weiser gelangte durch das Studium zu Wissen, und der Starke war stark durch den Willen der Natur. Doch ein »Großer Seefahrer« war mehr als ein König, ein Weiser oder ein Riese. Denn in einer Welt aus weiten Wasserflächen, über die verstreut kleine Inseln lagen, mußte, wer es nicht zum Herrscher über diese Wasser brachte, sich damit zufriedengeben, Weiser unter Dummen, Riese unter Zwergen oder König auf einer Felsenklippe zu sein.

Für Tapú gab es, ebenso wie für die meisten der jungen Männer seines Alters und seiner Welt, keinen Menschen, dessen Ruhm sich mit dem des legendären Miti Matái hätte messen lassen. Seinen klangvollen Beinamen, der so viel bedeutete wie »Stürmische See« oder »Wind des Meeres«, hatte er sich dadurch erworben, daß er als einziger eine Expedition überlebt hatte, die dreiundzwanzig Jahre zuvor in Richtung Süden aufgebrochen war. Von heftigen Stürmen wurde das Schiff weit fortgerissen und an einer Stelle an Land gespült, an der das Wasser zu riesigen weißen Inseln aus Eis gefroren war.

Alle seine Gefährten waren bei der Fahrt umgekommen, aber Miti Matái war es gelungen, dem Hunger, der Kälte und den Sturmwinden zu trotzen. Er nahm erneut Kurs in Richtung Norden und entdeckte nach siebentausend Kilometern in der unendlichen Weite des Ozeans viele Inseln. Er trug bereits zu jener Zeit und trotz seines vergleichsweise jugendlichen Alters den Titel des »Großen Seefahrers«.

Mittlerweile war es finster geworden, und die Sterne traten in ihrem vollen Glanz hervor, da es bereits Anfang Oktober und die Luft noch klarer als gewöhnlich war.

Tapú hatte viele Monate lang warten müssen, bis endlich der heißersehnte Oktober nahte und der Tätowierer sich dazu bereit erklärte, die Bearbeitung von Tapús Körper vorzunehmen. Die guten Tätowierer empfingen nämlich nur von Oktober bis Januar Kunden, weil sich die Stichwunden zu dieser Jahreszeit weitaus seltener entzündeten.

»Es ist wegen der Fliegen«, hatte Hiro Tavaeárii seinem Schützling erklärt. »Sie setzen sich auf die Einstichstelle, legen dort ihre Eier ab und infizieren dabei die Wunde. Deshalb ist der richtige Zeitpunkt des Tätowierens ab Oktober, wenn die Regenzeit beginnt und es fast keine Fliegen oder Mücken mehr gibt.« Er hatte ihn liebevoll am Ohr gezupft. »Also hab Geduld! Alles zu seiner Zeit.«

Tapú hatte lange Geduld gehabt. Über ein halbes Jahr hatte er dem Tätowierer die besten Fische der Lagune und die schönsten Früchte aus dem Garten seiner Mutter gebracht, in der Hoffnung, daß er, wenn es endlich Oktober würde, seine Brust mit prächtigen Tätowierungen schmücken würde, die Maianas Bewunderung fänden und in ihr ungeahnte Wünsche weckten.

Er fühlte sich unglücklich und suchte daher Trost bei den Sternen. Aufgrund der Stunde berechnete er, daß in Kürze am Horizont das Sternbild des Krebses erscheinen würde, genau drei Grad nördlich von Tahaa, der Schwesterinsel von Rairatea, die man in der Entfernung gerade noch ahnen konnte. Zuerst würden die beiden kleinen Sterne zum Vorschein kommen, die die Spitze der Krebsschere bildeten, gefolgt von einem leuchtenden Sternhaufen. Vor vielen Jahrhunderten hatte jemand festgelegt, daß darin die Silhouette eines Krebses zu erkennen sei.

Geduldig wartete er darauf, daß in Kürze der »Angelhaken von Maui« an der Stelle erschien, auf die er seinen Blick gerichtet hielt. Doch das, was da auf einmal wie aus dem Nichts auftauchte, war eine dunkle und bedrohlich wirkende Gestalt, die wie ein Schatten aus einer anderen Welt näherkam, denn weder das Geräusch von Schritten oder knackenden Ästen noch das leiseste Rascheln eines Blattes kündigte sie an.

»Chimé?« hauchte Tapú. »Bist du es, Chimé?«

Ein mürrisches Knurren war die Antwort. Wortlos tat die riesenhafte Gestalt einen Satz nach vorne und schwang dabei eine schwere Keule. Sie schleuderte sie auf den erschrockenen Jungen, der gerade noch zur Seite sprang.

Tapú war weder besonders groß noch besonders kräftig, aber er bewegte sich so flink wie ein Fisch im Wasser. Er richtete sich blitzschnell auf, noch bevor sein unbekannter Angreifer Zeit hatte, eine zweite Attacke zu versuchen.

Sie beobachteten einander im Licht der Sterne. Der Angreifer hatte gegenüber seinem unbewaffneten Rivalen alle Vorteile auf seiner Seite, nicht nur die Körpergröße.

Tapú wurde dies schlagartig klar. Trotz der Furcht, die seine Knie erzittern ließ und ihm die Kehle zuschnürte, bewahrte er, so gut es ging, einen kühlen Kopf. So wartete er geduckt den zweiten Angriff ab, wich ihm erneut aus und rannte über den schmalen Pfad den Berg hinunter.

Der Koloß folgte ihm auf dem Fuß und stieß erneut ein Knurren aus. Die Furcht verlieh dem Jungen, der um sein Leben rannte, Flügel. Ihm war bewußt, daß er sich nur durch Schnelligkeit retten konnte. Doch auch wenn er diese Gegend sehr gut kannte, war es ihm nicht möglich, den Verfolger abzuschütteln, der ihm jeden Augenblick das Genick brechen konnte.

Was hatte er denn Schlimmes getan, und wer war der Wahnsinnige, der so großes Interesse daran hatte, Kleinholz aus ihm zu machen?

Schließlich erkannte er den dichtbelaubten Aito-Baum mit seinem dicken Stamm, der an der Stelle stand, an der der Pfad eine scharfe Linkskurve machte und dann um eine tiefe Schlucht herumführte. Er rannte auf den Baum zu, auch wenn er dabei riskierte, in die Tiefe zu stürzen. Im letzten Augenblick warf er sich zu Boden und klammerte sich am Baum fest. Der Verfolger rannte an ihm vorbei und stieß einen Entsetzensschrei aus, als er ins Leere fiel. Kurz darauf vernahm man einen dumpfen Schlag. Danach war alles still.

Noch immer beide Arme um den Baumstamm schlingend, ließ Tapú einige Zeit verstreichen, um Luft zu holen. Erst dann richtete er sich auf und hielt Ausschau nach seinem Feind.

Der Himmel über ihm war sternenübersät, aber das Licht reichte nicht aus, um die Tiefe des Abgrunds zu erhellen, aus dem nicht der leiseste Klagelaut nach oben drang. Nichts deutete darauf hin, daß sein Angreifer noch am Leben war.

Als er sich endlich ganz sicher fühlte, griff Tapú nach einem kleinen trockenen Ast. Mit den Zähnen entfernte er die Rinde, brach den Ast in zwei Hälften und begann, sie kräftig aneinander zu reiben und gleichzeitig zu blasen. Schließlich erglomm eine winzige Flamme in der Finsternis.

Er hielt die Flamme gegen trockenes Gestrüpp, so daß sie größer wurde und nun eine weite Fläche rings um ihn her erhellte. Er riß einen zweiten Strauch aus, den er in die Tiefe schleuderte.

In kreisenden Bewegungen fiel der Feuerball auf den Boden der Schlucht. Während der Minute, die das Feuer noch brannte, hatte Tapú Zeit, den blutüberströmten Körper des Riesen zu erkennen, der wie ein Fetzen Tuch auf dem Boden lag. Er bewegte sich nicht, aber Tapú war überzeugt, daß er noch lebte.

Er riß drei weitere Äste ab, band sie zu einer Art Fackel zusammen, und im Schein ihres Feuers suchte er den ungefährlichsten Weg für den Abstieg bis zu der Stelle, an der sein Angreifer lag.

Er atmete noch. Am Kopf klaffte eine tiefe Wunde, und wahrscheinlich waren einige Rippen gebrochen.

Tapú betrachtete ihn genau.

Noch nie hatte er ein Ungeheuer von solcher Körpergröße und mit solchen Tätowierungen gesehen, die seine Haut von Kopf bis Fuß bedeckten.

Nichts an diesen Tätowierungen erinnerte ihn an die wunderschönen Zeichnungen, die er an den erwachsenen Männern seiner Insel bewunderte. Sie erinnerten ihn auch nicht an die Männer von Rairatea oder Tahití, deren Tätowierungen aus rätselhaften Hieroglyphen bestanden.

Wo kam diese Bestie bloß her? Warum schlich der Kerl nachts umher und versuchte diejenigen, die sich ihm in den Weg stellten, zu töten? War er womöglich einer dieser schrecklichen Kannibalen, die von weit her kamen, in der Absicht, ihre Vorräte mit wohlschmeckendem Menschenfleisch aufzufüllen?

Bei dieser Vorstellung lief dem Jungen ein kalter Schauer über den Rücken. Als der Verletzte einen leisen Klagelaut von sich gab, sprang Tapú einen Schritt zurück; der Gedanke, daß der Unmensch wieder aufstehen könnte, ließ sein Blut erstarren.

Er verhielt sich völlig ruhig, während die Fackel allmählich erlosch. Ein erneuter Klagelaut und ein Zucken seines Gegners erweckten in ihm den Verdacht, dieser könnte sein Bewußtsein wiedererlangen. Ohne zu zögern, hob Tapú die schwere Keule, die in vier oder fünf Metern Entfernung liegen geblieben war, faßte sich ein Herz und schmetterte sie mit voller Wucht auf das linke Bein des Verletzten.

Ein schreckliches Knacken war zu hören, als die Knochen des Riesen brachen, er erneut sein entsetzliches Knurren ausstieß und wieder in tiefe Bewußtlosigkeit fiel. Diesmal war sich Tapú ganz sicher, daß der Kerl nicht mehr in der Lage sein würde, ihn zu verfolgen. Er warf die Keule fort und machte sich schleunigst und noch immer zitternd auf den Heimweg.

Als er am Sandstrand angelangt war und sich nach einer Wegkrümmung die Bucht von Povai in ihrer ganzen Weite vor ihm auftat, ließ das, was er da zu sehen bekam, ihm erneut das Herz bis zum Hals schlagen: Das Dorf stand in Flammen!

Ein verheerender Brand, der mehr als ein Dutzend Häuser ergriffen hatte, erleuchtete das Meer und die Berge. Auch die großen Auslegerboote, die am Strand lagen, brannten lichterloh.

Am Horizont entfernten sich mit Kurs auf das offene Meer vier riesige Katamarane mit hohem Achterdeck. Tapú begriff sofort, daß sein Angreifer kein Wesen von einem fremden Stern gewesen war, sondern offenbar zu einer Gruppe von Wilden gehörte, die seine friedliche Insel überfallen hatten.

Er lief zum Strand, um den Leuten zu helfen, die Boote, die noch zu retten waren, ins Meer zu stoßen und sie damit zu löschen. Dann lief er zu denen, die zu verhindern suchten, daß das Feuer, das bereits das Dach des großen Tempels erreicht hatte, dieses wunderbare Bauwerk, völlig zerstörte.

Es war eine Nacht voller Leid und Schrecken, die den Bewohnern von Bora Bora für immer in Erinnerung bleiben sollte. Es war die Nacht, in der skrupellose Unbekannte neun Inselbewohner töteten, darunter auch den ehrwürdigen König Pamáu und den Priester, den alten Tahúa. Außerdem entführten sie elf Mädchen, unter denen sich auch die blutjunge Prinzessin Anuanúa befand, und sie raubten den großen Gürtel aus gelben Federn, der die Würde des Königs symbolisierte, sowie die größte Perle, die jemals im Meer gefunden worden war.

Es begann Tag zu werden auf der Insel. Die Bewohner beweinten den Tod ihrer Angehörigen, und als die Sonne den Blick bis zum Horizont freigab, war auf dem blauen Meer keine Spur mehr von den feindlichen Schiffen zu sehen.

Wie ein Taifun, der außerhalb der Saison über das Land fegt, waren sie erschienen, und wie ein Phantom, das sich in Luft auflöst, ohne eine Spur zu hinterlassen, waren sie wieder verschwunden. Obwohl Tapú erleichtert feststellte, daß seine Familie keinen Schaden erlitten hatte, verminderte dies seinen Zorn und sein bitteres Gefühl der Ohnmacht keineswegs.

In der Abenddämmerung wurden die Toten beerdigt. Eine Feier fand nicht statt, da kein Boot erhalten geblieben war, in dem man die Toten dem Meer hätte übergeben und ihre Seelen dem Schutz des Gottes Taaroa hätte anvertrauen können.

Die Nacht brach herein, als die Männer sich in den rauchenden Trümmern des Tempels versammelten. Offenbar hatte niemand auch nur die geringste Idee, was man angesichts einer so unerwarteten Katastrophe unternehmen sollte. Nach dem Tod Pamáus wäre seine einzige Tochter Anuanúa die rechtmäßige Thronfolgerin gewesen. Obwohl sie noch keine zwölf Jahre alt war, hätte sie die Entscheidung darüber fällen müssen, wer auf der Insel regieren sollte, bis sie sich selbst reif genug dafür hielt.

Ihre Mutter Tara war eine ängstliche und schwache Person, die kaum verkraften konnte, daß sie im Lauf einer Nacht alles verloren hatte. Noch immer tat sie nichts anderes, als zu klagen und nach ihrem Mann und ihrer Tochter zu rufen.

»Wir müssen einen Übergangsherrscher ernennen«, sagte schließlich der greise Hiro Tavaeárii, womit er die Meinung aller Anwesenden zum Ausdruck brachte. »Ich schlage daher den ›Großen Seefahrer‹ Miti Matái für dieses Amt vor.«

»Ich danke dir sehr«, antwortete dieser freimütig. »Aber ich kann dieses Amt nicht übernehmen, denn ich bin nur ein Mann des Meeres. Meine Aufgabe wird es sein, die Mörder zu suchen und zu bestrafen und die Prinzessin zurückzubringen, und bis das geschieht, mußt du, der du der König unter den Weisen bist, dich um die Regierung des Landes kümmern.«

»Ich bin dafür zu alt.«

»Wissen zu erlangen braucht seine Zeit, und du hast mehr Zeit als alle anderen gehabt, weise zu werden.«

Alle Anwesenden waren sich darin einig, daß Hiro Tavaeárii geeignet war, von jenem Tag an über alles Notwendige zu entscheiden. Tapú, der draußen dem Gespräch der Erwachsenen im Tempel gelauscht hatte, erfüllte es mit Stolz, daß sein von ihm verehrter Lehrmeister einstimmig als klügster Mann der Insel betrachtet wurde.

»Als erstes müssen wir die Boote ausbessern, die noch zu gebrauchen sind, und einige neue bauen«, erklärte Hiro Tavaeárii. »Ein Volk ohne Boote ist seinen Feinden ausgeliefert. Außerdem müssen wir herausbekommen, von welchem Teil der Welt diese Wilden gekommen sind.«

»Aber wie?« wollte Roonuí-Roonuí wissen, der zu

Recht als der tapferste Krieger der Insel galt. »Das Meer ist sehr groß.«

»Ich habe keine Ahnung«, war die ehrliche Antwort. »Hat einer von euch die Mörder zu Gesicht bekommen?«

»Ich!«

Alle drehten sich zu dem jungen Tapú um. Offenbar war es den meisten von ihnen nicht recht, daß ein Junge es wagte, sich in ihre Unterredung einzumischen. Hiro Tavaeárii warf ihm daher einen seiner strengen Blicke zu, die Tapú immer sehr eingeschüchtert hatten.

»Sei still und zeige mehr Ehrfurcht!« befahl er ihm in ungewohnter Schärfe.

»Wenn es aber doch stimmt ... Ich habe ...«

»Schweig!«

Die Augen des Jungen begannen sich mit Tränen zu füllen. Doch er nahm sich mit aller Gewalt zusammen, wandte sich zum Gehen und zog seinen Freund Vetéa Pitó mit. »Komm mit!« bat er ihn. »Ich muß dir erzählen, was passiert ist.«

Umgeben von den verkohlten Resten der Boote, berichtete Tapú von seinem Erlebnis.

Als er geendet hatte, starrte Vetéa Pitó ihn an und fragte ungläubig: »Bist du sicher, daß du das nicht erfunden hast?«

»Erfunden?« brauste Tapú auf. »Dieses riesige Ungeheuer voller Tätowierungen war kurz davor, mir den Schädel einzuschlagen!«

»Tätowierungen?« fragte Vetéa Pitó neugierig.

»Ganz furchtbare! So was habe ich noch nie gesehen. Und einen kahlgeschorenen Schädel hatte er auch, bis auf zwei Haarbüschel, die ihm am Hinterkopf herunterhingen. Ich habe ihn in der Schlucht liegen lassen.«

»Er wird mit den anderen abgefahren sein.«

»Das ist unmöglich! Er war bewußtlos.«

»Und was hat er so weit außerhalb des Dorfes gemacht?«

»Wahrscheinlich war es ein Späher«, vermutete Tapú.

»Dann hatte er bestimmt in einem Versteck ein Boot liegen«, bemerkte sein Freund. »Mit dem wird er wohl geflohen sein.«

»Wann denn? Den ganzen Tag hat kein einziges Boot die Lagune überquert. Die Wachen haben niemand gesehen. Und so stark er auch sein mag, mit einem gebrochenen Bein würde es Stunden dauern, bis er aus der Schlucht herauskäme. Er muß also noch auf der Insel sein!« fügte Tapú hinzu. »Darauf möchte ich wetten.«

In Vetéa Pitós dunkle Augen trat ein Hoffnungsschimmer. »Wenn wir ihn finden könnten, das wäre phantastisch«, sagte er. »Ein lebender Feind, der selbst erzählen könnte, wo er herkommt!«

»Dann wären wir richtige Helden ...«

»Sobald es dämmert, machen wir uns auf die Suche nach ihm.«

»Und wenn er ausgerechnet heute nacht verschwinden will?«

Vetéa Pitó grübelte lange über diese Möglichkeit nach; schließlich antwortete er: »Auf der anderen Seite der Insel liegen kleine Boote. Wenn er versuchen sollte, an ihnen vorbeizukommen, werden wir ihn aufhalten; wenn er dies nicht tut, dann werden wir beim ersten Tageslicht seiner Spur folgen.«

»Wir beide allein?«

»Geteilter Ruhm ist halber Ruhm«, entgegnete der andere und grinste dabei.

»Aber ungeteiltes Pech ist doppeltes Pech«, konterte Tapú. »Was zählt, ist, ihn zu erwischen. Und was ist, wenn wir Chimé einweihen?«

Der »Gigant von Farépiti« nahm dankbar an, als sie ihm anboten, an diesem aufregenden Abenteuer teilzunehmen. Er schlug vor, die Landzunge von Teavanúi zu überwachen.

Die andere Inselhälfte war vollständig von einem Barrierenriff umgeben. Für einen Mann mit einem gebrochenen Bein war es unmöglich, ein Schiff über dieses Riff zum offenen Meer zu ziehen.

Tapú und Vetéa Pitó rüsteten sich mit Waffen, Wasser und Lebensmitteln aus, und als es finstere Nacht war, holte Chimé sie bei Kap Patiúa ab.

Es war eine finstere Nacht, in der die Wellen das Boot immer tiefer in das Innere der Lagune drückten. Seine Insassen ruderten beständig dagegen an, um ihre Position in der Mitte des Kanals zu behaupten, der kaum zweihundert Meter breit war.

Tapú und seine Freunde hatten mehr als dreißig Stunden lang kein Auge zugetan, doch sie verharrten mit gespitzten Ohren, entschlossen, sich auf die Bestie zu stürzen, sobald sie sich blicken ließ.

Myriaden von Sternen kreuzten den Himmel über ihren Köpfen, und sie versuchten einmal mehr, sich die Himmelsbahnen einzuprägen. Am frühen Morgen wußten sie, daß der monsterhafte Wilde nicht mehr kommen würde. Schon bald würde das erste Tageslicht auch die letzten Sterne vom Himmel vertreiben.

»Was machen wir nun?« fragte Chimé enttäuscht, als sie in der Dämmerung wieder ihre Gesichter erkennen konnten.

»Wir gehen ihn suchen.«

»Ohne daß wir geschlafen haben?«

»Du hast noch dein ganzes Leben lang Zeit zum Schlafen«, erinnerte ihn Tapú. »Ich habe die Absicht, mich nicht eher schlafen zu legen, als bis ich dieses Ungeheuer zur Strecke gebracht habe. Also nichts wie los!«

Sie ruderten nach Kap Rofau, zogen das Boot weniger als fünfhundert Meter vom Haus der schönen Maiana entfernt an Land und bahnten sich einen Weg durch das dichte Gestrüpp der Schlucht, bis sie auf der Anhöhe den Aito-Baum erkennen konnten, der die Wegbiegung markierte.

»Hier ist er heruntergefallen!« rief Tapú und zeigte auf einen Felsen. »Und hier sind auch Blutspuren. Wir müssen die Keule suchen. Ich habe sie dort hingeworfen, mitten in diese Sträucher.«

Es dauerte eine Weile, bis sie sie gefunden hatten, aber als sie sie dann endlich in Händen hielten, begriffen sie, daß sich die Suche gelohnt hatte.

Bei Tageslicht konnten sie feststellen, daß es sich nicht etwa um eine einfache Waffe aus Hartholz oder Walknochen handelte; dies war eine Keule, die sie noch nie zuvor gesehen hatten. Außer den seltsamen Zeichnungen, die darin eingekerbt waren, wies sie im oberen Teil eine starke Ausbuchtung auf, die an den Schenkelknochen eines großen Tieres erinnerte.

»Es ist ein Knochen!« bestätigte Tapú, nachdem er mit einem Messer aus Haifischzähnen die Keule leicht eingeritzt hatte. »Aber er stammt nicht von einem Wal. Er sieht eher aus wie das Bein eines riesigen Schweins.«

Der Gedanke, daß der Mann, den sie suchten, von einem Ort stammen könnte, in dem es Schweine mit solchen Schenkelknochen gab, beeindruckte die Jungen so sehr, daß sie immer wieder ängstlich zur dichtbelaubten Anhöhe der Schlucht emporblickten.

»Und wenn es mehrere sind und nicht nur einer?« warf Vetéa Pitó ein.

»Wir sind doch zu dritt«, entgegnete Chimé selbstbewußt. »Noch habe ich niemand kennengelernt, dem es gelungen wäre, mich zu bezwingen. Und ich kann mir nicht denken, daß diese Bestie es schaffen wird.«

Er schwang die riesige Keule und machte sich entschlossen an den Aufstieg; er untersuchte dabei gründlich die Spuren, die der Verletzte in der weichen Erde hinterlassen hatte.

Tapú und Vetéa Pitó folgten ihm ein wenig mißtrauisch. Tapú drehte sich ständig um, als befürchte er, der schreckliche Riese könne jeden Augenblick aus dem Dickicht auftauchen und sie töten.

Zweifellos mußte es sich um einen Mann von außergewöhnlicher Kraft und Willensstärke handeln. Trotz der Verletzungen und des zertrümmerten Beins war es ihm gelungen, sich bis zur Spitze des Kammes zu schleppen, der die Berghänge überragte. Sie entdeckten ihn, als er sich gerade zwischen zwei Felsen verstecken wollte, und als sie sich ihm näherten, begann er zu fauchen wie ein in die Enge getriebenes Tier. Er bewarf sie mit Steinen und brüllte sie in einer Sprache an, die für sie unverständlich war.

Lehmbeschmiert, voll blutiger Schürfwunden und auf einem Bein hinkend bot er einen jämmerlichen Anblick. Doch der zornige Blick und vor allem die häßlichen Tätowierungen, die seinen Körper bedeckten, ließen ihn wie eine finstere Kreatur erscheinen, die geradewegs der Hölle entstiegen war.

Die drei Jungen bekamen es mit der Angst zu tun.

Obwohl Chimé etwa so groß und kräftig wie der Verwundete war, machten sein nahezu untätowierter Körper und sein gutmütiges Gesicht nicht gerade den Eindruck, als könnte er solch einem gefährlichen Feind auch nur den geringsten Schaden zufügen.

Sie beobachteten ihn aus einer Entfernung von über zwanzig Metern und versuchten, die Beschimpfungen, die er ihnen an den Kopf warf, zu verstehen.

Schließlich sagte Vetéa Pitó: »Ich glaube, wir sollten Hilfe holen.«

»Hilfe?« wunderte sich Tapú. »Sind wir denn kleine Kinder, die Hilfe benötigen, um einen Haifisch aus dem Wasser zu ziehen? Wenn wir um Hilfe rufen, machen wir uns zum Gespött des Dorfes. Wir werden schon allein mit ihm fertig.«

»Aber wie?«

Der Junge zögerte. Dann beobachtete er Chimé, der ebenfalls Zweifel hegte. Schließlich wickelte Tapú von seinem Gürtel eine große Schleuder ab, suchte sich einen großen Stein und zielte damit auf den Gegner.

Die Bestie schien die drohende Gefahr vorherzusehen und fauchte um so wilder. Aber Tapú nahm seinen Gegner genau ins Visier und feuerte den Stein ab.

Der Krieger machte Anstalten, über sie herzufallen, doch in seinem Zustand konnte er sich kaum auf den Beinen halten und mußte sich an einem Felsen abstützen. So traf ihn nach vier Versuchen ein schwerer Stein mitten ins Gesicht, und er stürzte mit einem Schmerzensschrei zu Boden.

Sofort stürzte sich Chimé mit der Keule auf ihn, doch Vetéa Pitó rief ihm zu: »Bring ihn nicht um! Er ist der einzige, der uns sagen kann, woher er kommt.«

Der »Gigant von Farépiti« gehorchte und verpaßte seinem Opfer stattdessen nur einen kurzen Schlag auf den Kopf, worauf es das Bewußtsein verlor.

Sie betrachteten die Gestalt aus nächster Nähe.

»Woher er wohl kommen mag?« fragte Vetéa Pitó. »Ich hätte nie gedacht, daß es so ein abscheuliches Wesen gibt.«

»Von den Inseln hier kommt er nicht«, sagte Chimé mit Entschlossenheit.

»Das stimmt«, sagte Tapú. »Von so einem Wesen hat man noch nie etwas gehört ...« Er hielt inne und beugte sich über das Gesicht des Verwundeten.

Kurz darauf blickte er nach oben, berechnete den Sonnenstand und richtete sich auf. »Es ist besser, wir gehen jetzt, wenn wir vor Einbruch der Dunkelheit zurückkehren wollen.«

»Und was machen wir mit dem?«

»Den nehmen wir mit.«

Sie schnitten von einem Baum einen dicken Ast ab, entfernten die Zweige und Blätter und hingen ihre Beute mit den Fußknöcheln und Handgelenken daran auf, gerade so, als handelte es sich um ein Wildschwein. Fluchend schulterten sie ihn und machten sich auf den Weg zurück ins Dorf.

Es kostete sie ungeheure Kraft, aber es war die Mühe wert, denn am Abend hatten sie ihren triumphalen Auftritt im Tempel, wo die Erwachsenen versammelt waren. Sie legten ihnen den Körper der »Bestie« und die außergewöhnliche Keule zu Füßen.

Die meisten Anwesenden trauten ihren Augen nicht. Das Gesicht von Roonuí-Roonuí verfinsterte sich, während sich auf den Lippen von Hiro Tavaeárii ein leises Lächeln zeigte.

»Ich sehe, daß du recht hattest«, sagte er mit gedämpfter Stimme zu Tapú und schüttelte dabei mehrmals den Kopf. »Ich bitte dich um Verzeihung für mein Verhalten. Ist das der Mann, dem du begegnet bist?«

»Begegnet bin ich ihm nicht«, räumte Tapú aufrichtig ein. »Ich bin gerannt und habe erreicht, daß er in meine Falle tappte.«

Niemand machte sich die Mühe, Tapú etwas zu erwidern. Alle hatten sich über den Wilden gebeugt. Die Ältesten bemühten sich eifrig, seine Haut vom Schlamm zu säubern. Sie versprachen sich von den Tätowierungen einen Hinweis auf seine Herkunft.

Jemand brachte Wasser, und sie schütteten es ihm ins Gesicht. Der Wilde bewegte den Kopf, öffnete die Augen, betrachtete seine Umgebung und zeigte wieder seine scharfen gelben Zähne. Er stieß ein Knurren aus, das einige einen Schritt zurückweichen ließ.

»Wer bist du?« wollte Hiro Tavaeárii wissen. »Und woher kommst du?«

Als hätte er die Frage verstanden, streckte der Wilde plötzlich die Zunge bis zur Hälfte heraus, schloß mit ungewöhnlicher Heftigkeit den Unterkiefer und biß sie ab. Die Zunge glitt auf seine Brust hinab und fiel zu Boden.

Wie eine Fontäne strömte das Blut aus seinem Mund. Jetzt war auch der letzte Anwesende wie versteinert oder stieß einen Schreckensschrei aus. Konnte die Grausamkeit eines Wesens, das doch menschliche Züge aufwies, so weit gehen? Welche Menschenrasse mochte das sein, die sich lieber selbst auf so grausame Art und Weise zum Schweigen brachte, anstatt zu sagen, woher sie kam? Wie weit mochte seine Grausamkeit erst gegen seine Feinde gehen, wenn er sich schon gegen sich selbst so brutal verhielt?

Als der Blutstrahl aus dem Mund die Tätowierungen auf der Brust völlig besudelt hatte, streckte Hiro Tavaeárii die Hand aus und befahl: »Bringt ihn ins Haus von Hinói Tefaatáu und veranlaßt, daß mit einem glühenden Stein das Blut gestillt wird. Wir brauchen ihn lebend.«

Als der Verletzte von vier Männern aus dem Tempel getragen wurde, begann er sich in einer nutzlosen Anstrengung zu winden. Der alte Lehrmeister gab Tapú, dem stolzen Chimé und Vetéa Pitó ein Zeichen, Platz zu nehmen.

»Ihr wart sehr tapfer«, sagte er. »Und ihr habt mir eine Weisheit in Erinnerung gerufen, die ich vergessen hatte: In schwierigen Zeiten muß auch die kleinste Hilfe beachtet und der bescheidenste Rat angehört werden.« Er lächelte wohlwollend. »Als Belohnung für eure Tapferkeit erlaube ich euch, an den Versammlungen des Rates teilzunehmen.«

»Aber das sind doch noch Kinder!« versuchte Roonuí-Roonuí zu protestieren, aber ein strenger Blick des ehrwürdigen »Herrschers« zwang ihn zu schweigen.

Kurz darauf nahm Hiro Tavaeárii am Fuß des Thrones Platz, auf dem eines Tages die junge Prinzessin Anuanúa sitzen sollte. Traurig betrachtete er die Anwesenden und begann mit schwerer Stimme: »Wir sind ein friedliches kleines Inselvolk, das über lange Jahre hinweg der Tyrannei der mächtigen Insel Rairatea Widerstand geleistet und sich damit die Achtung seiner Nachbarn verschafft hat.« Er richtete seinen Blick auf die Sonnenscheibe, die gerade am Horizont verschwand, und fuhr fort: »Doch nun haben uns ein paar Wilde all das geraubt, was unseren Stolz ausmachte: den klugen König Pamáu und seine Tochter, deren Hochzeit mit dem Prinzen von Rairatea uns Jahrhunderte voller Frieden und Harmonie beschert hätte; den Gürtel aus gelben Federn, das Symbol unserer Unabhängigkeit; die große Perle, um die uns alle beneideten; die schönsten Töchter unseres Dorfes, die mittlerweile wohl grausam vergewaltigt worden sind.«

Ein Stöhnen aus den Kehlen zweier trauernder Väter wurde laut, und nach einer erneuten Pause, die den Trauernden Gelegenheit gab, ihre Fassung wiederzugewinnen, sagte der ehrwürdige Hiro Tavaeárii: »Zwei Dinge können wir tun: erstens, unsere Häuser wiederaufbauen und versuchen, das Geschehene zu vergessen, in der Überzeugung, daß es keine Möglichkeit gibt, das Verlorene wiederzubekommen.« Er richtete seinen Blick auf seine Zuhörer, als erwarte er von ihnen eine Antwort. »Zweitens können wir von diesem Augenblick an alle unsere Kräfte darauf verwenden, ein großes Schiff zu bauen, damit die besten Seefahrer und tapfersten Krieger unter uns sich auf See begeben und nicht eher zurückkehren, als bis sie das Verlorene zurückgewonnen und die erlittene Schmach mit Blut getilgt haben.«

Es trat Stille ein, und alle schauten einander an. Amo Tetuanúi, der Vater von Tapú, verlieh der allgemeinen Stimmung Ausdruck, indem er fragte: »Wie denkst du darüber, der du jetzt unser Herrscher bist?«

»Ich bin schon ein alter Mann«, lautete die Antwort. »Mein Blut gerät nicht mehr so leicht in Wallung, und außerdem glaube ich nicht, daß ich noch lange lebe und Zeuge der Rückkehr des Schiffes werden kann – falls wir es überhaupt bauen. In diesem Fall sollte nicht ich darüber entscheiden, sondern derjenige, der die Sache durchführt.«

Dreißig Augenpaare richteten sich auf die angesehene

Person des »Großen Seefahrers« Miti Matái, der zweifellos die größte Erfahrung besaß.

»Welche Möglichkeiten haben wir, diese Wilden zu finden?« wollte Roonuí-Roonuí wissen.

»Der Ozean ist unermeßlich groß, und es gibt Tausende von Inseln«, antwortete der Angesprochene bedächtig. »Aber es steht fest, daß, wenn sie hierher kommen konnten, wir auch dorthin gelangen können, wo sie sich verstecken.«

»Würdest du das Kommando über das Schiff übernehmen?«

»Selbstverständlich. Ich kann nur nicht garantieren, daß wir sie besiegen ... Nicht einmal, daß wir überhaupt zurückkehren.«

»Um den Sieg kümmern uns wir Krieger«, ließ sich Roonuí-Roonuí vernehmen. »Führe du uns zu jenen Seeräubern, und ich schwöre dir, daß wir mit all dem zurückkehren, was sie uns gestohlen haben.«

»Noch ist darüber keine Entscheidung gefallen«, erinnerte ihn Hiro Tavaeárii.

»Ich weiß«, gab der Anführer der Krieger demütig zu. »Aber ich ersuche das Volk von Bora Bora, daß es uns die Ehrenrettung unserer Insel überträgt.«

»Wenn die besten Krieger ein Abenteuer von so unsicherem Ausgang eingehen, dann bleiben die Frauen und Kinder schutzlos zurück«, ließ sich der wohlbeleibte »Mann der Erinnerung« vernehmen, der in einem Winkel des großen Raumes sitzend zugehört hatte. »Was passiert denn, wenn sie zurückkommen, um uns erneut anzugreifen?«

»Das wäre unser Ende«, lautete die ehrliche Antwort.

»Ein hoher Preis für die Ehre ...«

»Für die Ehre gibt es keinen Preis«, urteilte Roonuí-Roonuí mürrisch. »Entweder gibt man alles oder nichts.«

Hiro Tavaeárii beendete den Streit und sagte: »Es mögen alle diejenigen die Hand erheben, die dafür sind, daß wir alles vergessen und damit beginnen, das Dorf wieder aufzubauen, so als hätte es ein sommerlicher Wirbelsturm verwüstet.«

Niemand hob die Hand.

»Jetzt sollen alle diejenigen die Hand heben, die dafür stimmen, daß wir bei Tagesanbruch damit beginnen, das schnellste und beste Schiff zu bauen, das jemals den Ozean durchpflügt hat.«

Tapú war zu jung, um seine Stimme abgeben zu dürfen, aber in Gedanken erhob sich sein Arm mit dem Wald von Armen, die sich dem Himmel entgegenstreckten.

Tevé Salmón war ein kleines, schwächliches Männchen mit winzigen Augen, und sein Gesicht glich dem einer Schildkröte. Vor Jahren hatte er den Titel »Großer Schiffsbaumeister von Bora Bora« erhalten, und wahrscheinlich gab es niemanden, der ihm in der Kunst des Schiffsbaus gleichkam.

War er nicht in seiner geliebten Werft anzutreffen, einem riesigen und mit Palmblättern überdachten Schuppen, der am Ende der Bucht von Farépiti stand, dann beging Tevé Salmón die verborgensten Pfade der Insel. Dabei prägte er sich all ihre Bäume ein, um vergleichen zu können, wie schnell sie wuchsen und von welcher Qualität ihr Holz war, das er später für den Bau eines Schiffes nehmen wollte.

Tevé Salmón pflanzte auch junge Bäume an Stellen, die für ihr Wachstum hervorragend geeignet waren, wie es vor ihm sein Vater, sein Großvater und sein Urgroßvater getan hatten.

Als er vom ehrwürdigen Hiro Tavaeárii den Auftrag erhielt, einen großen Katamaran zu bauen, mit dem die Krieger der Insel sich auf die abenteuerliche Suche nach den Mädchen, der Prinzessin Anuanúa, der Perle und dem Königsgürtel begeben konnten, suchte er sogleich den zukünftigen Schiffskapitän auf, um mit ihm zu beraten.

»Das Schiff sollte ungefähr dreißig Meter lang und zehn Meter breit sein«, meinte Miti Matái, »dazu möglichst schnell, aber auf jeden Fall muß es ein großes Fassungsvermögen haben und mit zwei Masten für große Segel ausgestattet sein.«

»Soll es auch Vordächer haben?«

»Ja. Das Bugdach muß sich in eine Angriffsplattform verwandeln lassen. Sowohl die Masten als auch die Vordächer müssen abnehmbar sein.«

»Soll das Schiff aus einem bestimmten Holz gefertigt werden?«

»Das überlasse ich dir.«

Diese Angaben genügten Tevé Salmón, um sich ans Werk zu machen. Jede Linie, jedes einzelne Teil und jedes Verbindungsglied des Schiffsrumpfes nahmen im Geist des »Großen Schiffsbaumeisters« Gestalt an. Er wußte, welche Form, welche Größe, welche Dichte und welches Gewicht jedes einzelne der unzähligen Elemente haben mußte, aus denen sich ein polynesisches Schiff zusammensetzte.

Als Hiro Tavaeárii angeordnet hatte, daß jeder Bewohner von Bora Bora die Weisungen des »Großen Schiffsbaumeisters« zu befolgen habe, besaß Tevé Salmón plötzlich eine Art Befehlsgewalt über das Inselvolk, und alle trachteten begierig danach, seinen Anweisungen Folge zu leisten.

Für die Kiele wählte er acht Stämme des Tamanú-Baumes aus, den er über ein Jahr im Schatten aufbewahrt hatte, damit das wertvolle Holz in der Sonne nicht aufplatzte. Nachdem er die Stämme an einer Seite glattgehobelt hatte, legte er glühende Holzkohle auf die Fläche.

Zwanzig Kinder waren damit beschäftigt, Tag und Nacht das Feuer zu beaufsichtigen und es zu schüren, wenn es zu erlöschen drohte. Der Schiffskiel sollte überall einen Durchmesser von zehn bis zwölf Zentimetern bekommen.

Da die Bewohner von Bora Bora kein Metall kannten, besaßen sie auch keine Nägel, um damit ihre Bretter zusammenzunageln. Sie waren daher gezwungen, die verschiedenen Einzelteile ihrer Schiffe zusammenzunähen.

Während der Arbeit sangen die Männer und Frauen das Lied von Tané, mit dessen Hilfe das prächtige Schiff, das sie gerade bauten, den Ozean durchpflügen und dabei alle Gefahren glücklich überstehen sollte.

»Lass' ich mein Schiff auf Seefahrt gehen
durch tückische Gewässer,
so mögen sie unter ihm vorüberziehen,
o Gott Tané,
und mein Schiff darüber.

Lass' ich mein Schiff auf Seefahrt gehen
durch stürmische Winde,
So mögen sie oben vorüberziehen,
o Gott Tané,
und mein Schiff darunter.

Lass' ich mein Schiff auf Seefahrt gehen
durch riesige Wellen,

so mögen sie darunter vorüberziehen,
o Gott Tané,
und mein Schiff darüber.

O Gott Tané! O Gott Tané!«

Tané würde zweifellos das Schiff leiten, auf das ein ganzes Dorf seine Hoffnung setzte.

Auf dem weißen Sandstrand im Schatten der Palmen sitzend, ließen die alten Männer die Stunden verstreichen, indem sie Schnüre aus der Wurzelfaser der Kokosrinde flochten. Sie legten in diese Arbeit sehr viel Eifer und Geschicklichkeit und fertigten so lange, robuste Seile an, die den Hanfseilen an Qualität in nichts nachstanden.

Die alten Frauen sammelten Blätter des Brotbaums, mit denen sie die Schiffsdächer und Segel webten. Und so gab es auf Bora Bora nicht eine einzige Person, die nicht ihren Beitrag zum Bau des großen Schiffes leistete, das über lange Monate den Widrigkeiten von Wind und Wellen ausgesetzt sein würde.

Die schönsten Mädchen brachten den Arbeitenden Speisen und frisches Wasser, trockneten ihnen den Schweiß, schenkten ihnen ein Lächeln und ein liebevolles Wort.

Tapú war unendlich glücklich, daß er mitarbeiten durfte. Darüber hinaus stellte er fest, daß seine geliebte Maiana ihm mehr Aufmerksamkeit zu widmen schien als jedem anderen Verehrer, sogar mehr als dem tapferen Vetéa Pitó und dem riesenhaften Chimé.

»Ich bin sehr stolz auf dich«, hatte sie ihm zugeflüstert, als sie sich beim letzten Mal in der Nähe des Strandes geliebt hatten. »Du warst sehr mutig, als du diesem Wilden begegnet bist, und mein Vater sagt, daß sie dich noch in diesem Jahr für den Titel des Arióí vorschlagen werden.«

»Ich will aber kein Arióí sein«, war Tapús Antwort. »Ich will lieber, daß mich Miti Matái lehrt, wie man ›Großer Seefahrer‹ wird.«

»Miti Matái wird fortgehen und möglicherweise nicht zurückkehren«, antwortete das Mädchen sanft. »Und um ›Großer Seefahrer‹ zu werden, muß man über eine Menge Dinge Bescheid wissen . . .«

»Würdest du mich heiraten, wenn ich einst ›Großer Seefahrer‹ sein werde?«

»Bis dahin bin ich eine alte Frau, die keine Kinder mehr bekommen kann«, gab sie zurück und streichelte ihm dabei zärtlich über die Lippen. »Aber wenn Miti Matái dich zu seinem Schüler nimmt, dann werde ich es tun.«

»Ist das ein Versprechen?«

»Ja, das ist es«, bekräftigte Maiana. »Möge Taaroa mich so fett wie ein fettes Schwein werden lassen, wenn ich das Versprechen nicht halte.«

»Und wirst du mir auch treu sein, wenn ich monatelang auf See bin?«

»Weißt du, welche Strafe Gott Tané für die Frau bereithält, die es wagt, einen Seefahrer zu betrügen? Er schickt sie in die tiefsten Abgründe des Ozeans, dorthin, wo es kalt und finster ist und wo die schrecklichsten Ungeheuer leben, die du dir vorstellen kannst.« Sie schüttelte den Kopf, als wollte sie eine solche Möglichkeit von vornherein ausschließen. »Und dasselbe macht er mit einem Mann, der es wagt, mit der Frau eines Seefahrers zu schlafen. Nein!« fügte sie entschlossen hinzu. »Wenn mein Vater mich eines Tages dir zur Frau gibt, dann wird es für immer sein.«

Tapú schwieg einen Augenblick, um sich an der Vorstellung zu laben, daß das eben Gesprochene wahr werden könnte. Dann hob er den Arm und zeigte auf das Sternbild, das über ihren Köpfen zu sehen war. »Die dort oben heißen die ›Sieben verrückten Witwen‹«, sagte er. »Über der großen heiligen Insel Raratonga werden sie verschwinden. Wenn ich erst ›Großer Seefahrer‹ bin, dann nehme ich dich zu dem großen Fest mit, das man dort alle acht Jahre feiert. Hiro Tavaeárii war einmal dabei, und er sagt, daß alle Völker der Welt daran teilnehmen.«

»Du träumst zu viel«, bemerkte sie.

»Die Sterne verleiten mich zum Träumen«, war seine Antwort. »Wußtest du, daß es ebenso viele Inseln im Meer wie Sterne am Himmel gibt? Und jede Insel spiegelt sich in dem Stern wider, der bei Mitternacht des ersten Tages eines Jahres genau über ihr steht. Man müßte nur wissen, welcher Stern über welcher Insel steht. Miti Matái weiß es.«

»Der ›Mann des Gedächtnisses« weiß es auch«, erklärte das Mädchen.

»Nein«, antwortete Tapú entschieden. »Der ›Mann des Gedächtnisses‹ kann die Sterne nicht voneinander unterscheiden. Nur Miti Matái kennt alle Sterne mit Namen, und er kann dir ihre Himmelsbahn beschreiben.«

»Du bewunderst Miti Matái zu sehr, das kann gefährlich werden«, hielt Maiana ihm vor, während sie sich in den Sand setzte und ihm in die Augen blickte. »Die höchsten Palmen tragen meist bittere Kokosnüsse.«

»Der Saft der bitteren Kokosnuß löscht aber den Durst am besten«, entgegnete er. »Ich trachte nicht nach süßen Kokosnüssen und auch nicht nach Abenteuern, die keine Gefahren in sich bergen. Ich möchte ›Großer Seefahrer‹ werden.«

»Ich werde dich heiraten«, flüsterte sie zärtlich und setzte sich auf seine Schenkel.

Sie sagte es, doch in der folgenden Nacht gab sie sich Vetéa Pitó hin. Tapú war überzeugt, daß bis zu jenem Tag, an dem der große Miti Matái ihn zu seinem Schüler machte und ihr Vater ihm Maiana zur Frau gab, er nicht würde verhindern können, daß das heißblütige Mädchen seine Zärtlichkeiten immer wieder neuen Liebhabern schenkte.

Miti Matái seinerseits schien solches Vertrauen zu der Kunst von Tevé Salmón zu haben, daß er sich nicht in der Bucht von Farépiti blicken ließ. Es schien, als wolle er damit zum Ausdruck bringen, daß seine Arbeit erst an jenem Tag beginnen würde, an dem der »Große Schiffsbaumeister« das Schiff vom Stapel laufen ließ und in seine Hände übergab.

Wie Roonuí-Roonuí, Hiro Tavaeárii und die übrigen weisen Alten der Insel brachte auch Miti Matái fast den ganzen Tag damit zu, die unheimlichen Tätowierungen des Wilden zu untersuchen. Sie hatten ihn in der Mitte des halb zerstörten Tempels an einem Balken festgebunden, so daß sie nahe an ihn herantreten und um ihn herumgehen konnten, ohne Gefahr zu laufen, von ihm angesprungen zu werden.

Er spuckte und fauchte unablässig mit dem Stummel der Zunge. Da er sich weigerte, Nahrung zu sich zu nehmen, sahen sie sich gezwungen, ihn mit einer Art Brei zu füttern, den sie ihm gewaltsam in den Mund stopften.

Auch die Jungen der Insel kamen herbei, um ihn sich anzusehen. Sie verhielten sich ganz still, um diejenigen, die sich bemühten, die verworrene Bilderschrift auf dem Körper des Wilden zu entschlüsseln, nicht abzulenken.

Doch der Gefangene begann jedes Mal, wenn er Tapú zu

Gesicht bekam, wild zu werden. Er warf ihm so wütende Blicke zu, als wollte er ihn töten.

»Er haßt dich auf den Tod«, bemerkte Vetéa Pitó. »Sollte es ihm eines Tages gelingen, sich zu befreien, dann tätest du gut daran, dich aus dem Staub zu machen.«

»Er macht mir nicht angst«, log der Junge ungerührt. »Er hat mir in jener Nacht nicht angst gemacht, und es wird ihm auch jetzt nicht gelingen.«

»Oben auf dem Berg wäre es doch fast schiefgegangen für uns«, bemerkte der andere. »Ich habe jetzt noch Alpträume davon.«

Tapú hätte nur zu gern zugegeben, daß es ihm genauso erging, aber er war überzeugt, daß, wenn er das tat, Vetéa Pitó es Maiana erzählen würde.

Er begnügte sich damit, den Kerl aus sicherer Entfernung zu betrachten.

»Er ist kein Seemann, denn es ist kein Stern oder Sternbild eintätowiert«, meinte Miti Matái schließlich. »Dies hier stellt zweifellos einen siegreichen Angriff auf eine Insel dar, die ebenfalls in Brand gesteckt wurde.«

»Ich frage mich, ob es sich dabei nicht um eine feuerspeiende Insel handelt«, gab Hiro Tavaeárii zu bedenken. »Eine Insel mit einem aktiven Vulkan, denn die Flammen gehen nicht von den Ufern aus, wo normalerweise die Häuser sind, sondern sie kommen aus dem Berg.«

Alle Anwesenden traten nun heran, um die Tätowierung eingehend zu untersuchen, die sich unterhalb der linken Brustwarze des Gefangenen befand. Nachdem er auf eine weitere verwirrende Tätowierung um den Bauchnabel gedeutet hatte, stellte Miti Matái die Behauptung auf: »Wenn, so wie wir es uns vorstellen, hier am Bauchnabel seine Insel liegt, dann müssen wir vermuten, daß an einem bestimmten

Punkt im Nordosten diese andere Insel mit dem aktiven Vulkan liegt, die einmal von diesen Männern überfallen worden ist.« Er nickte bekräftigend und fügte dann hinzu: »Das ist kein großartiges Ergebnis, aber es ist ein erster Hinweis. Wir müßten nun versuchen, eine Insel ausfindig zu machen, auf der es einen aktiven Vulkan gibt.«

»Es wäre möglich, daß dieser Vulkan inzwischen erloschen ist«, bemerkte Roonuí-Roonuí.

»Das ist richtig«, stimmte Miti Matái zu. »Aber auch jetzt noch werden sich die Bewohner der Insel daran erinnern, daß sie zu der Zeit, als der Vulkan aktiv war, von Barbaren überfallen wurden. Das würde uns schon weiterhelfen.«

Der Wilde vermutete wohl, worum es ging.

Hiro Tavaeárii, dessen Augen nicht die geringste Kleinigkeit in seiner Umgebung entging, sagte: »Er wird unruhig. Ich glaube, wir sind auf der richtigen Fährte. Wie weit mag jene Vulkaninsel wohl von seiner Heimat entfernt sein?«

Miti Matái dachte eine Weile nach, streckte dann die Hand nach der Brust des Wilden aus und legte den Daumen auf dessen Bauchnabel. »Sehr weit«, antwortete er schließlich, »wenn die Tätowierung um den Bauchnabel wirklich die Insel darstellt, von der er stammt.«

»Das ist seine Insel«, fiel ihm der alte Tätowierer ins Wort, der wie die anderen viele Stunden damit zugebracht hatte, den Körper des Gefangenen zu untersuchen. »Es ist eine Sitte, die vor allem unter den Völkern des Nordwestens sehr verbreitet ist.«

»Nordwesten?« staunte Hiro Tavaeárii. »Wie soll man sich erklären, daß sie von Nordwesten hergekommen sind, zu einer Zeit, in der stets der Maraamú aus Südosten bläst?«

»Weil sie klug sind«, antwortete Miti Matái. »Wahrscheinlich haben sie sich von der gewaltigen Meeresströmung, die nach Osten zieht, treiben lassen, um dann nach Süden weiterzurudern. Jetzt führt sie der Maraamú in ihre Heimat zurück, und dabei werden sie sämtliche Inseln, auf die sie stoßen, plündern. Sie greifen nicht dann an, wenn sie auf der Hinfahrt sind«, schloß er, »sondern erst auf der Rückreise.«

»Aber auf diese Weise dauert eine Schiffsreise doch mehrere Monate«, bemerkte Hiro Tavaeárii. »Möglicherweise sogar Jahre!«

»Zweifellos handelt es sich um ein Piratenvolk, das es niemals eilig hat.«

Roonuí-Roonuí machte eine besorgte Geste. »Man sagt, im Fünften Kreis, in nordwestlicher Richtung, gebe es Tausende von Inseln. Welche Chance haben wir, die richtige zu finden?«

»Wenn sie im Fünften Kreis liegt, gar keine«, bemerkte Miti Matái trocken. »Aber auch dann werden wir es versuchen.«

Für die Polynesier war ihre Insel der »Nabel der Welt«. Von ihr ging ein Erster Kreis aus, der alle Inseln umfaßte, die innerhalb von zwei Wochen mit dem Schiff zu erreichen waren.

Der Zweite Kreis dehnte die Kenntnis der Umgebung auf einen Monat Schiffsreise aus, der Dritte auf zwei und der Vierte und letzte auf vier Monate.

Die Polynesier wußten, daß die Welt dort, wo der Vierte Kreis endete, nicht gleichfalls zu Ende war, doch sie waren überzeugt, daß das Eindringen in den Fünften Kreis dem Eindringen in einen Raum gleichkam, aus dem man unmöglich wieder herauskommen konnte.

Tapú erschien am Abend des folgenden Tages bei Miti Matái, als dieser auf der Veranda seiner Hütte saß. Nachdem er sich dafür entschuldigt hatte, ihn bei seiner Meditationsstunde gestört zu haben, bat er ihn demütig, er möge ihm die Ehre erweisen, ihn zu seinem Schüler zu machen.

»Ich möchte ›Großer Seefahrer‹ werden«, sagte Tapú. »Jemand, der in der Lage ist, in weitem Abstand der Kielspur deines Schiffes zu folgen.«

Die dunklen Augen desjenigen, dessen Name nur mit grenzenloser Ehrerbietung ausgesprochen wurde, richteten sich auf den hochaufgeschossenen Jungen. Seine ängstliche Miene verriet, daß sein Leben offenbar von der Antwort abhing. Nachdem Miti Matái eine Weile nachgedacht hatte, deutete er auf dem Verandaboden eine Skizze an und fragte ihn: »Welche Sterne beschreiben diese Bahn im Monat Juni?«

Tapú trat näher an die Zeichnung heran, stellte sich genau auf die Linie und betrachtete den Stand der Sonne, die schon fast die Horizontlinie berührte. Er konzentrierte sich dabei wie noch nie, denn ihm war bewußt, daß von seiner Antwort ein Großteil seiner Zukunft sowie sein Glück an der Seite Maianas abhing. Schließlich antwortete er selbstsicher: »›Die Große Dame‹, der später ›Der kleine Verliebte‹ folgen wird, ›Der Schüchterne‹ und drei Grad weiter nördlich ›Der Perlenhändler‹.«

»Wo befände sich demnach in diesem Augenblick die Spitze des ›Angelhakens von Maui‹?« wollte der »Große Seefahrer« wissen.

»Um Mitternacht müßte er über Rairatea erscheinen.«

Ein Hauch der Zustimmung bewirkte, daß das Herz des Jungen stärker pochte als je zuvor.

Nach einer kurzen Pause stellte ihm sein Gesprächspartner eine weitere Frage: »Welche Winde blasen dir entgegen, wenn du dich im Juli in nordwestlicher Richtung jenseits des Ersten Kreises aufhältst?«

»Bis Mittag gar keiner«, lautet die Antwort. »Am Abend dürfte ein leichter Maoaé von Osten her aufkommen und bei Sonnenuntergang nach Süden abziehen, um sich in einem leicht böigen Maoaé Tavara zu festigen, der so lange anhalten wird, bis ›Die Lanze des Gottes Oró‹ am Horizont niedergehen wird.«

Auf den Lippen von Miti Matái zeigte sich der Anflug eines Lächelns, und für den zitternden Tapú bedeutete das so viel, wie die erste Schwelle zum Paradies überschritten zu haben. Die Tatsache, daß jenes überirdische Wesen die Güte hatte, ihm eine weitere Frage zu stellen, war ein Zeichen dafür, daß seine Antworten bislang richtig gewesen waren.

»Es ist Mittag«, fragte Miti Matái beharrlich weiter, »und über deinem Kopf fliegt ein Fregattvogel mit Kurs nach Süden. Welche Schlußfolgerung ziehst du daraus?«

»Gar keine. Er ist auf der Suche nach einem Fischschwarm, und zu dieser Uhrzeit ist es gleichgültig, ob er nach Süden oder nach Norden fliegt.« Tapú atmete tief durch. »Doch wenn ich ihn drei Stunden später sehe, zeigt mir das an, daß er zu seinem Nest zurückfliegt, was bedeutet, daß weniger als achtzig Kilometer entfernt im Süden eine Insel liegt.«

»In der Theorie kennst du dich gut aus«, gab der »Große Seefahrer« zu und forderte ihn mit einer Geste auf, ihm gegenüber Platz zu nehmen. »Aber du mußt wissen, daß die Theorie vielleicht weniger zählt, wenn du dich mitten auf dem Ozean befindest. Was dann zählt, ist Intuition und vor allem die Gabe, dich Gefahren zu stellen. Bist du sicher, daß du diese Gabe besitzest?«

»Ich war es, der sich der Bestie gestellt und sie gefangengenommen hat«, erinnerte ihn Tapú. »Und außerdem bin ich der Erstgeborene von Amó Tetuanúi, der über viele Jahre an deiner Seite zur See gefahren ist.«

»Den Mut erbt man nicht wie eine Nase oder ein Boot«, stellte der andere fest. »Aber die Tatsache, daß du diesen Wilden gefangengenommen hast, macht dich bis zu einem gewissen Grad vertrauenswürdig.« Miti Matái lächelte erneut. »Ich werde über deinen Vorschlag nachdenken, und wenn ich von der Großen Reise zurückkehre, werden wir wieder über dieses Thema sprechen.«

»Wenn du von der Großen Reise zurückkehrst?« erschrak der Junge. »Bis dahin können Jahre vergehen, und ich werde dann nicht mehr in der Lage sein, neue Dinge zu lernen!« Er streckte flehend die Hände aus. »Ich will während dieser Seereise an deiner Seite sein und von dir lernen.«

»Du willst auf die Große Reise mitkommen?« fragte Miti Matái erstaunt. »Du bist doch fast noch ein Kind.«

»Ich bin ein Mann«, lautete die ärgerliche Antwort. »Und ich erinnere dich daran, daß die Reise nur deshalb stattfindet, weil ich es war, der den Wilden gefangengenommen hat. Ohne ihn hättet ihr nicht die geringste Ahnung, welche Himmelsrichtung ihr ansteuern sollt.«

»Das stimmt sehr wohl«, räumte sein Gegenüber nachdenklich ein. »Und das vergesse ich auch nicht. Doch ich allein kann darüber nicht entscheiden, ob du imstande bist, an der Expedition teilzunehmen. Der Rat muß darüber entscheiden, wer an ihr teilnimmt.«

»Ein Kapitän kann die Mitglieder seiner Besatzung immer selbst auswählen«, wandte der Junge ein. »Das gehört zu seinen Machtbefugnissen.«

»In diesem Fall nicht«, hielt der andere dagegen. »Wir setzen hier sehr viel aufs Spiel, und meine Verantwortung beginnt erst dann, wenn das Schiff die Meerenge passiert hat und auf offener See ist. Bis dahin ist es meine Pflicht zu gehorchen.« Er machte erneut eine Pause und fügte dann mit Betonung hinzu: »Ebenso wie deine.«

»Aber ...«

Miti Matái unterbrach den Jungen mit einer strengen Geste. »Geh jetzt«, sagte er kurzangebunden. »Ich muß meditieren. Wenn der Rat bereit ist, dich mitzulassen, dann nehme ich dich mit. Noch weiß ich nicht, ob du nur ein ›Mann des Gedächtnisses‹ werden wirst oder ob du wirklich das Zeug zum Seemann hast. Aber um das zu erreichen, mußt du als erstes lernen zu gehorchen. Wer nicht lernt zu gehorchen, der wird auch niemals lernen, Befehle zu erteilen.«

Tapú entfernte sich und ging zum Strand. Seine Knie zitterten dabei fast so stark wie in der Nacht, als er es mit dem Wilden aufgenommen hatte. Dabei hätte er am liebsten Freudensprünge gemacht und laut gerufen, daß der wunderbare Miti Matái ihn vielleicht für einen richtigen Seefahrer hielt.

Er wußte sehr genau, daß er kein »Mann des Gedächtnisses« war, der sich auf Sterne spezialisierte. Denn diese beschränkten sich darauf, ein um das andere Mal zu wiederholen, wie andere »Männer des Gedächtnisses« ihnen von deren Bewegungen erzählt hatten, wobei sie unfähig waren, den »Krebs« von den »Drei Palmen« zu unterscheiden. Er, Tapú, kannte hingegen jedes Sternbild beinahe so gut wie die Brustwarzen der schönen Maiana.

Wie gerne wäre er nun bis nach Kap Rofau gelaufen, um ihr jede Einzelheit seines Gesprächs mit dem »Großen Seefahrer« zu erzählen!

Einen Augenblick haderte er mit der Versuchung, den Weg am Strand zu nehmen, doch dann besann er sich, daß sie sich erst vor zwei Tagen geliebt hatten und er riskieren würde, sie wieder einmal in den Armen eines ihrer vielen Liebhaber anzutreffen. Der bloße Gedanke daran dämpfte seine Begeisterung und verdarb ihm beinahe die restliche Nacht.

Schließlich aber gelang es seinem Vater, ihm seine Fröhlichkeit zurückzugeben. »Wenn Miti Matái gesagt hat, daß du es schaffen kannst, Seefahrer zu werden, dann wirst du es auch schaffen«, meinte er, nachdem er seinem Sohn zugehört hatte. »Auch ich glaube es, denn ich habe dir viele Dinge beigebracht, und ich habe gesehen, wie du das Ruder in die Hand nimmst, auch wenn du dich manchmal bei der Berechnung der Abdrift deines Schiffes täuschst. Das ist etwas, was man im Lauf der Jahre erlernt.« Liebevoll streichelte er ihm den Unterarm, ganz nahe an der Stelle, an der die Zeichen seiner ersten, noch unvollständigen Tätowierung zu sehen waren. »An dem Tag, an dem ich hier einen Seestern erkennen kann, werde ich in Frieden sterben können.«

»Du wirst ihn sehen können, wenn ich es schaffe, daß der Rat mich an der Reise teilnehmen läßt.«

»Du bist noch nicht in die Gemeinschaft der Erwachsenen aufgenommen und hast auch das Alter noch nicht erreicht, um die Erlaubnis dafür zu ersuchen.«

»Ich werde das Alter erreicht haben, wenn das Schiff wieder zurückgekehrt ist.«

»Wenn es überhaupt jemals zurückkehren wird ...«

Amó Tetuanúi machte eine verneinende Geste. »Es wird eine sehr anstrengende Fahrt werden, und der Rat wird nur die besten Männer dafür auswählen. Höchstens dreißig, und ich bezweifle, daß sie einen Neuling als Seemann zulassen werden. Mach dir keine Illusionen, mein Sohn. Ich glaube nicht, daß du es schaffst.«

»Kannst du mir nicht dabei helfen?«

»Erwartest du vielleicht von mir, daß deine Mutter mir den Rest meines Lebens zur Hölle macht?« klagte der Alte. »Was würde sie wohl sagen, wenn ich dich zu einem solch wahnwitzigen Abenteuer drängte? Jenseits des Fünften Kreises wartet nur der Tod oder die Strafe, für immer und ewig und ohne Hoffnung auf Rückkehr segeln zu müssen.«

»Nicht, wenn Miti Matái das Schiff steuert.«

»Niemand, in der ganzen Geschichte von Bora Bora, ist zweimal vom Fünften Kreis zurückgekehrt«, erklärte Amó Tetuanúi. »Und niemandem wird dies in Zukunft gelingen.«

»Wer hat das gesagt?«

»Es ist das Gesetz von Gott Tané. Er ist der Herr über die Wellen und die Winde. Unter bestimmten Bedingungen gewährt er einem Helden die Rückkehr vom Fünften Kreis, aber er kann nicht zulassen, daß er sie ein zweites Mal vollbringt, denn in diesem Fall würde der Held zu einem Halbgott werden, der dem Gott seine Stellung streitig machen könnte.«

»Weiß Miti Matái das?«

»Selbstverständlich.«

»Und trotzdem denkt er daran, die Fahrt zu versuchen?«

»Ein Seefahrer fürchtet niemals den Tod auf dem Meer, mein Sohn«, antwortete der Alte ruhig.

»In diesem Fall«, rief Tapú, »frage ich dich, warum ich nicht an dieser Reise teilnehmen soll, wenn ich keine Angst vor dem Tod habe?«

»Oh, der Tapfere ist letzten Endes ebenso tot wie der Feigling.« Amó Tetanúi lächelte liebevoll. »Außerdem mußt du noch viel lernen, bevor du Seefahrer bist, mein Sohn. Sehr viel!«

Waren Tapú und seine Freunde mit den Löchern eines Brettes fertig, so »vernähten« es die tüchtigsten Männer von Tevé Salmón mit einem zweiten Brett mit Hilfe der dicken Fäden, die die alten Männer angefertigt hatten. Die Nähte dichteten sie später mit einer Masse aus der Faser der Kokosrinde ab, die mit dem Harz des Brotbaums vermischt war.

Wenn diese Paste nach einer Woche fest war und die beiden Bretter zusammenklebten, so konnte man glauben, es handle sich um ein einziges Stück Holz. Die Fischer von Bora Bora versicherten, daß ein in den »Werften« von Farépiti zusammengenähtes Boot einer riesigen Welle standhalten konnte, ohne auch nur zu knarzen.

Doch das, was sie jetzt bauten, war kein kleines Fischerboot, sondern ein riesiger Katamaran. Seine beiden Schwimmkörper maßen in der Länge etwas weniger als dreißig Meter, in der Breite zwei und fast drei Meter in der Höhe, was in Anbetracht der Größe der Bretter und Spanten Hunderte von Nähten und Tausende von Stichen erforderlich machte.

Alles wurde im Inneren mit Querbalken aus dem harten Holz des Aito-Baumes verstärkt, der zudem als heiliger Baum verehrt wurde und Schutzpatron des Schiffes war. Obwohl alle Inselbewohner ihre Kraft in die Arbeit steckten, machte der Bau der »Marara«, des »Fliegenden Fisches«, denn so sollte das Schiff auf Ratsbeschluß heißen, nur langsame Fortschritte.

Roonuí-Roonuí und seine Krieger wurden allmählich ungeduldig, denn sie rechneten sich aus, daß ihre Feinde dadurch einen Vorsprung gewannen, der nicht wiedergutzumachen war. Doch Miti Matái ließ sich nicht beirren und blieb gelassen. Er glaubte fest daran, daß sie nur mit einem Schiff, das die Fortbewegung eines Fliegenden Fisches nachahmte, eine – wenn auch kleine – Chance hatten, bei einem so riskanten Abenteuer mit heiler Haut davonzukommen.

»Es kann sein, daß wir von jener Insel zurückkehren oder auch nicht«, sagte er. »Und es kann sein, daß wir das, was uns gehört, zurückbekommen oder auch nicht. Einzig und allein sicher ist, daß die Rückreise große Anstrengung erfordern wird und nur ein wendiges und manövrierfähiges Schiff uns nach Hause zurückbringen kann.«

Tapú, der in seinem Bestreben, an der Expedition teilzunehmen, nicht locker ließ, lief zum Haus seines alten Lehrmeisters, des ehrwürdigen Hiro Tavaeárii, um ihn um Hilfe zu bitten.

Doch der Greis gab ihm zu verstehen, daß er unter den gegenwärtigen Umständen nicht in der Lage sei, sich für sein Anliegen einzusetzen. »Ich vertrete jetzt das Gesetz«, sagte er zu Tapú. »Und das Gesetz legt fest, daß jemand, der nicht in die Gemeinschaft der Erwachsenen aufgenommen ist, nicht an Kriegen teilnehmen kann. Ich schätze dich sehr«, fügte er hinzu. »Es ist mir bekannt, daß du tapfer bist, stark und klug, und ich bin sicher, daß du eine große Hilfe wärst, auch als Ruderer, aber ich habe nicht die Absicht, die Entscheidungen des Rates zu beeinflussen.«

»Er wird viele Männer auf die Expedition schicken, die nicht mitgehen wollen und Angst haben«, bemerkte der Junge.

»Es sind alles Freiwillige.«

»Ja. Es sind alles Freiwillige«, räumte Tapú ein. »Aber sie sind es, weil sie andernfalls für Feiglinge gehalten würden, und du weißt sehr wohl, daß fast die Hälfte von ihnen lieber zu Hause bleiben würde.«

»Niemand kann lesen, wie es im tiefsten Herzen der Menschen aussieht«, sagte Hiro Tavaeárii leise. »Und wer es dennoch tut, riskiert dabei, daß er sich täuscht. Gesetz ist Gesetz«, schloß er.

»Muß denn das Gesetz immer recht behalten?« fragte der Junge, offensichtlich mit Hintergedanken.

»Selbstverständlich.«

»Auch wenn es sich um ein ungerechtes Gesetz handelt?«

»Auch dann.«

»Und nicht einmal der Rat ist befugt, dagegen einzuschreiten?«

»Der Rat so wenig wie sonst jemand.«

»Gut!« bekräftigte Tapú in einem Ton, der seinen Lehrmeister erstaunte. »Das ist gut zu wissen.«

Am folgenden Tag traf er sich mit Vetéa Pitó und Chimé, und obwohl die beiden anfangs seinen Vorschlag abzulehnen schienen, der ihnen absurd vorkam, gelang es ihm schließlich, sie zu überzeugen. Drei Tage später, als der Rat sich in den Ruinen des Tempels versammelte, erschienen die drei jungen Männer und baten um die Erlaubnis, ein Anliegen vortragen zu dürfen.

»Was zum Teufel ist denn jetzt los?« rief Roonuí-Roonuí ärgerlich. »Seht ihr denn nicht, daß wir wichtige Dinge besprechen müssen?«

Tapú deutete mit einer Kopfbewegung zu der »Bestie« hin. »Wir bitten den Rat höflich darum, uns unseren Gefangenen auszuhändigen«, entgegnete er mit gespielter Ruhe.

»Den Gefangenen?« wunderte sich der »Kriegsanführer«. »Seid ihr übergeschnappt?«

»Keineswegs!« lautete die Antwort. »Das Gesetz legt fest, daß jeder Gefangene, für den seine Familienangehörigen einen Monat nach der Gefangennahme kein Lösegeld angeboten haben, in den Besitz desjenigen übergeht, der ihn gefangengenommen hat.« Tapú machte eine bedeutungsvolle Pause. »Und heute läuft diese Frist ab.«

Es herrschte Stille. Die Ratsmitglieder blickten einander sichtlich verwirrt an, und während in den Augen des einen oder anderen ein zorniges Funkeln aufleuchtete, spielte um Miti Matáis Lippen ein sonderbares Lächeln.

»Das ist ein unsinniges Gesetz!« rief Roonuí-Roonuí schließlich. »Ich bin nicht bereit, es zu befolgen. Wir haben doch die Untersuchung seiner Tätowierungen noch gar nicht abgeschlossen.«

»Kein Gesetz ist unsinnig«, entgegnete ihm Hiro Tavaeárii, der sich nun in die Angelegenheit einmischte. »Und niemand darf es mißachten, egal, wie die Umstände liegen.« Dann wandte er sich den drei Jungen zu. »Was habt ihr denn mit eurem Gefangenen vor?«

»Wir wollen ihn verkaufen«, antwortete Vetéa Pitó unumwunden.

»Ihn verkaufen? An wen?«

»An den, der bereit ist, den Preis zu bezahlen, den wir vereinbart haben.«

»Und wie hoch ist sein Preis?«

»Drei Plätze an Bord der ›Marara‹.«

»Das habe ich befürchtet«, gestand der Alte, den diese Geschichte im Grunde amüsierte. »Aber wenn wir mit dieser Abmachung einverstanden wären, so würden wir damit ein anderes Gesetz brechen.«

»Welches?« wollte Tapú wissen.

»Das Gesetz, welches besagt, daß niemand, der nicht in die Gemeinschaft der Erwachsenen aufgenommen ist, in den Krieg entsandt werden darf«, erinnerte ihn der »Herrscher« nachdrücklich. »Und dieses Gesetz ist noch älter als das andere.«

»Aber man würde uns doch in diesem Fall nicht in einen Krieg schicken«, widersprach der Junge scharfsinnig. »Dem ›Mann des Gedächtnisses‹ zufolge legt das Gesetz fest, daß unter zwei Inseln Krieg erst dann herrschen darf, wenn zuvor länger als drei Monate Friedensverhandlungen geführt worden sind.« Er bleckte dabei wie ein Kaninchen seine Schneidezähne. »So viel ich weiß, haben mit jenen Wilden gar keine Verhandlungen stattgefunden, und daher gibt es auch noch keine Kriegserklärung.«

»Hundesohn!«

Hiro Tavaeárii warf Roonuí-Roonuí, der dies ausgerufen hatte, einen vorwurfsvollen Blick zu. »In den Versammlungen des Rates waren Beleidigungen bisher nicht zugelassen«, wies er ihn zurecht. »Und wir werden sie auch jetzt nicht dulden. Diese Jungen machen doch nur von den Rechten Gebrauch, die ihnen die Gesetze verleihen, welche von den weisesten Männern unter unseren Vorfahren erlassen worden sind. Wir sind dazu verpflichtet, ihre Fragen zu berücksichtigen und ihnen auf den Grund zu gehen. Vor allem müssen wir zugeben, daß ihre Absicht sicherlich lobenswert ist.« Er wandte seine Aufmerksamkeit wieder dem Trio zu, das gespannt und mit sichtlicher Nervosität der Dinge harrte, die passieren würden. »Wer hat euch den Rat gegeben, zu derlei listigen Methoden zu greifen, die sich für euer Alter und euren Stand nicht ziemen?« wollte er wissen.

Tapú deutete auf den schweigsamen Miti Matái. »Er.«

»Ich?« rief der Angesprochene verblüfft. »Niemals habe ich mit jemand über dieses Thema gesprochen.«

»Das ist richtig«, räumte Tapú unerschrocken ein. »Aber wenn man dich fragt, wie man gegen die Passatwinde ansegelt, dann lautet deine Antwort: Man muß den Schiffsrumpf mit Wasser füllen, um dadurch die Wasserlinie zu senken und somit dem Wind weniger Angriffsfläche zu bieten. Dann gilt es, die Strömungen zu erforschen, denn die Winde legen sich je nach Tageszeit wieder, die Strömungen dagegen lassen niemals nach.« Er lächelte schelmisch. »Das ist genau das, was wir auch getan haben«, fügte er hinzu. »Wir haben nach anderen Möglichkeiten gesucht.«

Miti Matái dachte über die Antwort nach, pflichtete durch ein leichtes Kopfnicken bei und wandte sich schließlich an Hiro Tavaeárii, der sich wie die übrigen Anwesenden abwartend verhielt: »War er dein Schüler?«

Der Alte bejahte mit sichtlichem Stolz. »Und dazu ein überaus begabter.«

»Ab jetzt ist er meiner«, wandte sich Miti Matái an die Ratsmitglieder. »Als Kapitän der ›Marara‹ erhebe ich Anspruch auf mein Recht, ihn unter die Besatzungsmitglieder aufzunehmen«, sagte er. »Und ich vertraue darauf, daß seine Segelkunst eines Tages an seine Wortgewandtheit heranreichen wird. Zweifellos ist er der draufgängerischste Junge ...«

Tapú unterbrach ihn und deutete auf seine beiden Freunde: »Und was ist mit ihnen?«

Miti Matái warf ihnen einen forschenden Blick zu, mit dem er ihre Körperkräfte unter die Lupe zu nehmen schien. »Sie werden auch mitkommen.«

Vetéa Pitó und der baumlange Chimé bückten sich, um Miti Matái die Füße zu küssen.

Doch dieser stieß sie zurück. »Freut euch nicht zu früh!« warnte er. »Es wird der Augenblick kommen, da ihr davon träumen werdet zurückzukehren, und sei es schwimmend.« Er betrachtete Chimé. »Du wirst rudern, bis dir die Hände bluten ...« Er wandte sich dem anderen zu. »Und du bist mit deiner Haut offensichtlich geeignet, mein ›Mann der Wiederkehr‹ zu werden.«

»›Mann der Wiederkehr‹!« rief der arme Vetéa Pitó erschrocken. »Gott Tané möge mich davor bewahren!«

»Noch hast du Zeit abzulehnen.«

Der stolze Taucher zögerte kurze Zeit und wandte sich dabei nach allen Seiten, als suche er Hilfe, die er jedoch nirgends finden konnte. Schließlich stimmte er zu wie ein Angeklagter, der eine harte Strafe annimmt. »Niemals!« rief er. »Ich werde dein ›Mann der Wiederkehr‹ sein.«

»Gut!« unterbrach sie der ehrwürdige Hiro Tavaeárii, um damit die Angelegenheit für beendet zu erklären, mit deren Ergebnis er offenbar zufrieden war. »Geht jetzt, denn wir haben noch viele Dinge zu besprechen.«

Die drei Jungen verneigten sich achtungsvoll und entfernten sich mit der Würde, die ihnen als Besatzungsmitgliedern der »Marara« zukam.

Kaum waren sie jedoch auf den Weg eingebogen, der zum Strand führte, und außer Sichtweite derer, die noch im Tempel verweilten, stießen sie Freudenschreie aus, umarmten einander und wälzten sich im Sand wie ausgelassene Kinder.

»Wir haben es geschafft! Wir haben es geschafft!« brüllten sie immer wieder. »Endlich sind wir Männer!«

Als sie sich wieder beruhigt hatten, setzten sie sich im Kreis zusammen und sahen sich in einer Mischung aus Zufriedenheit und Ungläubigkeit an. Noch immer konnten sie das Ergebnis kaum für möglich halten.

»Wir werden auf See gehen!« rief Tapú. »Könnt ihr euch das vorstellen? Die großartigste Expedition, die jemals unternommen worden ist, und wir werden daran teilnehmen! Ich kann es nicht glauben!«

»Ich auch nicht!« gab Vetéa Pitó zu. »Aber die Wahrheit ist, daß wir viel aufs Spiel gesetzt haben. Wenn es schlecht ausgegangen wäre, dann hätten sie uns so den Hintern versohlt, daß er drei Monate lang dunkelblau gewesen wäre.«

»Ich weiß«, meinte Tapú. »Aber kannst du dir vorstellen, was es bedeutet hätte, hier zu bleiben und das Dorf wieder aufzubauen, Köder herzustellen oder in der Lagune zu fischen und dabei zu denken, daß Miti Matái sich im Fünften Kreis herumtreibt?«

»Das wäre zum Verrücktwerden gewesen!« sagte der stämmige Chimé mit seiner rauhen Stimme, der noch immer wie in einer anderen Welt zu sein schien. »Aber sag mal«, fragte er Tapú, »sind diese Gesetze alle wirklich so, wie du gesagt hast?«

Sein Freund dachte eine Weile nach und bewegte dann leicht den Kopf hin und her. »Mehr oder weniger«, antwortete er in spöttischem Ton. »Ebenso wie die Form der Wolken lassen auch die Gesetze die unterschiedlichsten Deutungen zu. Aber wenn du voller Überzeugung behauptest, daß es regnen wird, so nehmen die Leute es hin, daß es regnen wird.«

»Und wenn es nicht regnet?«

»Bis dahin sind wir schon auf hoher See«, sagte Tapú. »Bei den Sorgen, die sie im Augenblick haben, glaube ich nicht, daß einer aus dem Rat den ›Mann des Gedächtnisses‹ aufsuchen wird, um ihn zu fragen, ob das Gesetz wirklich so lautet, wie ich gesagt habe.« Er lächelte. »Der einzige, der es wissen könnte, ist Hiro Tavaeárii, aber ich war mir sicher, daß er sich nicht einmischen würde, weder für noch gegen uns.«

»Und wenn er es doch noch tut?« wollte Vetéa Pitó wissen.

»Dann sitzen wir schön in der Tinte.«

»Das Risiko hat sich jedenfalls gelohnt!« murmelte Chimé.

Er wollte noch etwas hinzufügen, doch seine Augen waren auf einmal vom Anblick des unvergleichlichen Körpers der schönen Maiana gefesselt. Sie steuerte geradewegs auf sie zu und bewegte sich dabei so unnachahmlich, daß sie die Männer in einen Zustand der Erregung versetzte.

»Sieh sie dir an!« flüsterte Chimé. »Wie zum Anbeißen steht sie da! Und ich bin ganz verrückt danach, sie anzubeißen!«

Tapú hätte nicht übel Lust gehabt, ihm mit seinem scharfen Messer aus Haifischzähnen die Zunge oder gar ein anderes Körperteil abzuschneiden. Doch er war nicht fähig, auch nur die kleinste Bewegung zu machen, bis das reizende Geschöpf sich neben ihnen niedergelassen und ihnen das hinreißendste Lächeln geschenkt hatte.

»Ich habe es gerade erfahren«, sagte sie. »Ihr seid großartig!« Sie hob die Hand, als wollte sie verhindern, daß einer von den dreien antwortete. In beiläufig klingendem Ton fuhr sie fort: »Ich habe Tapú versprochen, daß ich ihn heirate, falls er es fertigbringt, daß Miti Matái ihn zu seinem Schüler nimmt; aber auch euch habe ich versprochen, daß ich es tun würde, falls ihr unter die Besatzung der ›Marara‹ aufgenommen würdet.« Sie stieß einen tiefen Seufzer aus.

»Das ist doch nicht zu fassen!« klagte Chimé.

»Ich weiß!« gestand das Mädchen, und ihrer Stimme war zu entnehmen, daß sie es ehrlich meinte. »Ich habe eitel und verantwortungslos gehandelt, aber ihr müßt zugeben, daß die Vorstellung, daß ihr alle drei erreichen würdet, was ihr mir versprochen habt, sehr unwahrscheinlich war.« Ihre dunklen Augen, die sie durchdringend ansahen, ließen die drei Jungen erzittern. »Als Entschädigung bin ich freiwillig und gerne bereit, euch von diesem Augenblick an Treue zu schwören.« Sie lächelte sanft. »Euch allen drei.«

»Allen drei?« staunte Vetéa Pitó.

»Allen drei«, wiederholte Maiana nachdrücklich. »Vom heutigen Tag an wird mich niemand berühren als ihr, und an dem Tag, an dem ihr zurückkehrt, werde ich den von euch heiraten, der mich dann noch immer zur Frau haben möchte.«

»Und wenn wir alle drei das wollen?«

»Das bezweifle ich, denn nach einer so langen Reise werde ich schrecklich fett sein, wenn ihr zurückkehrt. Aber sollte es so sein, so werden wir die geeignetste Lösung finden.« Wieder lächelte sie. »Es wäre dumm, sich jetzt schon unnötige Gedanken darüber zu machen.«

»Wie lange wirst du warten?«

»Wenn ich sage, für immer, so heißt das auch für immer«, stellte sie klar. »Und auch wenn ihr niemals zurückkommen solltet, würde es nichts ändern. Ich habe mittlerweile alle Männer kennengelernt, die ich meinte kennenlernen zu müssen, und ich werde nicht die einzige Frau auf dieser Insel sein, die sich daran gewöhnen muß, allein zu schlafen.«

Die drei jungen Männer sahen einander an. Obwohl jeder von ihnen sich am liebsten auf das gefährliche Abenteuer eingelassen und Maiana sofort von ihrem Vater zur Frau genommen hätte, war die ungewöhnliche Lösung, die sie vorgeschlagen hatte, lockender, als sie jede Nacht in den Armen eines anderen Liebhabers zu wissen.

»Zu schade, daß du keine Witwe bist!« murmelte Vetéa Pitó schließlich. »Dann könntest du mit uns auf See gehen.«

»Ich glaube nicht, daß dir das gefallen würde«, sagte sie ruhig. »Mir übrigens auch nicht!« Dann betrachtete sie die Jungen mit dem für sie typischen Gesichtsausdruck, der ein Paradies von Küssen und Liebkosungen verhieß. »Jeder von euch soll mich eine Nacht besuchen kommen«, fuhr sie fort. »Ich brauche jetzt eine Befriedigung, die für sehr, sehr lange Zeit vorhalten muß ...« Sie stand auf und entfernte sich am Ufer entlang.

Die drei Freunde beobachteten sie, bis sie nur noch ein winziger Punkt war. Dann sahen sie einander an; sie schienen sich auch ohne Worte zu verstehen.

»Als erstes müssen wir alle drei lebend zurückkehren«, stellte Tapú fest und sprach damit aus, was die anderen dachten. »Und wenn wir zurückkehren, dann hat einer von uns vielleicht wirklich seine Meinung geändert, so wie sie gesagt hat ...« Er zuckte die Achseln. »Und wenn es nicht so ist, dann soll sie frei entscheiden«, schloß er.

»Gilt das als Schwur?« wollte Vetéa Pitó wissen.

»Für mich ja.«

»Für mich auch.«

Vetéa Pitó legte seine rechte Hand flach auf den Sand,

Chimé legte seine darauf und Tapú ebenfalls. In dieser Stellung verharrten sie eine Weile schweigend.

Tapú bestimmte schließlich: »Der erste von uns, der einen Krebs fängt, wird heute die Nacht mit ihr verbringen, der zweite morgen und der dritte übermorgen ... Einverstanden?«

»Einverstanden!«

Sie sprangen auf und rannten zu den Klippen.

Der Augenblick war gekommen, da die »Marara« vom Stapel laufen sollte.

Der Stapellauf eines großen Schiffes – und dies war das größte und schönste, das jemals auf Bora Bora gebaut worden war – verlangte ein genau festgelegtes Ritual. Das Wichtigste dabei war, die Schutzherrschaft des Meeresgottes zu erlangen, der das Schiff vor den tausend Gefahren bewahren sollte, denen es während seiner beschwerlichen Reise ohne Zweifel ausgesetzt sein würde.

Uralten Traditionen zufolge war Gott Tané ein Menschenopfer darzubringen, um ihn auf diese Weise zu erinnern, daß das Leben der Menschen an Bord des Schiffes in seiner Verantwortung lag. Doch zu diesem Zeitpunkt gab es auf der Insel weder einen Kriegsgefangenen noch einen Schwerkranken oder einen sterbenden Greis, den man mit leichtem Gewissen hätte opfern können.

Obwohl sich die Augen aller Anwesenden sofort auf die verhaßte Gestalt des Wilden richteten, widersetzte sich Miti Matái seiner Opferung mit der Begründung, die Tätowierungen seines Körpers seien zu wertvoll, als daß sie mit ihm zugrunde gehen dürften. »Den größten Teil der Geheimnisse, die sie enthalten, haben wir noch immer nicht herausgefunden«, sagte er. »Und ich möchte ihn mit auf die Reise nehmen, denn vielleicht können uns Völker entlegener Inseln seine Herkunft erklären, wenn sie diese Zeichnungen sehen. Ich weiß, daß er den Tod mehr verdient als jeder andere«, fügte er hinzu. »Aber ein solches Opfer können wir uns nicht leisten.«

»Ich weigere mich, das Schiff ohne Opfergabe ins Meer zu lassen«, entgegnete Tevé Salmón starrköpfig. »Wenn ich es täte, würde das Schiff nicht einmal die Ufer von Rairatea erreichen.«

»Dann müssen wir eben ein anderes Opfer suchen«, beharrte der »Große Seefahrer«. »Ich brauche diesen Wilden.«

Roonuí-Roonuí schlug vor, so rasch wie möglich eine Fahrt zu einer nahegelegenen Insel zu machen und dort jemand gefangenzunehmen.

Doch Hiro Tavaeárii lehnte diesen Vorschlag rundweg ab. »Zum ersten Mal seit vielen Jahren leben wir in Frieden mit unseren Nachbarn«, sagte er. »Es scheint mir nicht angebracht, ausgerechnet dann diesen Frieden aufs Spiel zu setzen, wenn unsere besten Krieger sich auf eine lange Seefahrt begeben.« Er machte eine kurze Pause. »Wir müssen uns so verhalten, als sei nichts geschehen, denn niemand darf erfahren, daß wir ohne Krieger sind.«

»Man sagt, der alte Tracqui rede schon dummes Zeug«, warf der alte Tätowierer zögernd ein.

»Zwei seiner Söhne werden mit an Bord gehen«, antwortete Roonuí-Roonuí in seiner gewohnt spitzzüngigen Art. »Mit welcher Gemütsverfassung werden sie es tun, wenn das Schiff ihren Vater das Leben gekostet hat?«

Alle Anwesenden blickten schließlich Hiro Tavaeárii an, der die Geschicke der Insel lenkte und das letzte Machtwort sprechen mußte.

Dies war eindeutig die schwierigste Entscheidung, die der ehrwürdige Lehrmeister von Tapú jemals zu treffen hatte. Er hatte unter keinen Umständen vor, einen Unschuldigen zum Tode zu verurteilen; andererseits wollte er nicht das Leben von dreißig Menschen in Gefahr bringen, indem er das Schiff vom Stapel laufen ließ, ohne mit dem Beistand des allmächtigen und zugleich rachsüchtigen Gottes Tané rechnen zu können. »Ich werde darüber nachdenken«, sagte er schließlich. »Morgen werde ich euch meine Entscheidung mitteilen.«

Er blieb die ganze Nacht über wach, auf der Veranda seiner Hütte sitzend und den Blick auf die Lagune gerichtet.

Als sich der Große Rat am folgenden Abend in einem Kreis um ihn scharte, heftete Hiro Tavaeárii seinen Blick auf Miti Matái und fragte ihn mit gespielter Gelassenheit: »Brauchst du diesen Wilden wirklich?«

Der andere beharrte: »Wenn diese Expedition für uns einen Sinn haben soll, dann brauche ich den Wilden.«

»Aber brauchst du ihn oder nur seine Tätowierungen?«

»Er selbst nützt mir überhaupt nichts«, räumte der »Große Seefahrer« ein. »Alles, was er kann, ist fauchen und Drohungen ausspucken. Doch seine Tätowierungen sind von unschätzbarem Wert.«

»Gut!« sagte der Alte. »Es behagt mir zwar nicht, aber das ist meine Entscheidung: Wir werden den Gefangenen unserem Gott Tané opfern, doch seine Haut werden wir gerben und aufbewahren, so daß sie der Expedition dienlich ist.«

Es herrschte eine bedrückende Stille. Die Anwesenden sahen einander ungläubig an. Ein Schauer des Entsetzens ergriff sie.

Amó Tetuanúi, der Vater von Tapú, fragte schließlich stotternd: »Willst du damit sagen, daß er bei lebendigem Leib gehäutet werden soll?«

Der ehrwürdige Greis sah ihn traurig an. »Habt ihr mir etwa eine andere Wahl gelassen?« wollte er wissen. »Die einen verlangen von mir seine Haut, die anderen sein Leben ... Das einzige, was ich also tun kann, ist, die Haut von diesem Leben abzuziehen.«

»Das wird die abscheulichste Tat sein, die jemals auf Bora Bora begangen wurde«, klagte Amó Tetuanúi. »Eine Tat, die bis zum Ende der Menschheit nicht in Vergessenheit geraten wird.«

»Sie wird niemandem im Gedächtnis bleiben, wenn der ›Mann des Gedächtnisses‹ sie nie erwähnt«, stellte der andere klar. »Genaugenommen haben uns die Wilden zu dieser Tat veranlaßt. Niemand hat ihnen befohlen, unseren König zu töten und unsere Frauen zu entführen.« Verbittert hielt er inne. »Dies ist meine Entscheidung, ich übernehme die volle Verantwortung und ordne hiermit an, daß die Weisung befolgt wird. Hinói Tefaatáu soll ihn häuten.« Er begab sich auf den Weg nach Hause.

Die Aufmerksamkeit richtete sich jetzt auf Hinói Tefaatáu, der sich zitternd in die hinterste Reihe setzte. »Möge Taaroa mich beschützen!« schluchzte er mit Tränen in den Augen. »Niemals hätte ich mir träumen lassen, daß ich einen Menschen bei lebendigem Leibe häuten muß, und sei es eine noch so ekelhafte Kreatur.«

Selbst der grimmige Tevé Salmón schien sich nun wegen seiner Hartnäckigkeit zu schämen, mit der er das Menschenopfer gefordert hatte. Doch die Entscheidung war getroffen, und nun galt es, einem Befehl zu gehorchen, gegen den sich alle innerlich sträubten.

Als Tapú in jener Nacht neben Maiana ausgestreckt am Strand lag, war er außerstande, mit ihr zu schlafen. Doch auch das Mädchen verspürte keine Lust dazu, und so mußte er schließlich die Frage aussprechen, die alle beschäftigte: »Wie lange kann ein Mensch ohne Haut überleben?«

»Ich weiß es nicht«, gestand sie in einem Ton, der ihren Abscheu verriet. Sie stieß einen tiefen Seufzer aus. »Ich bezweifle, daß einem Schiff, das unter einem grausamen Stern erbaut wurde, ein glückliches Schicksal beschert ist.« Sie streichelte ihn sanft. »Ich habe Angst um dich«, sagte sie schließlich.

»Nur um mich?«

»Ich habe Angst um alle«, berichtigte sie sich. »Auf diesem Schiff werden drei Männer segeln, die ich liebe, und mein Onkel, zwei meiner Vettern und die meisten meiner besten Freunde ...« Sie setzte sich in den Sand und betrachtete den Mond, der am Horizont aufging. »Wir werden viel für euch beten müssen, wenn ihr auf dem Meer seid«, fügte sie hinzu. »Sehr viel.«

»Er ist schön, der Mond«, flüsterte Tapú nach einer langen Pause. »Wunderschön. Ich werde jedes Mal an dich denken, wenn ich ihn am Horizont aufgehen sehe, und ich werde so lange an dich denken, bis er im Westen untergeht.« Seine Finger tauchten in ihr pechschwarzes, seidig glänzendes Haar, das ihr bis zu den Hüften reichte. »Ich würde Jahre meines Lebens hingeben, damit du mich wenigstens halb so liebst, wie ich dich liebe.«

»Immerhin schenke ich dir ja schon ein Drittel meiner Liebe«, antwortete sie scherzhaft. »Oder vielleicht noch mehr, denn man sagt, die Liebe einer Frau sei viel stärker als die Liebe eines Mannes.« Sie blickte ihm fest in die

Augen. »Könntest du mich für den Rest deines Lebens mit Chimé und Vetéa Pitó teilen?«

Tapú dachte lange über eine passende Antwort nach, bevor er widerwillig sagte: »Ich glaube nicht, daß es mich glücklich machen würde. Aber um ehrlich zu sein, ein Drittel von dir erscheint mir besser als eine andere Frau ganz.«

»Schade, daß das Gesetz es nicht zuläßt!« bemerkte sie nachdrücklich. »Es wäre die vollkommene Lösung.«

»Welche Möglichkeiten habe ich, damit du mich wählst?« fragte der Junge sehnsüchtig.

»Eine von dreien«, war ihre klare Antwort. »Genau eine von dreien.«

Zwei Tage später erwachte die Insel, bereit, das große Fest zu begehen und die »Marara« vom Stapel laufen zu sehen. Doch anders als bei früheren Gelegenheiten herrschte dieses Mal eine angstvolle Stimmung, und der Himmel sandte seit den frühen Morgenstunden graue Regengüsse auf die Erde hinab. Es schien, als beklagte auch er die entsetzlichen Leiden, die dem Mann bevorstanden, der zum Tode verurteilt war.

Der Wilde selbst schien sich darüber im klaren zu sein, daß etwas Schreckliches mit ihm passieren sollte. In den Blicken der Schaulustigen konnte er nicht mehr den blinden Haß der ersten Tage erkennen, sondern nur noch Mitleid, das sie kaum verbergen konnten.

Man trug ihn zur Bucht von Farépiti. Er sah sich dem riesigen Schiff gegenüber, entdeckte die breite Reihe von Querbalken, die bis zum Wasser hinabreichten, und bemerkte, daß in der Mitte dieser Querbalken eine große Holzplatte mit Löchern angebracht war, an denen seine

Fesseln befestigt werden sollten. Spätestens da ahnte er, daß er zerquetscht und in eine blutende Fleischmasse verwandelt werden sollte.

Die Inselbewohner versammelten sich bereits am frühen Morgen am Strand. Sie zeigten sich in ihren besten Festtagsgewändern, waren mit Blumengirlanden geschmückt und hatten ihren prächtigen Kopfputz angelegt. Das dumpfe Schlagen der Trommeln erklang, begleitet vom schrillen Ton der Flöten; aber all dies vermochte nicht die Stimmung zu heben.

Sie warfen den Wilden auf das Holzbrett, ohne daß er auch nur den geringsten Widerstand geleistet hätte. Doch als er sah, wie sich der hagere Hinói Tefaatáu, der während der ganzen Nacht kein Auge zugetan hatte, in Begleitung von zwei Männern näherte und die drei Männer Messer aus scharfkantigen Muscheln zückten, da begann er tiefe Kehllaute auszustoßen, denn er hatte ja nicht mehr als den Stummel seiner Zunge.

Es war ein gräßliches Schauspiel, das allen für immer im Gedächtnis haften sollte. Als kurz darauf Hinói Tefaatáu beiseite trat, in den Händen die blutüberströmte Haut des Unglückseligen, ließ er einen Haufen bluttriefenden Fleisches zurück, der sich röchelnd in einem unbeschreiblichen Todeskampf quälte. Hiro Tavaeárii beeilte sich daher, den Befehl zum Losmachen der Taue der »Marara« zu geben. Das Schiff fuhr über den Körper des sterbenden Wilden und setzte seinen Leiden ein rasches Ende.

Der doppelte Bug des Katamarans durchpflügte das Wasser und glitt sanft durch die stille Bucht von Farépiti. Dann erhob sich die heisere Stimme von Miti Matái aus der beklemmenden Stille, und Männer, Frauen und Kinder von Bora Bora stimmten ein in sein Gebet:

»Lass' ich mein Schiff auf Seefahrt gehen
durch tückische Gewässer,
so mögen sie unter ihm vorüberziehen,
o Gott Tané,
und mein Schiff darüber.

Lass' ich mein Schiff auf Seefahrt gehen
durch stürmische Winde,
so mögen sie oben vorüberziehen,
o Gott Tané,
und mein Schiff darunter.

Lass' ich mein Schiff auf Seefahrt gehen
durch riesige Wellen,
so mögen sie darunter vorüberziehen,
o Gott Tané,
und mein Schiff darüber.

O Gott Tané! O Gott Tané!«

Einige mitfühlende Mädchen bedeckten den Leichnam der »Bestie« mit Palmblättern, und allmählich schienen sich die erregten Gemüter der Inselbewohner wieder zu beruhigen. Sie konnten nun ihre ganze Aufmerksamkeit der prachtvollen Silhouette des majestätischen Schiffes widmen, das sich sanft in der Lagune wiegte.

Das Schiff war ein Meisterwerk, auf das Tevé Salmón stolz sein konnte.

Wenig später bestieg der »Große Schiffsbaumeister« das Schiff, suchte seinen Mittelpunkt und legte eine Kokosnuß auf diese Stelle: Die Kokosnuß rollte weder nach Backbord noch nach Steuerbord, weder nach vorn noch nach hinten, was der untrügliche Beweis dafür war, daß die »Marara« sich in einem vollkommenen Gleichgewicht befand. Als der mürrische Mann mit dieser ersten Besichtigung zufrieden war, nahm er das große Ruder in die Hand, das als Ersatz für das Steuerruder dienen sollte, und überreichte es Miti Matái. Mit dieser Geste gab er zu verstehen, daß er von nun an die gesamte Verantwortung für das Schiff auf Miti Matái übertrug.

Der »Große Schiffsbaumeister« von Bora Bora legte das Ruder auf Deck nieder, kniete sich davor und beugte sich hinab, bis er es mit der Stirn berührte. Dann ergriff er es mit Entschlossenheit und legte es an die Stelle, die dafür vorgesehen war.

Auf ein Zeichen kamen seine zehn besten Männer an Bord, jeder mit einem Kanupaddel ausgerüstet, und begannen im Rhythmus auf die Öffnung der Bucht zuzurudern, wo ein leichter Windstoß ihnen gestattete, die Segel zu hissen.

Fast alle liefen auf dem kleinen Hügel zusammen, von wo aus man die Lagune überblicken konnte. Den Rest des Tages taten sie nichts anderes als singen, tanzen, essen und die »Marara« bei ihren Manövern beobachten, denn ihr Kapitän Miti Matái unterzog sie jeder Art von Belastungsprobe.

Tapú, Chimé und Vetéa Pitó waren bis Kap Tereía gelaufen, um dort ins Meer zu springen und die fünfhundert Meter bis zu der kleinen Insel Tevairoa zu schwimmen, von wo aus sie das große Korallenriff erreichten. Hier konnten sie die Manöver »ihres« Schiffes aus allernächster Nähe verfolgen.

»Es ist unglaublich!« wiederholte Chimé immer wieder. »Einfach unglaublich! Mit einem solchen Schiff könnten wir sogar bis zum Siebten Kreis vordringen, wenn es ihn gäbe.«

»Das Problem ist nicht die Hinfahrt«, gab Vetéa Pitó zu bedenken, »sondern die Rückfahrt.«

»Dafür haben wir ja dich, ›Mann der Rückkehr‹!« Chimé lachte und klopfte seinem Freund kameradschaftlich auf die Schulter. »Man wird sehen, wie sie dich ...«

»Erinnere mich bloß nicht daran!« bat ihn der andere. »Bitte, tu es nicht, sonst zieht sich mein Bauchnabel zusammen!«

»Nicht dein Bauchnabel zieht sich zusammen, sondern etwas anderes!«

»Bei mir?« reagierte der Taucher gekränkt. »Frag doch Maiana!«

Es herrschte Stille, und sowohl Chimé als auch Tapú warfen ihm einen vorwurfsvollen Blick zu.

Vetéa Pitó schien zu begreifen. Er senkte den Kopf und flüsterte heiser: »Es tut mir leid! Das war dumm von mir.«

»Allerdings«, stimmte Tapú zu. »Ein Mann darf niemals Anspielungen auf seine Beziehungen zu einer Frau machen, und in unserem Fall erst recht nicht.« Aufmerksam beobachtete er seine Freunde. »Wir werden sehr lange Zeit auf engstem Raum zusammenleben, und gerade deshalb müssen wir mit allem, was Maiana betrifft, sehr vorsichtig umgehen, sonst wird es zwischen uns noch zu einer Prügelei kommen.« Er lächelte. »Und dann hätte Chimé alle Chancen zu gewinnen.«

»Es wird nicht wieder vorkommen«, versicherte Vetéa Pitó. »Ganz bestimmt nicht!«

Fast zwei Wochen benötigten sie noch, um kleine Verbesserungen am Schiff vorzunehmen. Sie montierten das Freibord, das klein ausgefallen war, und rüsteten das Schiff mit Wasservorräten, Lebensmitteln, Waffen und allem übrigen aus, was die vielköpfige Besatzung für eine so lange Schiffsreise benötigte.

Danach begann die Auswahl der Pahí-Vahínes, der »Bootsfrauen«, die Miti Matái auf drei beschränkte, obwohl sich fast ein Dutzend Frauen um den Posten bemühten.

Die Pahí-Vahínes wurden unter den Witwen ausgewählt, die keine kleinen Kinder hatten, und waren dafür zuständig, sich voll und ganz um die Besatzungsmitglieder zu kümmern. Dazu zählte neben der Zubereitung von Speisen, der Reinigung des Schiffes und der Krankenversorgung ebenso die Aufgabe, die Männer – falls sie einmal betrübt waren – durch Gespräche aufzumuntern oder sexuelle Bedürfnisse zu stillen.

Diese Frauen mußten von angenehmem Wesen und körperlicher Attraktivität, aber nicht von übertriebener Schönheit sein, um nicht den Argwohn der Verlobten und Ehefrauen zu wecken, die an Land zurückblieben. Keine der drei sollte die beiden anderen an Schönheit oder sexueller Anziehungskraft übertreffen, da sonst die Gefahr bestand, daß dieser Frau von dreißig Männern fortwährend der Vorzug gegeben wurde. Sie mußten gepflegt und freundlich, gute Köchinnen sein, und die hatten die besten Chancen, die darüber hinaus auch singen, tanzen, ein Instrument spielen oder schöne Geschichten erzählen konnten, die die lange Reise unterhaltsamer machten.

Die Auswahl fand im Tempel statt; sie begann bei Sonnenuntergang und dauerte bis zum Sonnenaufgang des folgenden Tages. Die Besatzung des Schiffes, die obersten Ratsmitglieder und zwei angesehene Frauen gutachteten.

Zu Beginn wurden jeder Bewerberin Speisezutaten vorgesetzt, mit denen sie ihre Fähigkeiten als Köchin unter Beweis stellen konnte. Nachdem alle Anwesenden die Speisen gekostet hatten, durften die Frauen ihre künstlerische Begabung als Sängerin oder Tänzerin vorführen und zeigen, wie man das Leben von Männern, die eine harte Aufgabe zu bewältigen hatten, angenehmer gestalten konnte.

Zum Abschluß überreichte jede der Bewerberinnen den Gutachtern eine Blüte, die sie als ihr Kennzeichen ausgewählt hatte. Dann zogen sich die Frauen zurück, um das Ergebnis der Abstimmung abzuwarten.

Die Männer hatten fast eine Stunde Zeit, über das, was ihren Augen oder Ohren dargeboten worden war, nachzudenken. Am Ende legten sie drei dieser Blüten in einen Korb.

Hiro Tavaeárii nahm die Auszählung der Stimmen vor und ließ dann nach den Frauen rufen, die ausgewählt worden waren; diese konnten ihre Freude kaum verbergen. Mit tiefer und bedächtiger Stimme sprach er zu ihnen: »Bora Bora vertraut euch das Wohlergehen seiner tapfersten Söhne an, die sich Gefahren jenseits des Fünften Kreises aussetzen werden ...« Er bedeutete ihnen, vor ihm niederzuknien, dann legte er seine Hände nacheinander auf ihre Köpfe. »Ihr werdet den gleichen Gefahren ausgesctzt sein wie die Männer, und ihr habt außerdem eine ernste Aufgabe zu erfüllen: ihnen das Heimweh zu vertreiben und ihren Schmerz über die Trennung von ihren Lieben zu lindern. Ihr müßt daher euer bisheriges Leben zu Hause vergessen und euch mit Leib und Seele der Aufgabe widmen, die ihr euch ausgesucht habt.« Er nahm nacheinander die drei Blüten, die das Kennzeichen der Frauen waren, und fügte hinzu: »Von nun an wirst du für immer den Namen Vahíne Tiaré tragen, du den Namen Vahíne Auté und du Vahíne Tipanié. Hiermit, meine Töchter, segne ich eure Namen, und der große Gott Taaroa, Schöpfer aller Dinge, möge euch auch segnen.«

Der folgende Tag war für Ruhe, Besinnung und Abschiednehmen vorgesehen. Die schöne Maiana gab in jener Nacht am Strand ein Festessen, und zwar genau an der Stelle, zu der sie sonst ihre unzähligen Liebhaber führte. An diesem Abend waren ihre einzigen Gäste die drei Jungen, denen sie die Ehe versprochen hatte.

Nach Beendigung des üppigen Mahles, bei dessen Zubereitung sie sich die größte Mühe gegeben und ihr ihre Mutter und ihre besten Freundinnen geholfen hatten, stand das Mädchen auf, ließ ihren prachtvollen, mit Blüten und Blättern geschmückten Rock zu Boden gleiten und stand völlig nackt im Schein des Lagerfeuers vor ihnen. Sie nahm einen breiten Gürtel, den sie selbst aus bunten Federn geflochten hatten, wickelte ihn um ihre Hüften, und reichte die Gürtelenden Tapú, der zu ihrer Rechten saß. »Binde einen Knoten!« bat sie ihn.

Er kam ihrer Bitte nach.

Maiana wandte sich daraufhin nacheinander Vetéa Pitó und Chimé zu, der völlig verzaubert war. Sie wartete ab, bis sie ebenfalls einen Knoten gebunden hatten, und schenkte ihnen ein entzückendes Lächeln. »Ich, Maiana Hokulea, schwöre vor dem großen Gott Oró, daß niemand diese Knoten lösen wird, bevor es nicht eure Hände tun werden. Er möge mich durch einen Blitzstrahl töten, sollte ich zulassen, daß ein Mann mich berührt.«

So wurde die Verlobung zwischen dem schönsten Geschöpf von Bora Bora und den drei jüngsten Besatzungsmitgliedern der »Marara« besiegelt, und keiner von ihnen hegte von jener Nacht an den geringsten Zweifel an der Treue der leidenschaftlichen Maiana.

Sie brachten den Rest der Nacht mit Gesprächen, Singen und Lachen zu, gerade so, als seien sie statt drei verliebter junger Männer und einer heißblütigen Frau eine Gruppe von vier guten Freunden. Beim ersten Sonnenlicht stiegen sie ins Wasser, um zu dem Korallenriff zu schwimmen und von dort aus einen letzten Sonnenaufgang über ihrer Insel zu beobachten. Hier waren sie geboren, hatten sie immer gelebt, und hierher würden sie vielleicht nie mehr zurückkehren.

Um die zehnte Stunde des Tages lief Tapú zu dem ehrwürdigen Hiro Tavaeárii, um von ihm Abschied zu nehmen. Der Alte war besorgt über den Gang der Ereignisse, aber dennoch lächelte er, als er den Ausdruck von Stolz und Zufriedenheit im Gesicht des hochaufgeschossenen Jungen wahrnahm.

»Ich komme zu dir, um deinen Segen zu erhalten, Meister«, sagte Tapú, als er vor ihm niederkniete. »Ich weiß, daß ich es ohne dich niemals geschafft hätte, in die Schiffsbesatzung aufgenommen zu werden.«

»Du hast mein Vertrauen mißbraucht, in der Sicherheit, daß ich, nach dem Tod des Königs und des Priesters, der einzige bin, der deine Theorien hätte widerlegen können, denn der ›Mann des Gedächtnisses‹ ist in Rechtsfragen nicht sehr bewandert.«

»Darauf habe ich gezählt, Meister«, flüsterte Tapú voller Demut. »Ebenso wie auf dein Wohlwollen und deine Überzeugung, daß ich bei diesem Unternehmen von Nutzen sein kann.«

»Ja«, gestand der Alte. »Ich weiß. Doch gebrauche deine List, um sie gegen unsere Feinde anzuwenden, nicht um gegenüber den Deinen einen Vorteil herauszuschlagen.« Er drohte ihm mit dem Finger. »Wenn ich erfahren sollte, daß du ein zweites Mal versuchst, besonders schlau zu sein, dann werde ich für deine Bestrafung sorgen.«

»Ich werde es nie wieder tun, Herr. Ich verspreche es.«

»Gut!« sagte Hiro Tavaeárii, der wußte, daß Tapú nicht log. »Noch etwas möchte ich dir raten: Mir ist bekannt, daß auf der ›Marara‹ mehrere führende Mitglieder des Ariói-Bundes mitsegeln.« Er senkte die Stimme, so als fürchte er, daß jemand mithören könnte. »Laß dich nicht von ihren Versprechungen verführen!« bat er Tapú. »Schließe dich ihnen nicht an!«

Einen Augenblick war Tapú wie vor den Kopf gestoßen. Er glaubte, nicht recht gehört zu haben, und schließlich sagte er fast ängstlich: »Mein Vater hat mir versichert, daß du selbst Mitglied der Ariói bist, und ein sehr wichtiges.«

»Das bin ich auch«, gestand der Alte unwillig. »Ich bin beigetreten, als ich noch sehr jung war, aber als ich wirklich verstanden habe, was das bedeutet, konnte ich nicht mehr zurück. Es hätte mich das Leben gekostet.«

»Hast du deshalb auch keine männlichen Nachkommen?« wollte Tapú wissen.

Der Alte stieß einen tiefen Seufzer aus und sagte: »Man zwang mich, sie gleich nach der Geburt zu töten, weil ein echter Ariói keine männlichen Nachkommen haben dürfe, da er sonst Gefahr laufe, ihnen mehr Zuwendung zu schenken als dem Bund. Du warst für mich wie einer meiner Söhne, die ich sterben sah. Verrate mich nicht!«

Tapú sollte diese Stunden, die er zu Füßen seines Lehrmeisters verbrachte, als die wichtigsten in seinem ganzen Leben in Erinnerung behalten. Obwohl er ohnehin nicht den Wunsch gehabt hatte, der allmächtigen Sekte der Ariói beizutreten, war nun auch der letzte Zweifel darüber aus dem Weg geräumt. Nur zu deutlich hatte er die Verbitterung bemerkt, die das Herz des gütigsten Menschen befallen hatte, den er kannte.

Er war sich darüber im klaren, daß es jetzt viel schwieriger für ihn sein würde, den begehrten Titel eincs »Großen Seefahrers« zu erwerben. Doch Miti Matái war es gelungen, und der hatte immerhin vier männliche Nachkommen, die Beweis dafür waren, daß er den gefürchteten Ariói nicht beigetreten war.

Eine Stunde später mußte Tapú geduldig an einer langwierigen Zeremonie teilnehmen, bei der einer der geweihten Steine des Tempels an Bord des »Fliegenden Fisches« befördert wurde. Denn es war möglich, daß das Schiff nicht mehr nach Bora Bora zurückfinden würde, und das hieß für die Besatzung, auf einer entfernt gelegenen Insel eine Kolonie zu gründen. Dann würde dieser Stein den Altar des neugebauten Tempels darstellen. Auf diese Weise würden die Nachfahren selbst jenseits des Fünften Kreises auf ewig Untertanen von Bora Bora bleiben, und ihr Herz würde weiterhin an der ersten Insel, die geschaffen wurde, hängen.

Die Frauen hatten bereits sämtliche Tiere, die mit an Bord gehen sollten, von Ungeziefer befreit. Dafür verwendeten sie den Pflanzensaft eines Busches, der nur auf den höchsten Berggipfeln wuchs. Auch alle Besatzungsmitglieder hatten sich dieser unerläßlichen Prozedur unterzogen. Schließlich wußten sie aus Erfahrung, daß es auf einer anstrengenden Seefahrt nichts Schrecklicheres gab als Wanzen, Flöhe oder Läuse.

Am Abend war es Zeit, an Bord zu gehen, nicht nur, weil der magische Augenblick des Sonnenuntergangs lockte und die großen Schiffe traditionsgemäß zu diesem Zeitpunkt aufbrachen. Kein Fischer der ihnen eher feindselig gesinnten Nachbarinsel Rairatea sollte bemerken, daß ein großes Schiff mit den besten Kriegern an Bord Bora Bora mit unbekanntem Ziel verließ.

Das ganze Dorf war am Strand versammelt, jeder in seiner prächtigsten Festtagskleidung.

Tapú kniete nieder, um voller Demut den Segen seines stolzen, aber auch traurigen Vaters zu empfangen. Seine Mutter war in Tränen aufgelöst, und nachdem er sie umarmt hatte, ging er zu der schönen Maiana, um auch von ihr Abschied zu nehmen. Ihr breiter Gürtel mit den drei Knoten und ihre Blumenkrone ließen sie wie eine Göttin erscheinen.

Sie sahen einander wortlos an. Es war bereits alles gesagt, und mit einem Knoten im Hals, aber glücklich wie noch nie sprang Tapú ins Wasser, um das prächtige Schiff zu erklimmen.

Als alle an Bord waren und man daran ging, die Taue zu lösen, trat der ehrwürdige Hiro Tavaeárii nach vorne, bis das Meerwasser seine Füße benetzte, und rief mit erhobener Hand: »Ich segne euch im Namen unserer Götter. Möge Taaroa, der Schöpfer, euch beschützen, möge Tané, der Herr des Ozeans, euch geleiten, und möge Oró, der Kriegsgott, euch den Sieg gewähren. In seinem Namen spreche ich euch frei von dem Verbot, das Fleisch der Schildkröten zu verzehren. Vom heutigen Tag an und bis zum Tag eurer glücklichen Wiederkehr soll niemand von euch weder auf den Genuß des Fleisches oder der Eier des Honú verzichten müssen.«

Die Ruderer begannen zu rudern, und die »Marara« entfernte sich mit Kurs auf die Sonne, die bereits den Horizont berührte, während das ganze Volk das heilige Abschiedslied anstimmte:

»Beschütze, o großer Taaroa,
unsere Söhne.

Führe, o großer Tané,
unsere Männer.

Gewähre den Sieg, o großer Oró,
unseren Vätern.

Laßt wiederkehren, o Götter,
unsere Helden.

Und wir, die wir alt und müde sind,
die Frauen und Mütter,
die Söhne und Töchter,
wir werden euch anbeten, o großer Taaroa,
o großer Tané, o großer Oró,
bis der schwarze Tod
unsere Lippen
für immer schließen mag.

So soll es sein!
So soll es sein!
So soll es sein!«

»Schaut nicht zurück!« schrie Miti Matái, als sie die Meerenge zwischen den Riffen passiert hatten. »Jetzt gibt es kein Bora Bora mehr. Alles, was wir nun vor uns haben, ist das Meer und der Auftrag, den wir ausführen müssen.«

Dies war der erste Befehl, den er als Kapitän der »Marara« gab, und alle wußten, daß es ihre Pflicht war zu gehorchen.

Es gab weit und breit nur das Meer. Tausende von Kilometern, über die ein zerbrechliches Schiff hinweggleiten sollte, angetrieben von Winden, die beständig aus südöstlicher Richtung wehten, auch wenn die Zeit der Umkehr gekommen war.

Dieser konstante Passatwind, der gefürchtete Maraamú, war gut zu gebrauchen. Er würde sie von ihrer Heimat forttreiben, bis von ihr nicht mehr als eine verschwommene Erinnerung zurückblieb.

»Schaut nicht zurück!« hatte Miti Matái ihnen befohlen, und niemand blickte zurück, bis die Nacht hereinbrach und die Dunkelheit den zerklüfteten Berggipfel verschluckte, in dessen Schatten sie jeden Tag erwacht waren.

Bald darauf gaben sich die Sterne ein Stelldichein, Hunderte von Sternen an einem unvergleichlichen Himmel, und Tapú suchte unter ihnen nach denen, die er am besten kannte.

»Wenn du einen Punkt im Westen zum Ziel hast, so suche dir einen Stern aus und folge ihm auf seinem Weg nach Westen«, pflegten die Seefahrer zu sagen. »Und wenn dein Stern sich am Horizont versteckt, dann suche seine Geliebte, denn jeder Stern hat eine Geliebte, die ihm folgt. Und diesem Stern folgt wiederum ein anderer und so weiter – bis in die Unendlichkeit, denn Taaroa schuf die Sterne, damit die Seeleute sich nach ihnen richten sollten.«

Zehn Sterne mußten einem guten Seemann genügen, im Lauf einer Nacht nicht vom Kurs abzukommen, und diese Sterne hatten schon vor langer Zeit die ehrwürdige Bezeichnung »Aveiá« erhalten.

Miti Matái hatte beschlossen, seinen »Sternenweg« in dieser Nacht mit dem »Tanz des Gottes Oró« beginnen zu lassen. Der verbarg sich zwar nach einer halben Stunde genau im Nordwesten, aber bis dahin befand sich bereits die »Schwanzfeder des Fregattvogels« über dem Bug des Auslegers an der rechten Seite des Schiffes, während an der Rückseite zwischen den beiden Schiffsrümpfen der erste Schein des »Angelhakens von Maui« zu erkennen sein würde.

Wandte er den Kopf nach links, so würde er das »Kreuz des Südens« in seiner vollen Leuchtkraft sehen können, und wenn er über die rechte Schulter blickte, tanzten dort die »Sieben verrückten Witwen«.

Die Dunkelheit war die große Verbündete der Polynesier. Sie verirrten sich in den finsteren Nächten nicht, denn dann konnten ihnen ihre Freunde, die Sterne, den Weg weisen.

Tapú fühlte sich glücklich, als der große Miti Matái ihm ein Zeichen gab, er solle zu ihm kommen. »Wenn du ein richtiger Seefahrer werden willst«, sagte er, »dann mußt du dich daran gewöhnen, bei Tag zu schlafen. Denn die Nächte wirst du hier verbringen.«

Was konnte einem Seemannslehrling Besseres widerfahren, als jede Nacht mit dem sagenumwobenen Helden zusammenzuhocken, dem es gelungen war, aus eigener Kraft von dem Ort zurückzukehren, an dem sogar das Wasser erstarrte? Was war lehrreicher als die Worte desjenigen, der mit Worten so sparsam umging?

Tapú atmete tief die feuchte, salzige Luft ein, die schon ein wenig vom Duft des Triumphes in sich barg, denn er begann ein echter Seefahrer zu werden.

Seinen Augen, die an die Dunkelheit gewöhnt waren, entging nicht die kleinste Geste von Miti Matái: die Geste mit der linken Hand, die dem Steuermann die Kursänderung anzeigte; der Wink, der den Mastwächtern zu verstehen gab, daß sie die Segel straffer ziehen sollten. Eine bestimmte Kopfhaltung ließ ihn immer im Auge behalten, nach welcher Himmelsrichtung sich die Federn an den Pardunen neigten. Und schließlich die Art, wie er auf Deck stand: so gerade und fest, daß man meinen konnte, seine Beine seien festgeschraubt.

Miti Matái war auf einem Auslegerboot geboren worden, während einer der langen Seereisen, die seinen Vater, der selbst bereits den Titel »Großer Seefahrer« trug, bis zu den Tonga-Inseln führte, wo er seine junge Ehefrau kennenlernte. Und die beste Art und Weise, das Neugeborene zu baden, war die, es ins Meer zu tauchen.

Nachdem seine Mutter bei einer Fehlgeburt gestorben war, nahm der Vater den dreijährigen Miti Matái auf seine langen Seereisen mit. Daher war es nicht weiter verwunderlich, daß er so felsenfest auf Deck stand – floß doch in seinen Adern mehr Salzwasser als Blut.

Auf dem Schiff, auf dem bis auf den Kapitän, den Steuermann, einen Mastwächter und die Nachtwachen alles schlief, war es still.

Tapú aber wachte, denn diese Nacht mußte für ihn ohne Zweifel unvergeßlich sein, war es doch die erste, in der er sich als echten Seefahrer betrachten konnte.

Wenig später klopfte ihm Miti Matái auf die Schulter. Er

bedeutete ihm, mit auf das grobmaschige Netz hinter ihnen zu springen, das unterhalb des Decks über die Wasseroberfläche gespannt war und bis an die höchste Stelle der beiden Achterdecke reichte. Es diente dazu zu verhindern, daß jemand über Bord fiel und im Ozean verschwand, noch bevor man ihn herausfischen konnte. Und es diente als Gemeinschaftstoilette, als eine sehr bequeme und praktische. Wer seine Notdurft verrichten mußte, brauchte nur auf das Netz zu springen und sich mit Händen und Füßen daran festzuhalten. Hatte er sein Geschäft beendet, stieg er einfach einen Meter tiefer und ließ sich vom Meerwasser das Hinterteil gründlich reinigen.

Das Netz diente ferner als Plattform, auf der große Fische in Stücke geschnitten wurden, ohne daß sie das Deck verschmutzen. Auch konnte man sich dorthin zurückziehen, um ein Gespräch zu führen.

»Jetzt wird es Zeit, daß deine Lehre beginnt ...« Miti Matái beschrieb mit der Hand eine Kreisbewegung. »Wie ich vermute, weißt du, daß der Horizont sich in vier Kardinalpunkte aufteilt. Zwischen je zweien gibt es acht Untergruppierungen, die in ihrer Gesamtheit die zweiunddreißig Hauptpunkte des Sternkreises bilden.« Er zeigte ihm seinen Unterarm. »Hast du dir diese Tätowierungen einmal genauer angesehen?«

»Sie sind wunderschön!« rief der Junge begeistert.

»Ob sie schön oder häßlich sind, ist für einen Seemann unbedeutend«, gab ihm der andere zu verstehen. »Wichtig ist, daß sie nützlich sind, und für mich sind sie es. Wenn ich die Fingerspitzen aneinanderlege, mit den Armen einen Kreis bilde und dabei mit den Fingern das ›Kreuz des Südens‹ zudecke, so zeigt mein linker Ellenbogen genau nach Osten, der rechte nach Westen und mein Nacken nach

Norden. Die Tätowierungen zeigen mir also die unterschiedlichen Untergruppierungen, und die Zeichnungen daneben erinnern mich daran, mit welchem Leitstern ich meinen Sternenweg beginnen soll.«

»Heißt das, daß du sozusagen ein ›lebender Kompaß‹ bist?«

»Ja. Aber auch ein denkender. Denn wenn du dich nicht daran erinnerst, an welcher Stelle die nächsten Sterne aufgehen, in welche Richtung du den Kurs ändern mußt oder wie man die Abdrift nach der Windstärke und den Meeresströmungen berechnet, so nützt alles andere auch nicht viel. Als ›lebender Kompaß‹ kannst du deinen Standort ermitteln, aber nicht die Richtung, die du einschlagen sollst.«

»Soll ich mich tätowieren lassen?«

»Auf keinen Fall«, lautete die Antwort. »Du wirst es nicht tun dürfen, solange nicht sicher ist, daß du ein guter Seefahrer sein wirst. Sobald du aber alles Notwendige weißt, kannst du dich in einen ›lebenden Kompaß‹ verwandeln.«

»Was soll ich also tun?«

»Während der nächsten drei Monate solltest du dir sämtliche Sternenwege zwischen Westen und Nordwesten einprägen. Wenn du die beherrschst, werden wir weitersehen.« Miti Matái kehrte zu seinem Posten auf dem Achterdeck zurück und ließ den Jungen allein.

Dieser fühlte sich entmutigt und wie vor den Kopf gestoßen angesichts des regelrechten Feuerwerks von Sternen zwischen den vier Punkten. Es waren so unendlich viele, daß er beim ersten Anblick dachte, kein menschliches Auge könne in der Lage sein, sie voneinander zu unterscheiden, und kein Gehirn, sie sich einzuprägen. »Tané möge mir beistehen!« murmelte er leise vor sich hin. »Mit diesen Sternen werde ich mir noch den Magen verderben!« Dennoch begann er die Sterne zu beobachten, bis die Morgendämmerung sie verschwinden ließ. Das war für ihn der Zeitpunkt, sich auf einer Holzpritsche am Bug schlafen zu legen.

Als der erschöpfte Tapú aus seinem Schlaf erwachte, war Miti Matái bereits seit über einer Stunde auf seinem Posten und wirkte so frisch, als hätte er die ganze Nacht friedlich geschlafen.

Chimé und ein Dutzend weiterer Männer ruderten rhythmisch im Gleichtakt, wodurch das Schiff an Geschwindigkeit gewann und die Männer ihre Muskeln lokkerten, um für die Zeit in Form zu sein, wenn Flaute herrschte. Vetéa Pitó schöpfte Wasser in das Außenboot an der Steuerbordseite wie einer, der eine lästige Strafe abzubüßen hat.

In einen Schiffsrumpf konnte leicht eine beträchtliche Menge Wasser eindringen, mochten seine Fugen auch noch so abgedichtet sein. Jeder der beiden Ausleger war so konstruiert, daß der Boden jeweils vom Rand bis zur Bootsmitte hin abschüssig verlief, von wo aus jemand ständig Wasser schöpfte.

Das war eine mühsame und wenig dankbare Arbeit. Doch es half alles nichts, sie mußte gemacht werden. Jeder Teilnehmer der Expedition mußte sich zumindest für ein paar Stunden täglich daranmachen.

Nachdem Tapú seine Kameraden fröhlich winkend begrüßt hatte, steuerte er auf den großen Sandbehälter zu, der mitten in der Piroge stand und in dem Tag und Nacht ein Feuer brannte, das die Frauen an Bord nie ausgehen ließen.

Vahíne Tiaré empfing ihn mit einem strahlenden Lächeln: »Guten Morgen! Hast du Hunger? Die Fischer haben drei prächtige Mahí-Mahí und sechs Thunfische gefangen. Was willst du haben?«

»Den Mahí-Mahí.«

»Gekocht oder gebraten?«

»Gebraten.«

»Ist sofort fertig.«

Die Mahlzeit bestand aus einem großen Stück Fisch, den sie auf der Kohlenglut briet und der mit frischen Früchten garniert war. Miti Matái hatte angeordnet, daß sie so viel Obst und Gemüse wie möglich zu sich nehmen sollten, denn dies war die beste Möglichkeit, die Mannschaft bei guter Gesundheit zu halten.

Während der Junge aß, halbierte Vahíne Tiaré eine Kokosnuß und gab ihm den köstlichen Saft zu trinken. Schließlich setzte sie sich zu ihm, lächelte ihn an und sagte: »Maiana bat mich darum, mich ganz besonders um euch zu kümmern. Um euch drei.«

»Um uns drei?«

»Um euch drei«, wiederholte sie und fügte dann hinzu: »Wußtest du, daß sie meine Nichte ist?«

»Nein«, wunderte sich der Junge. »Ich hatte nicht die geringste Ahnung.«

»Ihr Onkel war mein Mann, aber seit seinem Tod hatten wir nicht mehr viel miteinander zu tun. Vor ein paar Tagen kam sie zu mir und bat mich darum, ein Auge auf euch zu haben. Ich sollte diejenige sein, die euch zu Willen ist, wenn ihr es begehrt.« Belustigt zuckte sie die Achseln. »Ich habe ihr natürlich zu verstehen gegeben, daß dies nicht von mir allein abhängt. Vahíne Auté und Vahíne Tipanié sind schließlich sehr schön.«

»Du bist auch sehr schön«, sagte Tapú.

»Daß ich nicht lache!« gab sie zurück. »Ich bin fast fünfundzwanzig, und jemandem, der gewohnt ist, mit Maiana zu schlafen, muß ich doch wie eine alte Hexe vorkommen.«

»Ich habe mich nie daran gewöhnt, mit Maiana zu schlafen«, antwortete der Junge aufrichtig. »Niemals.«

»Das klingt sehr romantisch«, sagte Vahíne Tiaré. »Liebst du sie sehr?« Sie wartete gar nicht erst die Antwort ab, sondern unterbrach ihn mit einer Handbewegung: »Nein! Sag es mir nicht! Als erstes muß ich wissen, ob es dir überhaupt recht ist, wenn ich von ihr spreche, oder ob es dir lieber wäre, wenn ich dich nicht an sie erinnere. Ich weiß aus Erfahrung, daß das manchmal ganz schön weh tun kann.«

»Noch weiß ich es nicht«, war die Antwort. »An sie zu denken bereitet mir Freude, aber der bloße Gedanke, daß wir so lange Zeit voneinander getrennt sein werden, macht mich unglücklich.«

»Das verstehe ich«, gab die Frau zu. »Als ich Witwe wurde, ging es mir genauso . . .« Sie berührte liebevoll seine Hand. »Auf alle Fälle weißt du, daß ich da bin, um dir meine ganz besondere Aufmerksamkeit zu widmen.« Sie machte eine schelmische Geste und fügte mit Nachdruck hinzu: »In jeder Hinsicht . . .« Dann entfernte sie sich und wackelte dabei kräftig mit ihrem Hintern und den mächtigen Schenkeln.

Tapú fragte sich, ob die bildschöne Maiana in einigen Jahren möglicherweise ebenso aus dem Leim gehen könnte.

Elf Tage und elf Nächte lang segelten sie weitab vom Festland.

Miti Matái kannte die Gewässer sehr genau und brauchte daher nicht einmal seine behelfsmäßige Seekarte zur Hand nehmen. Diese war aus Palmblättern gewebt und mit Muscheln und bunten Federn beklebt, die auf Atolle, Inseln und Stellen verwiesen, wo sie sich mit Wasser und frischen Früchten versorgen konnten, ohne eine unangenehme Begegnung fürchten zu müssen.

Doch da zunehmender Mond war und er beschlossen hatte, daß es an der Zeit sei, an einer unbewohnten Insel an Land zu gehen, rief er die Besatzung zusammen und sagte bedächtig: »Ich will nicht hoffen, daß wir auf einen Fremden stoßen; sollte es dennoch sein, so denkt immer daran, daß wir von jetzt an nicht mehr Menschen von Bora Bora, sondern von der ›Marara‹ sind.« Er machte eine kurze Pause und betrachtete aufmerksam seine Leute, so als wollte er sich vergewissern, daß sie sich voll und ganz der Bedeutung dessen, was er gesagt hatte, bewußt waren. »Niemand«, fuhr er fort, »niemand darf erfahren, woher wir kommen, denn wenn sie es wissen, wüßten sie auch sofort, daß Bora Bora im Augenblick ein sehr verwundbares Land ist ...« Er lächelte ein wenig. »Und hierzulande fliegen die Nachrichten eiliger über die Wellen als die schnellste Möwe.«

Dann gab er dem Steuermann ein Zeichen, woraufhin dieser eine ruhige Bucht mit einem schönen Korallenstrand voller Palmen ansteuerte. Roonuí-Roonuís Krieger stiegen aus, und zwei Männer drangen ins Dickicht vor und kehrten mit der festen Überzeugung zurück, daß die Insel unbewohnt war. Jetzt übertrug Miti Matái das Kommando auf Roonuí-Roonuí, womit er einem uralten Brauch folgte: die Befehlsgewalt in die Hände desjenigen zu legen, der sich in der jeweiligen Situation am besten auskannte.

Auch der König Pamáu, um den alle trauerten, der unter den weisen und klugen Königen der klügste und weiseste gewesen war, hatte oftmals die Anweisungen des »Großen Fischers«, des »Großen Bauern« oder des »Großen Seefahrers« befolgt, weil sein Vater, König Matúa, es ihn so gelehrt hatte, daß der am besten regiert, der am besten zuhört, und nicht der, der am besten spricht.

Auf dem Festland war es Roonuí-Roonuí, der mehr wußte als Miti Matái. Tapú war davon überzeugt, daß der tapfere »Kriegsanführer« zum Geheimbund der Arióí zählte; doch war ihm die Vorstellung zuwider, ein Arióí könne Herr über sein Schicksal sein, und sei es auch nur für die kurze Zeit, die sie auf dieser Insel verweilten.

Sollte man dem mächtigen Geheimbund beitreten oder nicht? Diesem Bund, der auf Bora Bora seinen Ursprung hatte und seine Macht über fast alle Inseln ausübte, die im Windschatten von Tahiti lagen. Die Frage bereitete seit alters her den heranwachsenden jungen Männern großes Kopfzerbrechen, denn wenn sie sich eine Zukunft aufbauen wollten, mußten sie Vorteile und Nachteile einer so folgenschweren Entscheidung abwägen.

Mitglied der Arióí zu werden bedeutete, auf dem harten Weg des Erfolgs sehr viel bequemer voranzukommen; doch wer diesen Weg einschlug, mußte oft einen hohen Preis bezahlen. Er entmutigte viele, die der Ansicht waren, daß persönliche Freiheit ein zu kostbares Gut war, als daß man es des Erfolgs wegen herschenken sollte.

Chimé war einer der wenigen Jungen, die niemals mit diesem inneren Zwiespalt haderten. Tapú hingegen pflegte mit dem besonnenen Vetéa Pitó über dieses Thema Streitgespräche zu führen.

Die Tage der Erholung auf der ruhigen, unbewohnten

Insel und die Tatsache, daß sie unmittelbar unter der Weisung eines führenden Mitglieds der Ariói standen, belebten daher eine Frage aufs neue, die besonders Tapú aufgrund seines letzten Gesprächs mit Hiro Tavaeárii am Herzen lag.

»Stell dir vor, es gelingt dir eines Tages, Maiana zur Frau zu bekommen«, sagte Tapú. »Und wenn euer erster Sohn geboren wird, dann würdest du zu ihr sagen, daß du ihn töten mußt, weil die Sekte es so von dir verlangt. Glaubst du, sie würde dir das verzeihen?«

»Es kommt selten vor, daß sie dich dazu zwingen, ein Kind zu töten«, war die Antwort. »Und außerdem wird dieser entsetzliche Brauch immer seltener befolgt.«

»Aber er ist Teil ihrer Riten«, gab ihm Tapú zu verstehen. »Wenn sie vorhaben, aus dir eine einflußreiche Persönlichkeit zu machen, dann fordern sie von dir dafür große Opfer. Du kannst deinen Eltern dafür danken, daß sie keine Ariói waren, denn sonst gäbe es dich womöglich heute nicht...«

»Das stimmt sicher«, räumte Vetéa Pitó ein, dem schon oft Sektenwerber nachgelaufen waren. »Doch was wirklich zählt unter den Ariói, ist nicht, was sie irgendwann einmal von dir fordern können, sondern der Kameradschaftsgeist, der über all ihren Handlungen steht, und die Tatsache, daß sie sich untereinander wie eine Familie verhalten, in der alles allen gehört.«

Tapú war beunruhigt, daß jemand, der ihm so nahe stand, in die Fänge eines Bundes geraten könnte, der imstande war, feste Freundschaften zu zerstören. Die Ariói entwickelten sich allmählich zu einem Krebsgeschwür, das das soziale Netz von Bora Bora zerstörte. Es drohte daher die Gefahr, daß die Bewohner der Insel sich in zwei unversöhnliche Lager spalteten.

Während ihres Aufenthalts auf der Insel verbrachten die Leute der »Marara« ihre Zeit damit, in der Lagune zu fischen, sich mit Wasser und sonstigen Vorräten zu versorgen und, vor allem, sich mit den Vahínes zu vergnügen. Die Frauen waren die einzigen, die nicht eine Minute Ruhe hatten. Denn fern von der engen Schiffskajüte konnten die Männer nun ihrem Verlangen freien Lauf lassen.

Miti Matái war der einzige, der sich bei diesem Vergnügen zurückhielt. Das lag zu einem großen Teil daran, daß er gewohnt war, über längere Zeiträume enthaltsam zu leben, und außerdem wollte er als Kapitän seiner Mannschaft ein Vorbild sein.

Für Tapú verwandelte sich der »Große Seefahrer« mehr und mehr in eine Art Halbgott, der mit allen Tugenden ausgestattet war; denn zu seinem anerkannten Ruf und seiner unbestreitbaren Begabung als Seemann kamen große Menschlichkeit und Selbstbeherrschung.

Er schlief und aß wenig und war stets der erste, wenn es galt, Wasser abzupumpen oder einen gefährlichen, über dreihundert Kilo schweren Hai an Bord zu ziehen.

Am dritten Tag kam einer der Krieger mit der Nachricht, daß er zwischen den Felsen an der Westküste menschliche Überreste gefunden habe; sie waren fast ganz verwest.

Miti Matái beobachtete das Meer und die Küstenlinie und sagte zuletzt: »Wer es auch gewesen ist, er starb an diesem Ort, und weder die Brandung noch die Meeresströmungen hätten ihn hierher treiben können. Wäre er auf einem Schiff gewesen, dann hätte ihn das Meer an der Luvseite angespült.«

Der »Große Seefahrer« schien hinter dem grausigen Fund eine Bedeutung zu vermuten, denn er befahl dem »Mann des Gedächtnisses«, den Fall in seinen Bordbericht aufzunehmen. Den Tätowierer hingegen bat er, mit den Zeichnungen am »Mann der Rückkehr« zu beginnen.

Noch am selben Abend mußte sich daher der zitternde Vetéa Pitó auf das Deck der »Marara« legen, und nachdem Miti Matái die Mannschaft um sich herum versammelt hatte, legte er einen Finger auf den Bauchnabel des Jungen und sagte: »Ich möchte euch davon in Kenntnis setzen – bevor mir etwas zustoßen sollte –, daß wir mit den Tätowierungen für die Rückfahrt ab dieser Insel beginnen. Sie befindet sich, wie ihr wißt, elf Tage nordwestlich von Bora Bora.« Er bemerkte ihre Verwunderung und fuhr fort: »Ich möchte es so, denn sollte Vetéa Pitó in die Hände der Feinde fallen, so könnten sie unsere Spur nicht weiter als bis hierher zurückverfolgen. Sein Bauchnabel wird deshalb die ›Insel des Toten‹ darstellen, und sollten sie hierherkommen, so würden sie nichts anderes vorfinden als eine unbewohnte Insel.« Er wandte sich an den Tätowierer. »Ich möchte, daß du neben seinen Bauchnabel einen Totenkopf einzeichnest.«

Vetéa Pitó war somit der erste Polynesier, der einen Bauchnabel mit dem Bild eines menschlichen Schädels trug. Anfangs schämte er sich deswegen, doch dann erfüllte es ihn mit Stolz, denn diese außergewöhnliche Tätowierung war ein Zeichen dafür, daß er ein bedeutender Mann zu werden begann.

Tatsache war allerdings, daß er sich allmählich in eine menschliche Landkarte verwandelte, die eines Tages der Mannschaft des »Fliegenden Fisches« dazu dienen sollte, ohne Mühe den Rückweg in ihre Heimat zu finden.

Miti Matái behagte es nicht zu segeln, wenn der Vollmond seinen höchsten Punkt erreicht hatte, da sich das grelle Licht dann in dem klaren Himmel spiegelte und ihn daran hinderte, seinen Sternenweg zu erkennen. Als daher riesige Schattenmäuse den Rand dieses prallen Mondes zu beknabbern begannen, hielt er es für geraten, wieder an Bord zu gehen.

»Meide den Vollmond«, hatte er seinem neuen Schüler gesagt. »Er ist zwar schön, doch seine Schönheit stellt die in den Schatten, die wirklich wichtig sind: die Sterne. Der Mond ist wie eine junge und launische Geliebte, während die Sterne wie die treue Ehefrau sind, die dich niemals täuscht. Sie sind stets dort, wo sie sein müssen, und sie sagen dir immer, was du tun mußt.«

»Und wenn der Himmel bewölkt ist?«

»Die Wolken ziehen über das Meer und halten sich nur über den höchsten Punkten der Inseln auf.«

Sie behielten ihren Kurs bei, auch wenn Miti Matái während der vierten Nacht einen neuen Sternenweg wählte, der ihn nach Westen lenkte. Er wußte aus Erfahrung, daß er in dieser Richtung auf Inseln stoßen würde, deren Bewohner ihm den einen oder anderen Hinweis auf Angreifer verschaffen konnten.

Tags darauf befahl der »Große Seefahrer« den Pahí-Vahínes, ein kleines Festessen zuzubereiten, das bei Einbruch der Dunkelheit stattfinden sollte; denn jetzt war der feierliche Augenblick gekommen, da es für fast die Hälfte der Leute an Bord etwas zu feiern gab: Zum ersten Mal in ihrem Leben hatten sie die Grenze zu dem bedrohlichen »Zweiten Kreis« überschritten.

Jeder Neuling erhielt eine Tätowierung in Form eines kleinen Rings, und zwar neben der Daumenwurzel der linken Hand. Zuvor mußten sie sich jedoch allerlei Späße gefallen lassen, wovon der lästigste war, daß man ihnen ein Seil um den Knöchel band und sie über Bord stieß. Zehn

Minuten wurden sie hinter dem Schiff hergezogen, wobei sie Unmengen von Meerwasser schluckten.

Bis zu diesem Tag hatte der Pazifische Ozean seinem Namen alle Ehre gemacht, und selbst wenn hin und wieder die Wellen das zerbrechliche Schiff in die Luft hoben, handelte es sich um ungefährliche Wellen, die nur anzeigten, daß sich in der Ferne ein Gewitter entlud oder kleine Seebeben stattfanden, die auf diese Weise über Tausende von Kilometern ihre Zeichen sandten.

Für Miti Matái schien jede Welle und sogar jeder Farbton des Meeres eine ganz konkrete Botschaft zu beinhalten, die ihm davon berichtete, was gerade jenseits des Horizonts geschah. Wenn man beobachtete, wie er dastand und das Wasser, den Himmel, den Wind und die Seevögel betrachtete, konnte man auf den Gedanken kommen, daß sein Verstand geduldig die einzelnen Teile eines schwierigen Rätsels zusammenfügte.

Es war ein heißer Abend, und nicht die leiseste Brise bewegte die Federn, die an den Pardunen hingen. Der »Große Seefahrer« ließ Tapú zu sich rufen, und während er der übrigen Mannschaft ein Zeichen gab, sich still zu verhalten, zeigte er auf die Backbordseite des Schiffes und fragte: »Schau dir diese Wellen an und horch, wie sie am Rumpf des Schiffes widerhallen. Was bedeutet das?«

Der verwirrte Junge brachte einige Minuten damit zu, auf das leise Rauschen der Wellen zu hören, die sich an der Backbordrampe brachen. Er spitzte die Ohren und versuchte, einen Ton herauszuhören, der sich von dem eintönigen Stampfen der Meereswellen unterschied. Doch zuletzt zuckte er die Schultern. »Ich habe nicht die geringste Ahnung«, sagte er.

Miti Matái nickte ein paarmal, als ob er diese Antwort

erwartet hätte, und dann fragte er: »Was für ein Wind weht gerade?«

»Keiner.«

»Welcher Wind wehte heute morgen?«

»Der Maraamú, von Südosten her.«

»Das heißt, daß die Wellen heute morgen von Südosten her kamen und unser Schiff zuerst am Heck erreicht haben, nicht wahr?«

»So ist es«, gab der Junge zu.

Der Lehrmeister warf ihm einen ernsten Blick zu, als wolle er damit sein Staunen über die Unwissenheit seines Schülers ausdrücken. »Wie hat man sich zu erklären, daß Wellen, die zuerst am Heck gegen unser Schiff schlugen, sich jetzt an der Backbordrampe brechen?«

»Der Wind wird sich gedreht haben«, warf der beschämte Tapú schüchtern ein.

»Wenn der Wind ruht und die Wellen, die von der einen Seite herkommen, sich ohne Grund an der anderen brechen und wenn dann noch dieses Geräusch rhythmisch, sanft und tief ist, so bedeutet das, daß diese Wellen gegen eine Insel geschlagen haben, die außerhalb deines Gesichtskreises liegt, und diese Wellen kehren nun zurück ...« Miti Matái betrachtete Tapú aufmerksam. »Hast du das verstanden?«

Tapú betrachtete die Wellen, horchte auf das Echo, das vom Backbordrumpf herkam und das ihm jetzt tatsächlich rhythmisch, sanft und tief erschien. Zuletzt stimmte er zu, wobei er sich gebärdete wie jemand, der soeben Augenzeuge eines Wunders geworden ist. »Ich glaube schon«, stammelte er leise. »Ich glaube, ich habe es verstanden.«

»Gut! Wärst du nun in der Lage, die Entfernung zu dieser Insel zu berechnen?«

Der Junge war so verdattert, als hätte man ihn nach der Entfernung des Mondes gefragt. »Auf keinen Fall!«

»Du mußt noch viel lernen, bis du anfangen kannst, dich als Seefahrer zu bezeichnen, verdammt viel!« war der spaßhaft gemeinte Kommentar von Miti Matái. »Vor über vier Stunden hat der Maraamú aufgehört zu blasen, und kurz danach haben deshalb die Heckwellen aufgehört, nach vorne zu schlagen. Stimmst du mir da zu?«

»Wenn du das sagst ...«

»Ich sage es, weil ich das Meer und den Wind aufmerksam beobachtet und meine Zeit nicht bei unnützem Geschwätz mit Freunden vergeudet habe«, war die barsche Antwort. »Vor drei Stunden hat uns die letzte Welle vorangetrieben, was uns sagt, wieviel Zeit sie gebraucht hat, um zu der Insel und wieder zurückzukommen ... Bist du damit einverstanden?«

»Ich glaube, ja.«

»Mit Glauben hat das nichts zu tun, es ist so!« Miti Matái war mit der grenzenlosen Geduld ausgestattet, die ein Lehrer benötigt, um selbst einem nicht gerade glänzenden Schüler die einfachsten physikalischen oder mathematischen Gesetze einzubleuen. »Wenn wir diese Zeit wissen, dann können wir damit die Geschwindigkeit berechnen, die die Welle hatte, als sie losging, und die, die sie für den Rückweg brauchte, zählen die beiden Zahlen zusammen und teilen sie durch zwei. Auf diese Weise hast du eine ungefähre Vorstellung, wie weit die Insel entfernt ist.«

Zu erkennen, daß eine Welle gegen eine entfernt gelegene Insel schlug und wieder zurücklief, war ja logisch. Aber festzustellen, in welcher Richtung sich dieses Hindernis befand, das grenzte für Tapú eher an Hexerei und hatte nicht mehr viel mit der Wissenschaft der Schiffahrt zu tun.

»Das Meer, die Sterne, der Wind, die Wolken, die Vögel und sogar die Fische sprechen unaufhörlich mit uns«, wiederholte Miti Matái ein ums andere Mal. »Und unsere Aufgabe besteht darin, das, was sie sagen, richtig zu deuten.«

Doch handelte es sich dabei um eine Sprache, die dem Jungen mit jedem Tag verwirrender erschien, zumal sie übergroße Konzentrationsfähigkeit erforderte.

Die verständnisvolle Vahíne Tiaré war es letztlich, die ihm half, seine schwierige Situation zu meistern. Mit grenzenloser Geduld brachte sie es fertig, daß der Junge sich erneut auf die schwierigen Fragen einließ, die der harte Beruf, den er sich ausgesucht hatte, mit sich brachte.

»Wäre es eine einfache Aufgabe«, sagte sie, »dann könnte jeder Fischer sich als Seefahrer ausgeben, und jeder Holzfäller könnte um die Hand der schönen Maiana anhalten.« Sie streichelte ihm liebevoll über die Wange. »Denk doch einfach an sie!« forderte sie ihn auf. »Stell dir ihre Augen vor, ihre Brüste und den Duft ihrer Haut und glaube daran, daß sie, wenn man dir nach deiner Rückkehr den Titel ›Großer Seefahrer‹ verleiht, für immer deine Frau sein wird.«

»Das werde ich niemals schaffen!« klagte er. »Es gibt so viele Sterne! Selbst wenn ich zehn Leben hätte, würde ich nicht die Hälfte von dem lernen, was Miti Matái weiß, und ich glaube, auch wenn ich es lernen könnte, wüßte ich später nicht, wie ich es anwenden soll.« Er zeigte auf den linken Rumpf des Katamarans und fragte: »Findest du etwa, daß diese Wellen anders klingen?«

Die gutmütige Frau hörte aufmerksam hin und strengte sich an, einen anders klingenden Ton aus dem eintönigen Widerhall des Holzes herauszuhören. Schließlich gestand sie achselzuckend, sie höre nichts. »Eine Welle ist für mich nur eine Welle«, sagte sie. »Aber ich habe auch nicht den Traum, der Vater von Maianas Kindern zu werden. Wenn das der Fall wäre«, fügte sie hinzu, »dann würde ich mich höchstwahrscheinlich so lange anstrengen, bis ich herausbekäme, worin sich diese Welle von der gestrigen oder der von letzter Woche unterscheidet.«

Tapú suchte nach Worten, die seinen Dank für das Interesse, das sie ihm entgegenbrachte, gebührend zum Ausdruck brachten. Da flüsterte jemand leise, aber eindringlich: »Teatea-Maó! Teatea-Maó!«

Er spähte nach der glatten Wasseroberfläche, bis er ganz deutlich die bedrohliche Rückenflosse erkennen konnte. Ein einziger Biß dieses riesigen Hais, der auf sie zusteuerte, würde den Rumpf des stolzen Katamarans wie einen winzigen Zahnstocher auseinanderbrechen lassen.

Es handelte sich wirklich um Teatea-Maó, den grausamen Weißen Hai, den Schrecken der Seefahrer des Pazifischen Ozeans, die sich lieber einem Wirbelsturm aussetzten als dem schweigsamen Raubtier mit seinen tausend messerscharfen Zähnen.

Der Hai zog langsam seine Kreise um das zerbrechliche Schiff, das er in einem einzigen Angriff auf den Grund des Ozeans befördern konnte. Anscheinend versuchte er herauszubekommen, ob es sich nur um ein wenig nahrhaftes Stück Holz handelte oder ob es auch ein Lebewesen enthielt, das er sich hinter die Kiemen schieben konnte.

Auf der »Marara« war es totenstill. Ihre dreißig Insassen schienen zu Salzsäulen erstarrt zu sein oder hatten sich wie in Luft aufgelöst. Das Schiff drehte sich zur rechten Seite, da es, nun ohne Führer, den Launen des Windes und der Wellen ausgesetzt war.

Die Minuten zogen sich beklemmend in die Länge.

Tapú zitterte.

Miti Matái tastete sich Millimeter für Millimeter zum Vordach des Hecks vor.

Die Angst, der tiefsitzende Schrecken bemächtigte sich des Schiffes, da alle an Bord beobachteten, wie Teatea-Maó in immer engeren Kreisen um das Schiff schwamm. Das bedeutete, daß irgend etwas an Deck seine Aufmerksamkeit erregt hatte und er jeden Augenblick angreifen konnte.

Miti Matái verschwand völlig unter dem Vordach, wo er hastig drei Speere suchte, die an beiden Enden in Form einer Lanzenspitze zugeschliffen waren. Mit Hilfe eines Stricks aus der Wurzelfaser der Kokospalme band er sie in der Mitte zusammen, nahm einen mit Lehm versiegelten Kürbis, brach den Deckel auf und tränkte jede der Speerspitzen mit der schwärzlichen Flüssigkeit, die sich darin befand, dem Gift des Nohú, des giftigsten aller Fische, die es im Korallenriff gab.

Danach ging alles blitzschnell. In einem Satz sprang er nach draußen, öffnete den Käfig, wo das größte Schwein untergebracht war, schlitzte ihm von oben bis unten mit einem einzigen Schnitt den Bauch auf und steckte die Speere in seine Eingeweide.

Das Tier stieß einen letzten gellenden Schrei aus, was den Hai so neugierig machte, daß er heranpreschte und an der rechten Seite schon den Bug streifte. Doch blieb ihm keine Zeit zu erfassen, was da wirklich vor sich ging. Miti Matái warf das Schwein drei Meter weit ins Meer.

Das Wasser färbte sich augenblicklich blutrot, und im Bruchteil einer Sekunde war das Tier im Schlund des riesigen Hais verschwunden, der es wie ein hartgekochtes Ei verschlang.

Eine halbe Minute lang schien überhaupt nichts zu passieren, denn die über sechs Meter lange Bestie wandte sich in Erwartung eines weiteren Beutefangs ganz langsam um. Doch dann, als die Speere aus dem harten Holz des Aito-Baums langsam die Eingeweide durchbohrten und ihm das ätzende Gift des Nohú ins Blut jagten, durchzuckte es seinen ganzen Körper, und er schnaubte wild. Nach einem Schlag mit der Schwanzflosse versank er im schwarzen Meer und verlor sich in der abgrundtiefen Finsternis.

Daß Teatea-Maó so plötzlich in den Tiefen des Ozeans verschwunden war, bedeutete keineswegs, daß er nicht jeden Augenblick wieder auftauchen konnte, denn so stark konzentriert das ätzende Gift des Nohú auch sein mochte, so genügte es doch nicht, eine Bestie wie diese zu töten.

Miti Matái sagte seinen Leuten, daß das Tier jeden Augenblick erneut zum Vorschein kommen konnte. Womöglich war der Hai dann noch wilder als vorher, und sollte er von unten angreifen, so konnte er die »Marara« so heftig rammen, daß von dem Schiff nur noch Kleinholz übrigblieb.

Miti Matái befahl daher allen, sich still zu verhalten und sich nicht zu bewegen. Er ließ die Käfige mit den Tieren zudecken und die Hunde auf Deck einsperren, damit sie keinen Lärm machten. Lange Zeit beobachtete er den Himmel. Während er die Segel hissen ließ, gab er dem Steuermann die Anweisung, um neunzig Grad nach Backbord zu drehen. »Wir müssen so schnell wie möglich an Land kommen«, sagte er. »Teatea-Maó gibt sich sicher nicht so schnell geschlagen. Manche Haie können die Fährte einer Beute über riesige Strecken verfolgen. Das Beste, was wir tun können, ist, keine Spur unserer Anwesenheit zu hinterlassen.« Zuletzt verschloß er den Kürbis wieder, der noch Reste des Giftes des Nohú enthielt, band diesen an ein Brett, setzte darauf ein Huhn und legte das Brett vorsichtig auf das Wasser.

»Warum machst du das?« wollte Tapú wissen.

»Sollte der Hai wieder auftauchen, dann wird als erstes das Gackern und Flattern des Huhns seine Aufmerksamkeit erregen. Er wird eine ganze Weile um das Tier kreisen, nachdem er ja schon eine schlechte Erfahrung gemacht hat.« Miti Matái beobachtete das Brett, das am Achterdeck trieb. »Doch wenn er es dann doch verschlingt, wird ihm das restliche Gift erneut schaden.« Er zuckte die Schultern. »Vielleicht gibt er dann doch auf, und selbst wenn er nicht aufgibt, haben wir den Vorsprung erlangt, den wir dringend brauchen, wenn wir lebend an Land kommen wollen.«

»Bist du denn sicher, daß Land in der Nähe ist?« hakte der Junge nach.

»Etwas über hundert Kilometer backbords.«

»Wie willst du das wissen?«

»Ich habe zwei Baßtölpel dort in weiter Entfernung fliegen sehen«, erwiderte Miti Matái. »Sie zogen ihre Kreise auf der Suche nach Nahrung, und das heißt, daß ihr Nest weniger als hundert Kilometer entfernt sein muß.«

»Aber woher weißt du, daß es auf der Backbordseite liegt?« wunderte sich Tapú.

»Das ist eine ganz einfache Schlußfolgerung«, lautete die Antwort. »Hinter unserem Rücken liegt keine Insel, denn sonst hätten wir sie ja gesehen. Auf der Bugseite auch nicht, denn dorthin blies ja heute morgen der Wind, und die Baßtölpel fliegen nicht gegen den Wind. Mir ist bekannt, daß es auf der Steuerbordseite in einer Entfernung von fünfzehnhundert Kilometern kein Land gibt.« Er deutete ein Lächeln an. »Die einzig mögliche Richtung, in der sich Land befinden kann, ist die Backbordseite.«

Sie hielten während drei langer Stunden zügiger Fahrt die Augen starr auf die Wasseroberfläche gerichtet, da sie fürchteten, die schreckenerregende Flosse des riesigen Hais könne jederzeit wieder auftauchen. Miti Matái richtete sich auf, kletterte auf den Bugmast, und nachdem er dort eine Weile ausgeharrt hatte, lächelte er seiner Mannschaft zu, die ihn erwartungsvoll beobachtete. »Land«, sagte er. »Sobald es anfängt zu dunkeln, ist die Gefahr vorüber, denn Teatea-Maó greift fast nie nachts an.«

Das erste Tageslicht überraschte sie weniger als zehn Kilometer vor einer grünen und flachen Küste, die sich gegen Norden hin verlor. Bald schon konnten sie Rauchsäulen, Hütten und Boote auf dem Sand erkennen, und als sie schließlich in das Innere einer breiten und flachen Lagune vordrangen, stießen sie einen Seufzer der Erleichterung aus. Nun waren sie der Bedrohung durch den schrecklichen Weißen Hai entkommen.

Miti Matái hieß die Segel streichen, nachdem er dreimal das Horn hatte blasen und die Speere hatte wegschaffen lassen, um zu zeigen, daß sie nicht vorhatten, überraschend anzugreifen. Nach etwas mehr als einer Stunde stieß eine große Piroge vom Strand ab, die mit einem Dutzend Ruderern besetzt war. Am Bug stand ein alter Mann in einem langen Mantel aus roten Federn. Das Boot näherte sich und kam wenige Meter vor ihrem Schiff zum Stillstand.

»Wer seid ihr, und was wollt ihr?« war das erste, was der Alte mit tiefer Stimme fragte.

»Wir sind friedliche Menschen und suchen Schutz vor den Angriffen von Teatea-Maó«, antwortete Miti Matái mit leicht gesenktem Kopf. »Wir bitten euch demütig um eure Gastfreundschaft, bis die Gefahr vorüber ist.«

»Teatea-Maó!« rief der andere und erblaßte. »Wann hat er euch angegriffen?«

»Gestern mittag«, lautete die Antwort. »Wir haben ihn dann nicht mehr gesehen, aber bei ihm muß man mit allem rechnen.«

»Ich weiß«, gab der Alte zu. »Woher kommt ihr?«

»Von Marara. Wir suchen eine Gruppe von Wilden, die unsere Insel überfallen haben.« Der »Große Seefahrer« beobachtete aufmerksam, wie sein Gesprächspartner auf diese Worte reagierte. »Hat euch in der letzten Zeit jemand angegriffen?«

Der Alte im roten Umhang betrachtete mit derselben Aufmerksamkeit die Besatzung des riesigen Schiffes, als wollte er hinter ihre eigentlichen Absichten kommen. Schließlich verneinte er mit einer Geste. »Nein. Niemand hat uns angegriffen«, antwortete er. »Aber vor einem Monat sind eines Nachts vier Mädchen spurlos verschwunden, ohne daß wir wieder ein Lebenszeichen von ihnen erhalten hätten.« Er schüttelte den Kopf, so als wollte er den Gedanken von sich weisen. »Wir dachten schon daran, jemand habe sie entführt, aber wir haben kein Schiff gesehen.«

»Wir auch nicht«, bemerkte Miti Matái. »Sie haben uns mitten in der Nacht überfallen.«

Der Alte dachte wieder nach. Er schien von der Aufrichtigkeit der Neuankömmlinge überzeugt und sagte schließlich, während er zum Strand deutete: »Ihr könnt hier bleiben. Wir bieten euch unsere Gastfreundschaft an und werden gemeinsam versuchen, Kauhúhu zu vertreiben.«

Kauhúhu, der Haifischgott, wurde als die reinste Verkörperung des Bösen betrachtet. Die alten Polynesier lebten in der Überzeugung, daß im Inneren angriffslustiger Haie die Rachegeister jener Menschen lebten, die aufgrund ihrer Verbrechen zu ewiger Verdammnis verurteilt waren.

Die Bewohner der Insel, die zu den Tokelau-Inseln nördlich von Samoa gehörte, waren friedliche Menschen, wenn auch nicht übermäßig liebenswürdig. Sie nahmen die Anwesenheit der dreißig Menschen, die von weit hergekommen waren, hin, als handele es sich um eine lästige Bürde, die einem das Leben eben auferlegt.

Die einzigen, die sich über die Ankunft der »Marara« zu freuen schienen, waren die Kinder, die nie zuvor in ihrem Leben ein so beeindruckendes Schiff gesehen hatten.

Ein hagerer und schlechtgelaunter Priester beschloß, den schrecklichen Gott Kauhúhu zu vertreiben.

Weder Tapú noch einer seiner Freunde hatte jemals einen Priester kennengelernt, der so von sich eingenommen, schwerfällig und pedantisch war; die Zeremonie hielt er mit solcher Ernsthaftigkeit und Bigotterie ab, daß nach der Hälfte des nicht enden wollenden Vorgangs der Großteil der Teilnehmer friedlich schnarchte.

Als erstes stellte er am Meeresufer die kleine Holzstatue, die einen Mann mit Haifischkopf zeigte, auf einen geweihten Stein. Das war das Bild des Gottes Kauhúhu, wie es die meisten polynesischen Völker kannten. Nachdem er sich vor diese Statue gekniet und über eine Stunde lang ein monotones Gebet heruntergeleiert hatte, ging er dazu über, von allen Haustierarten, die sie hatten, jeweils einem Tier die Kehle durchzuschneiden und sich mit dem Blut zu beschmieren. Als er damit fertig war, sah er aus, als hätte er das Gemetzel an seinem eigenen Körper vollzogen.

Zuletzt stieg er ins Wasser, wusch sich sorgfältig und rief von dort aus eine Stunde lang Teatea-Maó an, im Bewußtsein, daß ein riesiger Weißer Hai sich niemals in das flache Gewässer einer Lagune verirren würde.

Als schließlich die erschöpften Teilnehmer schlafen gehen konnten, fühlte sich nicht einmal der bärenstarke Chimé in der Lage, mit einem hübschen Mädchen an den Strand zu gehen. Statt dessen zog er es vor, sich neben dem Feuer niederzulegen und ein vielversprechendes Abenteuer auf eine günstigere Gelegenheit zu verschieben.

Schließlich war der vorangegangene Tag unter großer Anspannung verlaufen; sie hatten ununterbrochen Wache halten müssen, und ihre Körper waren daher nicht zu großartigen Ausschweifungen fähig.

Am folgenden Morgen ließ Miti Matái die Haut des Wilden vom Schiff holen. Die Tätowierungen waren völlig unversehrt. Doch es war ein makaberes Spektakel, sie getrennt von ihrem Besitzer zu betrachten. Da sie außerdem ohne große Sorgfalt abgezogen worden war, roch sie faulig, und man mußte sich die Nase zuhalten, wenn man sie aus nächster Nähe ansehen wollte.

Die Männer der Insel betrachteten sie mit besonderer Aufmerksamkeit. Sie gaben zu, niemals zuvor ähnliche Zeichnungen gesehen zu haben, obwohl ihr »Großer Seefahrer«, ein tattriger Alter, der wahrscheinlich seit Jahrzehnten nicht mehr gesegelt war, andeutete, daß er in seiner Jugend während einer langen Reise nach Westen von abscheulichen Wesen gehört hatte, die ihre Körper mit grauenhaften Tätowierungen bedeckten. »Ich habe sie nie gesehen«, sagte er freimütig. »Aber ich war in Gegenden, in denen man sie wie den leibhaftigen Teufel fürchtete. Sie sollen sogar Menschen essen.«

Da sie von den wortkargen Insulanern nicht viel mehr bekommen konnten als Wasser, Lebensmittel und die Zärtlichkeiten ihrer Töchter, ordnete Miti Matái zwei Tage später an, daß man bei Einbruch der Dunkelheit wieder in See steche.

»Wenn Teatea-Maó weiterhin hier umherstreift, werden uns die Nacht und der bei Sonnenuntergang aufkommende Maraamú helfen, uns aus dem Staub zu machen.« Er stieß einen tiefen Seufzer aus. »Und sollte es nicht so sein, so möge Tané uns beschützen, wie er es bislang auch getan hat.«

Jede andere Schiffsbesatzung hätte einen solchen Ort, an dem sie über alle Annehmlichkeiten verfügte, nur zähneknirschend aufgegeben, um sich wieder auf einem engen Schiff zusammenzudrängen. Aber die Frauen und Männer des »Fliegenden Fisches« waren keineswegs irgendeine Schiffsmannschaft. Ihr einziger Wunsch war es, so schnell wie möglich den Ort zu finden, an dem sich die Urheber all ihres Unglücks versteckten.

Die Tatsache, daß vier Frauen spurlos von einer Insel verschwunden waren, die auf ihrer Route lag, bestärkte Miti Matái in der Überzeugung, daß auch ihre barbarischen Feinde sich von den Passatwinden aus Südosten antreiben ließen. Die Zeit, die seither verstrichen war, ließ ihn vermuten, daß die »Marara« schneller vorwärtskam als die vier großen Katamarane.

»Um eine derart lange Schiffsreise durchzuführen, brauchen sie sehr schwere Schiffe«, hatte er Roonuí-Roonuí in Anwesenheit der meisten Besatzungsmitglieder erklärt. »Außerdem halten sie sich immer wieder durch Angriffe auf die eine oder andere Insel auf, um deren Frauen zu entführen. Und genau darin liegt für uns eine große Gefahr.«

»Eine Gefahr?« wunderte sich Roonuí-Roonuí. »Von welcher Gefahr sprichst du? Je eher wir sie erwischen, desto früher können wir zurückkehren.«

»Zurückkehren?« wiederholte der »Große Seefahrer« mit Nachdruck. »Welche Möglichkeiten hätten wir denn, wenn wir uns auf offenem Meer mit vier Pirogen eine Schlacht liefern müßten, deren Krieger uns an Zahl zweifach überlegen sind?«

Er schüttelte den Kopf. »Gar keine. Unsere einzige Hoffnung, sie zu besiegen, besteht darin, sie auf ihrer eigenen Insel zu überfallen, so wie sie uns überfallen haben.«

»Aber jener alte Seemann hat uns doch versichert, daß diese Insel ganz weit entfernt ist«, stöhnte Roonuí-Roonuí. »Und wir wissen nicht, wie viele Menschen wir dort antreffen.«

»Darüber habe ich lange nachgedacht. Die ›Marara‹ stellt ihre Schnelligkeit gerade unter Beweis, aber für mich steht fest, daß sie dem Frontalangriff eines Kriegsschiffs nicht standhalten würde.« Er machte eine kurze Pause, und es war eindeutig, daß er diesen Punkt gründlich abgewogen hatte. »Nein«, lehnte er ab. »Eine Konfrontation auf offenem Meer dürfen wir nicht riskieren.«

»Was hast du also statt dessen vor?«

»Ich habe vor, unsere Geschwindigkeit auszunützen und zu versuchen, noch vor ihnen auf ihrer Insel zu sein.« Er beobachtete alle Anwesenden, als wollte er die Wirkung seiner Worte ermessen. »Wenn sie nicht sehr groß ist, wird sie nahezu unbewacht sein, denn ihre besten Krieger werden an Bord sein. In dem Fall könnten wir uns der Insel bemächtigen und mit ihnen in Verhandlung treten, indem wir ihnen ihre Frauen zum Austausch mit den unseren anbieten.«

Es wurde still. Nahezu alle Anwesenden schienen darüber nachzudenken, was ihr Anführer vorgeschlagen hatte. Sein Plan enthielt offensichtlich den Vorteil, daß sie nicht einer großen Zahl bis an die Zähne bewaffneter Männer entgegentreten mußten, der Mannschaft von vier Schiffen.

Roonuí-Roonuí war es schließlich, der aussprach, was alle dachten: »Als Kriegsanführer stimme ich dir vorbehaltlos zu. Was sollen wir jetzt tun?«

»Die Segel beisetzen, bei Flaute rudern, bis uns die Arme brechen, und dafür sorgen, daß der ›Fliegende Fisch‹ wirklich fliegt«, entschied Miti Matái. »Daß wir ausgerechnet in ihrer Heimat auf sie warten, dürfte das Letzte sein, womit diese Schurken rechnen.«

»Na, dann an die Arbeit!«

Als hätten die Götter ebenfalls zugestimmt, daß dies die beste Lösung sei, verstärkte der Maraamú noch am selben Abend seine Kraft. Das Meer türmte sich zu hohen Wellen, die sie regelrecht zum Sieg vorantrieben, und die »Marara« glitt mit solcher Geschwindigkeit nach Nordwesten, daß man meinen konnte, sie nehme an einem Bootsrennen teil.

Zwei Männer mußten sich an das Steuerrad am Achterdeck stellen, damit der Kurs beibehalten wurde. Tag und Nacht lösten sich die Männer beim Rudern und die Frauen beim Schöpfen des Wassers ab, so daß sie fünf Wochen lang den Ozean wie ein Pfeil durchpflügten, den der Gott Oró mit seinem mächtigen Bogen abgeschossen hatte.

Weder Sturmböen und Meeresströmungen noch die drückende Stille während der heißen Mittagsstunden konnten den Katamaran bremsen, der bisweilen stundenlang nur auf einem der beiden Rümpfe dahinsegelte.

Tapú lernte stets Neues dazu.

Nachts den Wind im Gesicht zu spüren und zu beobachten, wie die beiden Bugspitzen eine breite, phosphoreszierende Furche in das schwarze Gewässer des Ozeans schnitten, zu wissen, daß sie einen immer größeren Vorsprung vor ihren Feinden gewannen – all das stellte sich für ihn als eine Erfahrung dar, die kein Junge seines Alters zuvor gemacht hatte. Er sagte sich mehrmals, daß, selbst wenn er am Ende ihrer unvergeßlichen Reise nicht den begehrten Seefahrertitel verliehen bekam, sich ein solch mühevolles, großartiges Abenteuer gelohnt hatte, denn er würde die Erinnerung daran bis ans Ende seines Lebens behalten.

Der schwerfällige und gefräßige »Mann des Gedächtnisses« widmete ihm jeden Tag ein paar Stunden, wobei er mit seiner monotonen Stimme alle möglichen Sternbilder im Norden und Osten aufzählte. In einer der finsteren Nächte, die der Junge dem Studium der Sterne widmete, ereignete sich ein tragischer Zwischenfall, der ihn außerordentlich tief berührte. Er hatte plötzlich das Gefühl, als streife ihn etwas an der Wange. Fast im gleichen Augenblick vernahm er einen dumpfen Schlag, gefolgt von einem Schmerzensschrei. Als einige Männer mit Fackeln herbeiliefen, entdeckten sie zu ihrem Entsetzen, daß ein großer Fliegender Fisch sich in das rechte Auge des Ersten Steuermannes gebohrt hatte.

Der arme Moeteráuri war nach hinten gefallen, und nur das Rettungsnetz des Achterdecks hatte ihn davor bewahrt, ins Meer zu stürzen und von den kleinen Haien gefressen zu werden, die gewöhnlich dem Kielwasser des Schiffes folgten.

Im allgemeinen stellten solche Haie für die Besatzung keine große Gefahr dar. Aber ein blutender und halb bewußtloser Mensch wäre eine leichte Beute gewesen. Womöglich hätte es sich bei den Räubern auch gar nicht um Haie gehandelt, sondern um eine der mysteriösen Gestalten, die nachts aus den Tiefen des Ozeans an die Oberfläche kamen und vielleicht auf den unglücklichen Seemann aufmerksam geworden wären.

Tapú hatte schon seit längerer Zeit bemerkt, daß die Anzahl dieser beunruhigenden Wesen wuchs, je weiter sie sich von den Inseln entfernten und in immer dunklere Gewässer vordrangen. Das war vor allem in solchen Nächten der Fall, in denen eine Wolke sich vor die Sterne schob. Die Meeresoberfläche schien sich dann mit phosphoreszierenden Erscheinungen zu füllen, als müsse sich der Katamaran seinen Weg durch Gespenster und Dämonen bahnen. Miti Matái versicherte ihm, daß es sich um Riesentintenfische handele, die bei völliger Dunkelheit aus der Tiefe nach oben zu kommen wagten.

»Der Ozean ist voller Geheimnisse, die auch ich nicht aufdecken könnte«, gestand der »Große Seefahrer«, als ein riesiges phosphoreszierendes Geisterwesen, wenn auch friedlich, um sie herumtanzte. »Und gerade das macht ihre Faszination aus. Wir können sie noch so genau erforschen und unsere Erkenntnisse von einer Generation an die nächste weitergeben: Zehn Meter unter uns tut sich ein echter ›Fünfter Kreis‹ auf, den wir niemals erobern werden. Und du kannst darauf schwören, daß von dort keiner lebend zurückkommt.«

»Vetéa Pitó kann fast zwanzig Meter tief tauchen«, bemerkte der Junge.

»In der Lagune oder in den Korallenriffs«, antwortete der andere spöttisch. »Aber bitte ihn doch hier, auf dem offenen Meer, zwanzig Meter tief zu tauchen, und du wirst sehen, was er dir antwortet. Nein, alles, was sich unterhalb des Schiffskiels befindet, gehört dem Gott Tané, der denjenigen, der in seinem Reich herumzuschnüffeln wagt, sehr hart bestraft.«

»Hast du ihn schon gesehen?« wollte Tapú wissen.

»Tané?« wiederholte der andere. »Selbstverständlich! Du etwa nicht?«

Der Junge schüttelte verlegen den Kopf. »Wo hätte ich ihn sehen sollen?«

»Im Meer natürlich«, lautete die Antwort. »Im Morgengrauen, wenn die Wellen graue Farbtöne annehmen, und am Abend, wenn das Wasser die Farbe einer reifen Mango hat. Tané lebt im Geschmack der Luft, die wir atmen, und in dem Geruch, der sich auf unsere Haut legt. Und wer es nicht so sieht und daher auch nicht achtet, wird sein Schiff niemals über den Zweiten Kreis hinausführen können.«

»Werden wir auf dieser Reise zum Fünften Kreis vordringen, dorthin, wo das Wasser erstarrt und sich in riesige weiße Berge verwandelt?« fragte Tapú aufgeregt.

»Natürlich nicht«, verneinte der »Große Seefahrer«. »Diese Gegend liegt ganz weit im Süden, während wir uns jetzt nach Nordwesten begeben. Schon bald wird daher die Hitze so unerträglich werden, daß die Vögel am Mittag nicht fliegen, und das Meer wird sehr ruhig sein, denn nicht einmal der Maraamú wagt es, in ein solches Inferno einzudringen.«

»Was werden wir dann tun?« wollte der Junge wissen.

»Rudern. Wir werden die Nächte mit Rudern verbringen und tagsüber beiliegen. Und ich garantiere dir, daß der Zeitpunkt kommen wird, an dem du dich selbst dafür hassen wirst, daß du an Bord dieses Schiffes gegangen bist.«

Miti Matái wußte sehr wohl, wovon er da sprach, denn zwei Wochen später begannen die Passatwinde an Stärke abzunehmen, während die starke Strömung das Schiff so stark nach Westen trieb, daß sie oftmals nicht einmal rudern mußten, um festzustellen, daß sie mit erstaunlicher Geschwindigkeit vorankamen.

»Von dieser Strömung dürfen wir uns aber nicht täuschen lassen«, meinte der »Große Seefahrer«. »Es stimmt, daß sie uns jetzt nach Westen bringt, aber sobald wir unaufmerksam werden, wird sie uns nach Süden treiben, und in diesem Fall werden wir niemals ein Ziel erreichen, das, soviel wir wissen, im Nordwesten liegt. In den nächsten Tagen müssen wir anfangen, mit voller Kraft zu rudern, sonst ist es zu spät und unmöglich zurückzukehren.«

Obwohl sie sich schon den Fünften Kreis näherten, der für die Bewohner von Bora Bora völlig unbekannt war, schien sich Miti Matái völlig sicher zu sein, daß sie durch Zonen kamen, in denen die Meeresströmungen wesentlich größere Bedeutung hatten als die Winde selbst. Er mußte also ständig darauf achten, sich von der richtigen Strömung treiben zu lassen. Das Wichtigste war, daß sie den auslaufenden Passatwind zusammen mit der Kraft ihrer Arme dazu nutzten, ihre lange Reise zum »Unendlichen Meer der zahllosen Inseln« (Mikronesien) fortzusetzen.

Die Inselgruppen bestehen zumeist aus Haufen winziger Atolle oder kleiner Vulkane, die knapp über den Meeresspiegel ragen. Niemand weiß, wie viele dieser winzigen Inseln es dort gibt und wo sie genau liegen. Dennoch hatte die »Marara« Kurs auf sie genommen, in der Hoffnung, in diesem riesigen Heuschober die Stecknadel zu finden, wo sich die Wilden versteckt hielten, die über Bora Bora hergefallen waren.

Eines Morgens, als das Meer totenstill war und die Hitze der frühen Morgenstunden einen drückendheißen Tag versprach, an dem die Sonne das Deck des Katamarans in eine Bratpfanne verwandeln würde, versammelte Miti Matái seine Besatzung um sich und erklärte ohne große Umschweife: »Heute nacht haben wir die Grenzen des Vierten Kreises überschritten, so daß weder ich noch sonst irgendjemand, der auf den Inseln des Windschattens geboren wurde, die geringste Ahnung hat von dem, was uns von nun an zustoßen kann. Es ist so, als wäre unsere Welt nun an ihrem Ende angelangt.« Er räusperte sich, denn er war sich der Bedeutung des Augenblicks bewußt, und fügte hinzu: »Ich teile euch dies mit, damit ihr euch im klaren darüber seid, wo meine Grenzen liegen. Denn alles, was ich von heute an veranlasse, geschieht einzig und allein aufgrund meines Instinkts.«

Es stand fest, daß der Instinkt des »Großen Seefahrers« für Tapú wie auch für alle übrigen Anwesenden das Kostbarste war, was sie besaßen.

Daher schien auch niemand überrascht zu sein, als Roonuí-Roonuí sagte: »Du hast uns bis hierher geführt, und wir haben nicht einen Augenblick an deiner Fähigkeit als Anführer dieses Schiffes gezweifelt.« Zum ersten Mal seit langer Zeit lächelte er. »Auch in Zukunft werden wir nicht bezweifeln, daß du jeweils die beste Entscheidung treffen wirst. Du mußt nur sagen, was wir zu tun haben, und wir werden dir gehorchen.«

Es ließ sich ein allgemeines Gemurmel der Zustimmung

vernehmen, und auch wenn feststand, daß Miti Matái eine solche Antwort erwartet hatte, schien ihn diese Einstimmigkeit doch zu stärken.

»Gut«, entgegnete er kurze Zeit später. »Wenn ihr einverstanden seid, dann schlage ich vor, daß von heute an die kräftigsten Männer während der heißesten Stunden des Tages schlafen und nachts rudern, während die Frauen und die Schwächsten tagsüber Wache halten und dabei den leichten Wind nutzen, der zu der Zeit wehen wird ... Noch eine Frage?«

Der wohlbeleibte »Mann des Gedächtnisses« hob seine Hand und fragte mit leicht zitternder Stimme: »Zählst du mich zu den Starken oder zu den Schwachen?«

»Du bist immer stark gewesen«, gab ihm der »Große Seefahrer« zu verstehen, wobei er sich ein Lächeln nicht verkneifen konnte. »Aber wenn du dein riesiges Hinterteil in einen der Schiffsrümpfe preßt, so bringen wir dich da niemals wieder heraus. Am besten, du widmest dich deiner Aufgabe als Fischer und versuchst dich so gut wie möglich daran zu erinnern, was du über das ›Unendliche Meer der zahllosen Inseln‹ weißt.«

»Darüber weiß ich nur wenig«, lautete die ehrliche Antwort. »Aber ich werde alles daransetzen, mich zu erinnern.«

Unglücklicherweise war der fette Riese schon ziemlich am Ende seiner Kräfte. Völlerei hatte ihm so zugesetzt, daß er seine erstaunlichen Gaben verloren zu haben schien, die ihn viele Jahre zuvor zu dem angesehensten »Mann des Gedächtnisses« der Inseln machten. Von Rairatea und sogar von dem weit entfernten Tahiti waren die Menschen einst gekommen, um ihn über die Geschichte ihrer Vorfahren, Kriegszüge oder Stammbäume zu befragen.

Kurz vor dem Einbruch der Nacht überschritten sie die Grenze zum schicksalhaften Fünften Kreis. Auch Miti Matái war davon zutiefst berührt, denn die Sternbilder, die er so gut kannte, waren aus seinem Gesichtskreis verschwunden. Statt dessen bemächtigten sich völlig neue, über die er nur sehr wenig wußte, Nacht für Nacht der Himmelskuppel.

»Was soll ich tun?« wollte der verstörte Tapú wissen, dem es absurd vorkam, Sterne zu beobachten, die ihm nur wenig nutzen konnten. »Soll ich sie weiterhin studieren, oder kann ich hoffen, daß wir in den Vierten Kreis zurückkehren?«

»Hoffe darauf, daß wir zurückkommen, wenn wir denn wirklich einmal zurückfahren«, antwortete ihm der »Große Seefahrer« mit ruhiger Stimme. »Das einzige, worüber wir uns im Augenblick Gedanken machen müssen, ist, wie wir später zurückkehren können. Wenn diese Stelle die Ausfahrt darstellt, dann wird sie auch unsere Einfahrt sein müssen.«

Der Rest des Tages verlief ruhig – das Meer glich einer unendlichen Vervielfältigung der Lagune von Bora Bora, da nicht die kleinste Welle seine Oberfläche kräuselte.

In der Nacht geschah etwas, das sie sehr beeindrucken sollte. Gerade als der zunehmende Mond über dem Horizont aufgegangen war, näherten sich von Osten her zwei strahlende Lichter, bis sie nur noch ein Kilometer von der Steuerbordseite des Schiffes trennte.

Sie glichen den Augen eines Monsters; doch als sie ihren Blick schärften, kamen die Besatzungsmitglieder der »Marara« zu dem Schluß, daß es sich nicht um ein Seeungeheuer handelte, sondern um das größte und außergewöhnlichste Schiff, das sie gesehen hatten. Sie schätzten seine Länge auf über fünfzig und seine Höhe auf sechs Meter. An seinen hohen Masten hingen riesige weiße Segel, die selbst den leisesten Windhauch, der über den Ozean strich, einfangen konnten. Was für ein Schiff war das – wenn es sich überhaupt um ein solches handelte –, und was für Riesen mochten wohl auf diesem Schiff wohnen?

Es hatte natürlich niemand an Bord des Katamarans jemals so eine Art von Schiff gesehen, geschweige denn davon reden hören. Obwohl einige vermuteten, daß es sich um eine Einbildung oder eine optische Täuschung handelte, ordnete Miti Matái an, der »Mann des Gedächtnisses« solle sich einprägen, daß ein riesiges Schiff sie zu dem Zeitpunkt überholte, als sie den Fünften Kreis überschritten hatten.

Die beunruhigende Episode wurde am nächsten Tag auch in die Haut von Vetéa Pitó eingestochen. Auf seinem Körper waren immer mehr Bilder zu sehen, die dazu dienen sollten, den Rückweg nach Hause zu finden, sobald die Zeit dazu gekommen war.

Der schwärzeste Pessimismus machte sich von jenem Zeitpunkt an auf dem »Fliegenden Fisch« breit, und obwohl niemand die Möglichkeit der Rückkehr nach Bora Bora auch nur zur Sprache brachte, so setzte sich doch bei einigen der Gedanke fest, daß die Aufgabe, die sie sich da gestellt hatten, zu groß sei.

Die Pahí-Vahínes setzten alles daran, das Leben der Männer so angenehm wie möglich zu machen. Sie sangen, tanzten und gaben sich alle Mühe, die Mahlzeiten in wahre Festbankette zu verwandeln. Zum Nachtisch pflegte der »Mann des Gedächtnisses« alte Geschichten zu erzählen, wobei er besonders ausführlich die heldenhaften Taten ihrer Vorfahren schilderte.

Als hätte er begriffen, daß es nun an der Zeit war, den Mut seiner niedergeschlagenen Mannschaft wieder aufzurichten, ergriff Miti Matái eines Abends selbst das Wort, um einen ausführlichen Bericht von jener sagenumwobenen Seereise zu geben, den alle schon immer hatten hören wollen. »An dem Tag, als der greise König Matuá bemerkte, daß Taaroa ihn bald zu sich rufen würde, sagte er sich, nun sei der Zeitpunkt gekommen, zugunsten seines Sohnes Pamáu abzudanken. Er schickte daher Botschafter zu den Inseln des Ersten Kreises, um ihre Würdenträger zu der feierlichen Thronübernahme einzuladen. Denn dies war auch eine günstige Gelegenheit, neue Freundschaftsbündnisse unter den Inselvölkern zu schließen, die seit Jahren im Frieden miteinander lebten.«

»Ich erinnere mich an diese Zeremonie«, warf der »Mann des Gedächtnisses« ein. »Sie war wunderschön, und ich mußte mir unendlich viele neue Namen einprägen.«

»Du Glücklicher hast sie gesehen«, gab Miti Matái zurück. »Ich war damals nicht dabei, da mein Vater, der zu dem Zeitpunkt den Titel ›Großer Seefahrer‹ trug, den Auftrag zu einer Reise in den Süden erhielt, zu den Tubuai-Inseln. Der König dort war der Onkel zweiten Grades von Pamáu. Ich erinnere mich, daß meinem Vater diese Reise wegen der Jahreszeit und der ungünstigen Winde höchst ungelegen kam. Aber wir stachen in See, wie man es uns befohlen hatte.«

»Der König starb, ohne daß er die Thronbesteigung seines Sohnes erlebt hätte«, bekräftigte der »Mann des Gedächtnisses«. »Er hauchte seinen Geist genau in dem Augenblick aus, da die ›Große einsame Herrin‹ über Kap Matira erschien.«

»Ja«, bestätigte der »Große Seefahrer«. »Und der Tod

muß sämtliche Höllenkräfte entfesselt haben. Als wir nämlich durch den Tubuai-Archipel segelten, explodierte plötzlich die kleine Insel, die wir gerade hinter uns gelassen hatten, als wäre die Erde in tausend Stücke zerborsten; Steine und Feuerkugeln flogen an Deck und töteten dabei zwei unserer Männer. Kurze Zeit später hob uns eine Welle, die höher war als der Berg Otemanu, auf ihre Schaumkrone und riß uns mit solcher Geschwindigkeit fort, daß nicht einmal ein Delphin uns hätte einholen können.«

»Dann war es also kein Wirbelsturm, wie man immer gesagt hat?« wunderte sich Tapú. »Dann war es der Tsunami, ein hoher Wellengang, der durch ein Seebeben oder einen Vulkanausbruch ausgelöst wird.«

»Die Wirbelstürme kamen erst später, obwohl ich in Wirklichkeit nicht glaube, daß es richtige Wirbelstürme waren, sondern eher Unwetter, wie sie in diesen Breiten üblich sind«, antwortete der andere. »Am Anfang war es der Tsunami, aber das Schlimme war, daß wir die Kontrolle über das Schiff verloren hatten. Mehrere Tage und Nächte trieben uns diese unerklärlichen Wellen, die aufeinander folgten wie die Thunfische im Sommer, immer weiter nach Süden, ohne daß wir begriffen, wie es möglich sein konnte, daß wir nicht kenterten.«

»Das muß ein schreckliches Erlebnis gewesen sein«, flüsterte Vahíne Tipanié mit zitternder Stimme. »Mein Onkel Mai war einer von denen, die an Bord dieses Schiffes ums Leben gekommen sind.«

»Ich erinnere mich an Mai«, antwortete Miti Matái. »Er war ein tapferer Mann. Eines Morgens erschien er aus einem unerklärlichen Grund mit schlohweißem Haar. Einen Monat später ist er vor Kälte gestorben.«

»Wie kann jemand vor Kälte sterben?« wollte Vahíne Tipanié wissen. »Das ist etwas, was ich mir nie habe erklären können. Wie ist es möglich, daß diese Kälte so heftig ist?«

»Ich könnte es dir auch nicht erklären«, räumte Miti Matái ein und schüttelte den Kopf. »Selbst heute, nach so langer Zeit, frage ich mich, ob ich es am eigenen Leib erlebt habe oder ob es ein Alptraum war und ich das nicht wirklich erlebt habe ... Als die riesigen Wellen aufgehört hatten, zog aus Nordwesten ein stürmischer Wind auf, der Pafaité, der, wie ihr wißt, dem Maraamú entgegenbläst, aber genauso stark ist wie er. Dieser Wind ist südlich der Tubuai-Inseln vorherrschend.«

»Und was war mit den Rudern?« wollte Chimé wissen. »Warum seid ihr nicht gerudert?«

»Rudern?« staunte der andere über die Frage. »Wir hatten kaum noch die Kraft, jede Stunde aufs neue das Wasser abzupumpen, das durch alle Fugen drang ... Wir waren wie ein Grashalm, mit dem der Wind und das Meer machten, was sie wollten. Und ich schwöre euch, daß uns vor Kälte die Hände steif wurden. Unsere Finger waren so unbeweglich wie Greifhaken.«

»Unglaublich!« rief eine Stimme.

»Aber es ist wahr!« beharrte der »Große Seefahrer«. »Die Kälte ruft die seltsamsten körperlichen Reaktionen hervor. Es ist, als lähmte sie die Glieder, man muß einfach zittern und mit den Zähnen klappern, so sehr man sich auch dagegen wehrt.«

»Das muß ja schrecklich gewesen sein!«

»Und zwar so sehr«, gestand Miti Matái , »daß, wenn Teatea-Maó aufgetaucht wäre, wir dankbar gewesen wären, wenn er uns aufgefressen hätte. Aber nicht einmal die

Haie wagen sich in solche Gewässer. Nur Wale und Robben widerstehen der Kälte, und bald bemerkten wir, daß sogar die Mahí-Mahí uns nicht mehr begleiteten, so daß wir nichts mehr besaßen, wovon wir uns hätten ernähren können.«

»Glaubst du, daß das die Hölle ist, die Tané für die Bösen bereithält?« wollte plötzlich Vahíne Auté wissen, die immer schon ein reges Interesse am Schicksal der Seelen hatte.

»Würde ich dies annehmen, so müßte ich auch annehmen, daß mein Vater und meine Kameraden auf jener Reise jetzt in der Hölle schmoren«, erwiderte Miti Matái. »Und das kann nicht sein, denn sie waren gute und gerechte Menschen.«

»Welche Bedeutung hat dann also ein solcher Ort?« wollte die gute Frau wissen.

»Bedeutung?« wiederholte Miti Matái verwirrt. »Im Norden ist es immer heißer, und im Süden dafür immer kälter.«

»Weshalb?«

»Wie weshalb?« unterbrach sie ungeduldig der beleibte »Mann des Gedächtnisses«. »Es sind einfach Naturgesetze.«

»Dennoch«, unterbrach ihn wiederum der »Große Seefahrer«, »war die Frage von Vahíne Auté schon berechtigt. Soweit ich von meinem Vater weiß, befinden wir uns jetzt am heißesten Punkt, und wenn wir den überschritten haben, kühlt es wieder ab. Es könnte der Fall sein, daß wir, wenn wir weiter nach Norden segeln, wieder in kalte Zonen gelangen.«

»Das wäre doch absurd«, meinte Roonuí-Roonuí. »Das wäre ja gerade so, als würden wir zugeben, daß es eine Welt gibt, die genau anders funktioniert als unsere. Das, was bei uns oben ist, läge dann unten und umgekehrt.«

»Meine Kameraden starben allmählich an Hunger und Kälte«, fuhr Miti Matái fort. »Als eines Morgens vor uns eine riesige weiße Insel auftauchte, jubelten wir natürlich vor Freude, denn wir stellten uns vor, daß wir endlich einen Ort gefunden hatten, der uns Schutz und Nahrung bot. Doch als wir die Insel betraten, stellten wir fest, daß es sich nicht um Erde handelte, sondern um Wasser, das vor Kälte erstarrt war.«

»Wie soll man das verstehen?« fragte Vetéa Pitó. »Ich habe diese Geschichte schon einmal gehört, aber ich begreife nicht, wie sich Wasser in eine feste, weiße und noch dazu kalte Insel verwandeln kann ... Das klingt ja nach Hexerei.«

»Die Götter veranlassen dies«, antwortete der »Große Seefahrer«, »und ihr könnt sicher sein, daß ich euch nicht belüge.«

»Niemand behauptet, daß du lügst«, beeilte sich der Taucher zu antworten. »Ich bin überzeugt, daß alles wahr ist, was du erzählst, ich kann es mir nur nicht vorstellen ... Aber erzähl doch bitte weiter!«

»Gut. Das war jedenfalls ein schwerer Schock, und einige Männer gingen sogar so weit, daß sie sich auf der Insel töten ließen. Es muß ein schöner Tod gewesen sein, denn sie lächelten alle dabei ... Aber was uns völlig aus der Fassung brachte, war die Tatsache, daß die Toten nach zwei oder drei Tagen nicht anfingen zu verwesen, sondern völlig unversehrt blieben. Als würden sie nur schlafen.«

»Und sie verfaulten wirklich nicht?« wiederholte Roonuí-Roonuí. »Aber waren dennoch tot?«

»Ja. Versteht ihr jetzt, warum ich zögere, diese Geschichte zu erzählen? Am Ende machen alle immer das gleiche Gesicht.«

»Es ist eben auch eine sehr sonderbare Geschichte!« meinte Vahíne Tiaré.

»Äußerst sonderbar!« bestätigte Miti Matái. »Wir glaubten also, daß sie nur schliefen, legten sie unter das Vordach am Bug und setzten unsere Reise fort ... Mein Vater verhielt sich ganz ruhig, klammerte sich mit aller Kraft ans Steuerrad, und als ich ihm die Hand öffnen wollte, fiel einer seiner Finger ab, als wäre er ein trockener Zweig gewesen.« Tränen traten ihm in die Augen. »Ich betete zu Taaroa und zu Tané, mein Vater möge wirklich nur schlafen, doch zwei Tage später wurde das Wetter besser, und wir begannen uns von jener Hölle zu entfernen. Und sobald die Sonne ihre Körper wärmte, waren sie auch nicht mehr wie aus Stein – kurze Zeit später begannen sie zu verwesen.«

»Wie viele wart ihr, die überlebt haben?« wollte Tapú wissen.

»Drei, aber wir waren in einem so schlimmen Zustand, daß wir eigentlich eher wandelnden Leichen glichen. Tamasese Tefaatáu waren die Hände und Füße steif geworden. Sein Bruder, der sehr kräftig war, half mir die Toten ins Meer werfen. Doch als Tamaseses Arme und Beine immer schwärzer wurden und er schließlich unter furchtbaren Schmerzen starb, verstummte der Bruder. Er war nicht mehr in der Lage zu antworten, wenn ich etwas zu ihm sagte, oder die einfachsten Anweisungen zu begreifen. Er war nur noch ein Häufchen Elend, das am Bug saß, die Füße übers Wasser baumeln ließ und zum Horizont starrte. Eines Morgens saß er nicht mehr dort. Da befiel mich die Versuchung, mich ins Meer zu stürzen und Schluß zu machen. Aber die Sonne strahlte kräftig, das Meer war ruhig, und ich begriff, daß das Schlimmste vorüber war und mich die Winde und Strömungen wieder nach Norden trieben. So beschloß ich, nach Bora Bora zurückzukehren, koste es, was es wolle.«

»Aber wie?« fragte Tapú. »Wie kann ein einzelner Mann ein Schiff steuern, das fast so groß wie dieses ist?«

»Es war viel kleiner«, sagte der »Große Seefahrer«. »Aber dennoch begriff ich, daß ich es nicht lenken konnte, und so baute ich es auseinander. Ich verwandelte es in ein Schiff mit nur einem Schiffskörper und einer kurzen Kufe, die für das Gleichgewicht sorgte. Außerdem nahm ich den halben Mast zu Hilfe und das, was von den Segeln übrig war. Den Rest warf ich fort.«

Sie betrachteten ihn voller Bewunderung.

»Es ist dir also gelungen, einen Katamaran in ein Auslegerboot zu verwandeln, du allein und auf hoher See?«

»Mein Leben hing davon ab«, war seine Antwort. »Niemand weiß, wozu er imstande ist, bis er dem Tod ins Auge blickt. Mit dem neuen Schiff war alles viel einfacher. Ich segelte nachts und schlief am Tag. Der Regen lieferte mir Trinkwasser, und bald tauchten auch die Mahí-Mahí wieder auf, so daß mir die Nahrung nicht ausging. Dann erreichte ich das ›Unendliche Land‹ (das heutige Südamerika).«

»Aber gibt es das wirklich?« rief Roonuí-Roonuí. »Die alten Geschichten erzählen davon, aber ich habe nie geglaubt, daß das wahr ist.«

»Doch, das ist es«, beharrte Miti Matái. »Ich habe es gesehen, auch wenn ich nicht an Land gegangen bin.«

»Warum nicht?«

»Die Küste war schroff und unzugänglich, es gab riesige

Wellen und eine starke Strömung, die mich nach Norden trieb, immer entlang der Küste. In der Ferne waren riesige, schneeweiße Berggipfel zu sehen.«

Chimé fragte verwirrt: »Wie ist es eigentlich möglich, daß sich vor uns das ›Unendliche Meer der zahllosen Inseln‹ erstreckt und hinter uns ein ›Unendliches Land‹?«

»In Wirklichkeit erhebt sich das ›Unendliche Land‹ nach allen Richtungen hin«, erklärte ihm der »Große Seefahrer«. »Es müssen diese hochgelegenen Länder sein, die das Ende der Welt bilden und verhindern, daß das Meerwasser überläuft. Vor Tausenden von Jahren sind unsere Vorfahren vom Rand der Welt im Westen hierhergekommen, und ich gelangte damals auf die andere Seite, an den östlichen Rand.«

»Heißt das, du warst am Ende der Welt?«

»Ich glaube, ja«, antwortete Miti Matái.

»Und wenn wir das ›Unendliche Meer der zahllosen Inseln‹ überqueren würden, kämen wir dann auch an das andere Ende der Welt?«

»Ich glaube schon, daß das möglich ist. Es steht fest, daß die Welt irgendwo ein Ende hat.«

»Und weshalb muß sie ein Ende haben?« wollte Vetéa Pitó wissen. »Warum kann sie nicht unendlich sein?«

»Weil die Sonne jeden Tag im Osten aufgeht, einen Bogen über uns macht, sich im Westen versteckt, unter der Erde zurückkehrt und wieder im Osten zum Vorschein kommt.«

»Wenn du im Osten an die Grenze gestoßen bist, wie groß schätzest du die Welt ein?« fragte Roonuí-Roonuí.

»Ich weiß es nicht«, war die ehrliche Antwort. »Uralten Überlieferungen zufolge benötigten unsere Vorfahren Jahre, um von Osten nach Bora Bora zu gelangen. Ich hingegen habe nur acht Monate gebraucht, um von dem ›Unendlichen Land‹ zurückzukehren. Meiner Meinung nach bedeutet das, daß Bora Bora näher an der östlichen Grenze liegt als an der westlichen.«

»Aber Bora Bora ist doch der Nabel der Welt«, wandte Chimé ein.

»Alle Inseln betrachten sich als den Nabel der Welt«, gab ihm der »Große Seefahrer« zu bedenken. »Aber in Wirklichkeit sind sie das nur für ihre Bewohner. Ich bin viel gereist und zu dem Schluß gekommen, daß der Mittelpunkt der Welt sich an einer Stelle des Ozeans befinden muß, die sich nicht von ihrer Umgebung unterscheidet. Als es mir schließlich gelang, von der starken Strömung loszukommen, die mich ständig nach Norden trieb, und ich in der Richtung fuhr, in der nach meinen Berechnungen Bora Bora liegen mußte, führten mich die Winde zu einer verlorenen, einsamen Insel. Es war der verlassenste Ort, den Taaroa geschaffen hat. Doch die Bewohner dieser Insel waren der Ansicht, daß sie sehr schön sei, und auch sie betrachteten sie als den Nabel der Welt.«

»War das die berühmte Insel der steinernen Riesen?«

»Ja. Die Einwohner nennen sie Te Henúa, was ›Nabel der Welt‹ bedeutet. Doch ihr eigentlicher Name ist Rapa-Nui, Osterinsel, oder Groß-Rapa, denn sie ähnelt einer kleinen Insel, die ebenfalls Rapa heißt und im Tabuai-Archipel liegt. Von dort sind angeblich die ersten Siedler gekommen.«

»Was sind das für Menschen?«

»Sie sind wie wir, obwohl sie in ständiger Angst vor Überfällen leben. Deshalb haben sie entlang der Küste riesige Statuen aus Stein errichtet. Damit möchten sie den Angreifern sagen, daß Menschen, die solche Denkmäler errichten, ein mächtiges Volk sein müssen. Ich kann nicht leugnen, daß ich erschrocken war, als ich diese Monster gesehen habe. Doch da ich nach vielen Monaten zum ersten Mal wieder festen Boden betreten hatte, faßte ich Mut und ging an Land, mochte geschehen, was wollte.«

»Und was geschah dann?« fragte Tapú neugierig, der fasziniert dem Bericht seines Vorbilds lauschte.

»Zuerst glaubte ich, sie würden mich töten«, antwortete Miti Matái ruhig. »Dieses Volk glaubt nämlich, daß jeder, der die Insel betritt, ein Spion ist oder der erste bewaffneter Eindringlinge. Nachdem ich ihnen einen ausführlichen Bericht meiner Reise gegeben hatte, änderten sie ihre Meinung.«

»Waren sie freundlich?«

»Freundlich ist nicht das richtige Wort. Sie beschränkten sich darauf, höflich zu sein, und waren überzeugt, daß ich am Ende meiner Reise angelangt sei und nun für immer bei ihnen bleiben würde. Ich vermute, es lag an dem jämmerlichen Zustand meines Schiffes, das bereits auseinanderfiel. Sie dachten, es könne niemandem in den Sinn kommen, mit diesem Schiff die mehr als dreitausend Kilometer zurückzulegen, die mich von Bora Bora trennten. Ich ließ sie in ihrem Glauben, nahm die Tochter eines ihrer Häuptlinge zur Frau und verbrachte mehrere Monate damit, Kräfte zu sammeln. Allmählich gewöhnte ich mich wieder daran, mich außerhalb des winzigen Raumes eines Auslegerbootes zu bewegen. Ich kann nicht leugnen, daß es schöne Zeiten waren«, schloß er. »Sehr schöne.«

»Und weshalb bist du nicht geblieben?« wollte Vahíne Tipanié wissen. »Hast du deine Frau nicht geliebt?«

»Doch«, räumte Miti Matái ein. »Aber mein Herz hing weiterhin an Bora Bora. Rapa-Nui ist eine unwirtliche

Insel, vom Wind verweht und mit einem verängstigten Volk, das nicht einmal unter sich im Frieden lebt. Jeder Stamm möchte den anderen sein Gesetz auferlegen, weshalb Haß und Rachsucht vorherrschen. Mein Vater lehrte mich einst: ›Wenn der Haß dein Herz befällt, ist das so, als wenn Wanzen dein Bett befallen. Niemals wirst du ruhig schlafen.‹ Daher bat ich eines Nachts meine Frau, sie solle ihrem Volk versichern, daß ich niemand erzählen werde, wo ihre Insel liegt, und ging fort.«

»Wie denn?«

»In meinem Boot.«

»Aber wenn es doch kaputt war ...«

»Das war es auch, doch ich hatte mir Harz besorgt und es geflickt. Vier Monate später ging ich in Bora Bora an Land.«

»Ich erinnere mich noch sehr gut an den Tag deiner Rückkehr«, murmelte der »Mann des Gedächtnisses«, »und ich erinnere mich auch noch gut an das Lied, das wir dir zu Ehren gesungen haben.« Er räusperte sich und begann fürchterlich falsch zu singen:

»›Der Held kehrt zurück‹, jubelt das Volk,
›der geliebte Sohn von Bora Bora.
Der Held kehrt zurück‹, jubelt das Volk,
›er siegte über Meer und Wind.

Tané gab ihm Weisheit,
Taaroa gab ihm Kraft,
Oró gab ihm Tapferkeit.
Da kommt er, der von den Göttern Auserwählte,
der ›Große Seefahrer‹.

Der Held kehrt zurück‹, jubelt das Volk.
›Auf Bora Bora wird niemals geboren werden
weder ein größerer Held
noch ein größerer Seefahrer.

Sein Name wird in die Geschichte eingehen,
und jeder wird sich an ihn erinnern:
Miti Matái!
Miti Matái!
Der Tapfere, der ohne Hilfe,
den Wind besiegte
und das Meer eroberte.‹«

»Nun, das klingt sehr hübsch«, urteilte Miti Matái und klatschte in die Hände. »Aber jetzt ist es Zeit fürs Rudern!«

Sie ruderten neun Nächte lang. Sie ruderten, bis sie alles Zeitgefühl verloren hatten. Mit jedem Ruderschlag drangen sie weiter in den unbekannten Ozean ein. Den Männern, die von klein auf die Meere liebten, flößte er große Furcht ein.

Glücklicherweise gab es zwischendurch Regengüsse, die ihnen Trinkwasser lieferten, und um sie herum wimmelte es nur so von Fliegenden Fischen, Thunfischen und Bonitos.

Die wohlschmeckenden Mahí-Mahí stellten für sie seit jeher eine Art Manna dar, mit dem sie sich über mehrere Monate auf hoher See halten konnten. Sie gehören zu der Fischfamilie, die man in Europa unter der Bezeichnung Goldbrassen kennt, auch wenn ihr Kopf viel rundlicher ist.

Sie können zwei Meter lang und bis zu fünfzig Kilo schwer werden. Obwohl sie sich hauptsächlich damit beschäftigen, Fliegende Fische zu fangen, besteht ihr größtes Vergnügen darin, um jedes schwimmende Objekt herumzustreichen. In solchen Augenblicken, und wenn man ihnen an einem Angelhaken ein Stück Fleisch anbietet, lassen sie sich leicht fangen.

Am Mittag des nächsten Tages schrie der dicke »Mann des Gedächtnisses« aus vollem Hals: »Land in Sicht!«

Um die Wahrheit zu sagen, war es nicht mehr als ein Atoll von etwas weniger als einem Kilometer Durchmesser und mit einer riesigen Lagune in der Mitte. Aber dort konnte man am Schiff Reparaturen vornehmen, sich mit Früchten versorgen und zumindest einige Tage mit Krebsen, Austern, Langusten und anderen kleinen Fischen, die in dem niedrigen Wasser lebten, Abwechslung in den Speiseplan bringen.

Doch das Wichtigste an diesem unbewohnten Atoll war: Sie fanden Anzeichen dafür vor, daß es regelmäßig besucht wurde – was wiederum bedeutete, daß im näheren Umkreis Menschen lebten.

Drei Tage später beschloß Miti Matái, die Reise in Richtung Norden fortzusetzen. Und einen Tag später erblickten sie eine richtige Insel, über der sich ein Berg erhob, an dessen Fuß Menschen wohnten, die dennoch keineswegs erfreut waren, als sie ein Schiff kommen sahen.

Einen Steinwurf von der Küste entfernt warf der »Fliegende Fisch« Anker, man ließ zum Zeichen des Friedens die Schneckenmuschel ertönen und entsandte zwei Männer, die eine lange Unterredung mit den Insulanern abhielten. Diese sprachen eine unverständliche Sprache und schienen den Leuten, die sich ihrer Insel näherten, zutiefst zu mißtrauen.

Dazu hatten sie guten Grund, denn alle zusammengenommen waren sie nicht mehr als hundert Menschen, Alte und Kinder eingerechnet.

Als man ihnen die Haut des Wilden zeigte, gaben sie zu, vor vielen Jahren einmal von Wesen mit ähnlichen Tätowierungen überfallen worden zu sein. Doch sie konnten nicht sagen, woher sie gekommen waren.

Allerdings hatten ihre Fischer in der letzten Zeit riesige Schiffe wahrgenommen, die von Osten her kamen und mit ihren weißen Segeln den Flügeln von mächtigen Möwen glichen.

»Auch wir haben ein solches Schiff gesehen«, bestätigte Miti Matái. »Ich hätte niemals gedacht, daß man Schiffe von solcher Größe bauen kann. Wie ist es nur möglich, ohne Ausleger zu segeln und mit soviel Gewicht an den Masten?«

Miti Matái kam zu dem Schluß, daß das einzige, was sie überraschen konnte, wenn sie noch länger auf der Insel blieben, ein Angriff war. Als es dunkel wurde, gab er Befehl, wieder in See zu stechen.

Elf Tage später tauchte vor ihrem Zwillingsbug wieder ein Atoll auf, das knappe zehn Meter über den Meeresspiegel ragte. Die Strömung, auf der sie dahinglitten, trieb sie geradewegs auf die Insel zu. Wenn sie bei Nacht dort ankamen, würden sie an den scharfkantigen Korallenriffen Schiffbruch erleiden. Doch glücklicherweise strahlte die Sonne von ihrem höchsten Punkt herunter, als die Insel sich plötzlich aus dem Ozean erhob. Vahíne Auté erkannte sie und schlug sofort Alarm, damit die Ruderer die Paddel in die Hand nehmen und all ihre Kräfte aufbieten konnten, um die Gefahr abzuwenden.

Andere hatten offenbar nicht dasselbe Glück gehabt wie

sie, denn als sie sich der Küste von der Leeseite her näherten, bemerkten sie plötzlich an Land ein Dutzend Menschen, die ihnen Zeichen gaben.

Tapú konnte niemals das Bild vergessen, das die Schiffbrüchigen abgaben. Sie riefen wie wild und winkten ihnen zu. Der Junge staunte vor allem darüber, daß sie von Kopf bis Fuß in lange, vielfarbige Tuniken gekleidet waren. Dann entdeckte er die Kopfhaare eines Wesens, die gelb schimmerten und wie trockenes Stroh ein Gesicht aus kalkweißer Haut umrahmten; zwei kugelrunde blaue Augen erinnerten an die Augen eines Blinden.

»Was ist denn das?« rief Vahíne Tipanié erschrocken. »Die sehen ja aus wie Gespenster.«

Sie waren wie versteinert von dem Anblick dieser Wesen. Einige trugen an ihren Gürteln eine Art überlanger Messer, die im Sonnenlicht aufblitzten. Alles war ihnen so fremd, daß der »Große Seefahrer« sich an den »Kriegsanführer« wandte, um ihn zu fragen, ob sie den Unglücklichen zu Hilfe eilen oder keine Notiz von ihnen nehmen sollten.

Vetéa Pitó war es, der auf einige Riffe deutete, die sich einen Kilometer entfernt aus dem Meer erhoben und zwischen denen die Reste eines riesigen Schiffes zu sehen waren, das dort gekentert war. Anhand seiner gigantischen Masten und seines Rumpfes, der nun zertrümmert war, begriffen sie, daß es sich dabei um das geheimnisvolle Schiff handelte, das ihnen in einer Nacht begegnet war.

Nichts war davon noch zu gebrauchen, bis auf das Holz. Die Aufmerksamkeit der Besatzung der »Marara« richtete sich von neuem auf die Leute an Land, die sich ängstlich gebärdeten, unverständliche Sätze riefen und durch Gesten zu verstehen gaben, daß sie dringend Wasser benötigten.

»Der Durst ist etwas Fürchterliches!« murmelte Miti Matái schließlich. »Ich glaube, wir sollten ihnen helfen.«

»Das könnte aber gefährlich sein«, entgegnete Roonuí-Roonuí. »Denk daran, daß das einzige, was zählt, unser Auftrag ist.«

»Aber es sind doch auch Kinder darunter!« wandte Vahíne Tiaré ein. »Wir können nicht zulassen, daß diese armen Wesen verdursten.«

Tatsächlich waren auch zwei halbnackte Kinder darunter. Die Haare des einen waren ebenfalls hell, und auch seine Augen erinnerten an die eines Blinden.

Miti Matái winkte Tapú und Chimé zu sich heran. »Bringt ihnen Wasser, aber geht kein unnötiges Risiko ein!« ordnete er an.

Die Jungen sprangen ins Wasser und stießen ein behelfsmäßiges Floß vor sich her, auf das die Frauen mehrere Kürbisse und ein Dutzend Kokosnüsse gelegt hatten. Je mehr er sich dem Ufer näherte, um so heftiger begann Tapús Herz zu schlagen.

Zwei der Fremden waren ins Meer gesprungen, um das Floß in Empfang zu nehmen, und sobald die Jungen es ihnen überlassen hatten, kehrten sie blitzschnell an Land zurück, wo sie und die anderen über die Kürbisse und Kokosnüsse herfielen. Die Gier, mit der sie tranken, ließ keinen Zweifel daran, daß sie dem Verdursten nahe waren. Als sie schließlich den schlimmsten Durst gestillt hatten, wandten sie sich wieder den Jungen zu und faselten etwas, das sich wie Dankesworte anhörte. Durch freundschaftliche Gesten forderten sie sie auf näherzukommen und gaben ihnen zu verstehen, daß sie nicht die geringste Absicht hatten, ihnen etwas anzutun.

Die Jungen wurden von Neugierde übermannt. Schließlich ließen sie eines der beiden Kinder an sich heran, das Chimé bei der Hand nahm und ihn an den Strande zog.

Tapú folgte den beiden. Und kaum hatten sie einen Fuß an Land gesetzt, wurden sie von den Frauen umringt, die sich vor ihnen zu Boden warfen und ihnen die Hände küßten, während die Männer ihnen auf die Schulter klopften. Dabei versuchten sie sich in einer harten, kehllautigen, völlig unverständlichen Sprache mitzuteilen.

Als erstes fiel den Polynesiern auf, daß sie – vor allem die Frauen – einen scharfen und beißenden Gestank von Haifischinnereien verbreiteten, der anscheinend an ihren schweren Gewändern hing. Andererseits gab es an ihnen viele Dinge, die sie faszinierten, vor allem verschiedene Gegenstände – beispielsweise zwei gekreuzte Stäbchen –, die sie am Hals trugen und die aus einem so glänzenden Material waren, daß einem die Augen weh taten, wenn es in den Sonnenstrahlen aufblitzte.

Weder Tapú noch Chimé hatten jemals so etwas gesehen. Ebenso wenig kannten sie das Material, aus dem die langen und überaus scharfen Messer bestanden, die einige Männer an ihrem Gürtel trugen.

Für jemanden wie sie, die noch mit keiner Art von Metall in Berührung gekommen waren, war dies ein faszinierendes Erlebnis. Für sie war eine Toledoklinge der härteste, glänzendste und tödlichste Gegenstand, den es auf der Welt gab. Kreuze aus Gold, Klingen aus Stahl und Pfannen aus Kupfer, das alles waren Gegenstände, die den Eingeborenen von Bora Bora fremd waren.

Als einer der Männer – er hatte einen so dichten Bart, daß man von seinem Gesicht kaum mehr als die Augen sehen konnte – ihr Staunen bemerkte, legte er ihnen flache, runde Steinchen von gelber Farbe in die Hand. Darauf waren ganz deutlich ein menschliches Gesicht und merkwürdige Zeichen zu erkennen. Als Tapú sie genauer betrachtete, gelangte er zu der Überzeugung, daß man ihm einen Talisman mit magischen Kräften geschenkt hatte.

Aber wie war es nur möglich, daß Menschen, die so faszinierende Dinge, so gefährliche Messer und so wundersame Kleider besaßen, auf einer verlassenen Insel inmitten des Ozeans beinahe verdursteten? Und wie konnten solche Halbgötter einen so bestialischen Gestank verbreiten?

Tapú war völlig verwirrt, und ebenso ging es Chimé. Ihre Verwirrung war auch durchaus verständlich, wenn man bedenkt, daß in tausend Jahren ihrer Geschichte keiner ihrer Vorfahren jemals mit Menschen zusammengekommen war, die von der entgegengesetzten Seite der Erde stammten.

Sie waren außerstande, es sich vorzustellen, aber das Schicksal hatte es so gewollt, daß die »Marara« auf ihrer langen Reise den Überlebenden der »San Juan Nepomuceno« begegnen sollte, einer mächtigen Galeone, die im Frühjahr 1663 von Peru aus in See gestochen war und niemals an ihrem Zielort Manila auf den Philippinen eintreffen sollte.

Das Mitleid besiegte schließlich die Angst, denn diese armen Menschen sahen eher wie wandelnde Leichen als wie Piraten aus. So näherte sich der Katamaran also dem Strand.

Dort waren zwei Grabhügel mit Kreuzen zu sehen. In einer Hütte, die aus den Schiffsresten gebaut war, rangen eine Frau und zwei Männer mit dem Tode.

Es mußte bereits einen Monat her sein, daß die »San Juan Nepomuceno« an dieser Insel gestrandet war. Sand, Felsen und Gestrüpp war alles, was sie bot. Doch schon bald entdeckten die Männer und Frauen des »Fliegenden Fisches«, daß sich auf diesem verlorenen Atoll besonders mißliebige Feinde millionenfach vermehrten ...

Diese Halbgötter, die wunderschöne Gegenstände besaßen, darunter sogar Teile der Sonne, in die menschliche Gesichter eingeprägt waren und die sie so leichtfertig herschenkten, als wären es Muscheln aus dem Meer, diese Besitzer riesiger Segel waren von Flöhen, Wanzen, Läusen und noch dazu von einer bösartigen Krätze befallen, die unter der Haut regelrechte Bahnen zog und sie zwang, sich Tag und Nacht wie wild zu kratzen.

Obwohl sie am Meer hausten, waren sie völlig verdreckt. Es schien unbegreiflich, daß sie lieber in ihren stinkenden Kleidern herumliefen, anstatt ins Wasser zu springen und den Schmutz und das Ungeziefer loszuwerden. Als Miti Matái erkannte, in welchem Zustand sie waren, ordnete er an, daß sie sich unter keinen Umständen der »Marara« nähern dürften, die hundert Meter vor der Küste ankerte. »Haltet euch von ihnen fern!« war seine Anweisung. »Wenn wir zulassen, daß wir von ihnen Läuse bekommen, wird unsere Reise zur Hölle.«

Es war erschreckend zu sehen, wie diese stinkenden Leute zusammenhockten und verkamen, ohne dagegen das geringste zu unternehmen.

Eine Wolke von altem, sauer riechendem Schweiß hing an ihren Kleidern, und todsicher war jede Naht ein Läusenest, ebenso wie sie wohl auch ihre langen Haare seit Monaten nicht mehr gewaschen hatten.

Doch so übel das alles auch sein mochte, es war zweitrangig gegenüber dem, was die staunenden Polynesier nach wenigen Stunden entdeckten: Diese Fremden hatten darüber hinaus noch widerspenstige Nagetiere bei sich, die fast einen halben Meter lang und äußerst gefräßig waren. Diese Tiere schienen die Dunkelheit der Nacht zu nutzen, um in Scharen über die Lebensmittel herzufallen, die die Leute von Bora Bora von Bord geholt hatten. »Ratten« war das erste Wort, das sie von den unbekannten Halbgöttern lernten.

Die Tiere waren aus dem gestrandeten Schiff hervorgekommen und bis zum Ufer geschwommen, um sich sogleich die Insel zu eigen zu machen. Wenn in der Dunkelheit ihre Augen funkelten und sich das Licht des Lagerfeuers in ihnen spiegelte, mußte man geradezu an kleine Dämonen denken, die sich, wenn der Hunger sie befiel, zusammenrotteten, über jedes Lebewesen herfielen und es töteten.

Sowohl Miti Matái als auch Roonuí-Roonuí vertraten die Auffassung, daß die Fremden sie nicht auf ihrer langen Schiffsreise begleiten durften. Daher standen sie vor der Wahl, diese Leute entweder ihrem Schicksal zu überlassen oder ihnen ein eigenes Transportmittel zu bauen und darauf zu vertrauen, daß sie den Weg zurück in ihre Heimat fanden.

Zum Glück hatten sie zwischen den Riffen ein kleines Boot ohne Boden entdeckt, das zu dem gekenterten Schiff gehört haben mußte. Der Schreiner der »Marara« war der Ansicht, daß es mit ein bißchen Glück repariert werden und man sich dafür das Holz des Galeonenrumpfs zunutze machen konnte. Es hatte ihn dennoch überrascht, daß die Fugen beider Schiffe nicht nach der polynesischen Methode »vernäht« worden waren, sondern daß man sie mittels langer Nadeln aus einem äußerst harten Material zusammengefügt hatte, ähnlich dem ihrer Messer, Kreuze und Münzen.

»Es besteht kein Zweifel, daß man sich mit dieser Methode die Arbeit erleichtert, und die Nähte halten auch besser«, sagte der Schreiner. »Aber ich habe nicht die geringste Vorstellung, wie sie es anstellen, die Nadeln so tief ins Holz hineinzutreiben.«

Tags darauf machte sich Miti Matái daran, dem ältesten unter den Schiffbrüchigen mit Gesten zu erklären, daß ihre einzige Hoffnung auf Rettung darin bestand, dieses Beiboot wiederherzustellen. Der andere hingegen bestand immer wieder darauf, sich und seine Leute an Bord der »Marara« einzuquartieren, fügte sich aber am Ende. Am Mittag begannen die Spanier und die Polynesier, mit vereinten Kräften das, was von dem Beiboot übriggeblieben war, an Land zu ziehen.

Es handelte sich um eine Schaluppe von sieben Metern Länge und zwei Metern Breite, die mit einem kurzen Mast versehen war, an dem man einen der Klüver der Galeone anbringen konnte. Auch wenn sich das Boot in einem schlimmen Zustand befand, schien es doch kein unmögliches Unterfangen, es wieder flottzumachen.

Als eines der Kinder einen Hammer und eine Handsäge brachte, um dem Schreiner zu zeigen, wie man damit umging, war dieser so verblüfft, daß er während der folgenden drei Stunden nichts anderes tat, als Bretter zu zersägen und zu hämmern.

Noch viel größer war allerdings die Wirkung der Gegenstände aus Metall und Glas auf die Frauen von Bora Bora. Als sie nämlich die Messer entdeckten, die nahezu ohne Druck schnitten, die Pfannen, die aufs Feuer gestellt wurden, und die Spiegel, in denen sie sich selbst betrachten konnten, waren sie völlig aus dem Häuschen. Kein Wunder, daß sich ihr Leben von jenem Zeitpunkt an nur noch um diese Messer, Spiegel und Pfannen drehte. Zu ihrem Glück gab es davon noch reichlich in den Überresten des Schiffes.

Tapú beobachtete, wie einer der übelriechenden Männer eine schwere Armbrust anlegte, einen Pfeil darauflegte und damit einen Balken durchbohrte, der dreißig Schritte entfernt war. Tapú kam zu dem Schluß, daß er soeben Zeuge des größten Wunders der Welt geworden war.

Daß ein Speer mit einer Metallspitze fähig war, schneller durch die Luft zu fliegen, als der Blick ihm folgen konnte, um dann mit einer Wucht einzuschlagen, die zwei Menschen gleichzeitig hätte töten können, war unfaßbar. Es war dem Zauber von Lebewesen zuzuschreiben, die ungeachtet ihrer Not von einem Ort der Welt herkommen mußten, der weiter weg war als die Sterne.

Dennoch, wenn er sie mit Händen und Füßen gestikulierend fragte, woher sie stammten, schauten sie keineswegs zum Himmel, sondern nahmen eine Kokosnuß in die Hand, auf dem sie einen Punkt markierten. Dieser Punkt sollte offenbar die Insel anzeigen, auf der sie jetzt gerade waren. Dann drehten sie die Nuß und deuteten auf die gegenüberliegende Stelle. Sie wollten ihm also einreden, die Erde sei rund und sie stammten von der gegenüberliegenden Seite.

»Warum sagen sie das bloß?« wollte Vetéa Pitó wissen. »Niemand wird ihnen abkaufen, daß sie auf einer Kokosnuß leben, so groß sie auch sein mag.«

»Vielleicht tun sie es aus demselben Grund, aus dem wir nicht preisgeben wollen, daß wir von Bora Bora stammen«, meinte Miti Matái. »Ihre Insel oder ihr Stern, sofern sie von einem Stern kommen, muß auch schutzlos zurückgeblieben sein, und so wollen sie wohl nicht, daß jemand den Ort herausfindet.«

»Wer könnte beabsichtigen, zu einem Stern hochzufahren – wenn sie wirklich auf einem Stern leben?« meinte der »Mann des Gedächtnisses«. »Oder wer würde wohl davon träumen, zu einer so weit entfernten Insel zu reisen?«

»Ich weiß es nicht«, gab der »Große Seefahrer« zu. »Aber wir können nicht ausschließen, daß es mehr solcher Völker gibt, die über riesige Schiffe verfügen, mit denen man überallhin gelangt. Vielleicht versuchen sie, sich gerade vor denen zu verstecken.«

»Glaubst du, daß sie Götter sind?«

»Ich verstehe nicht viel von Göttern«, lautete die Antwort. »Nur der Priester könnte mit Gewißheit sagen, ob sie es sind oder nicht, aber leider geben die Priester nicht gerne Auskunft. Ich bin noch nie einem begegnet, der wirklich das sagt, was er denkt.«

»Und was ist deine Meinung?«

Miti Matái dachte lange über diese Frage nach. Schließlich sagte er: »Ich glaube, daß sie uns in vielen Dingen überlegen sind, aber in vielen anderen Dingen sind sie uns deutlich unterlegen.« Er wies auf die Insel. »Wenn wir nicht rechtzeitig vorbeigekommen wären, wären sie tot, und das beweist, daß sie Menschen sind.«

»Und ihre ganzen Besitztümer?«

»Es sind nur Gegenstände.«

»Sie sind Herrscher über die Sonne und den Mond.« Chimé zeigte die golden schimmernde Münze, die sie ihm geschenkt hatten. »Oder ist das etwa nicht ein Teil der Sonne? Und das Messer da, ist es etwa nicht aus Mondgestein?«

»Es ist durchaus möglich, daß es sich um Teile des Mondes und der Sonne handelt, die auf ihre Insel herabgefallen sind«, meinte Miti Matái. »Sie haben sie aufgesammelt und sie zu Messern und Pfannen verarbeitet.«

»Ich stimme Miti Matái zu«, sagte Roonuí-Roonuí. »Ich glaube auch nicht, daß sie Götter sind. Es sind Menschen. Alles, was wir zu tun haben, ist, ihnen zu helfen und dann unsere Fahrt fortzusetzen.«

Sie beschlossen einstimmig, es so zu machen. Doch offensichtlich übten die Passagiere der »San Juan Nepomuceno«, so schmutzig und übelriechend sie sein mochten, eine unwiderstehliche Faszination auf die Besatzung der »Marara« aus und umgekehrt.

Ebenso wie die Eingeborenen über die Errungenschaften der Spanier staunten, so konnten diese nicht genug darüber staunen, wie sich ihre »wilden« Freunde einer solch unwirtlichen Umgebung anzupassen wußten.

Was für sie nichts anderes als eine Wüstenei aus Sand und Felsen war, in der einer nach dem anderen umkam, das verwandelten die halbnackten Wilden auf vollkommen natürliche Weise in einen nahezu paradiesischen Lebensraum, dank ihrer verblüffenden Fähigkeit, sich mit einfachen Dingen zu behelfen.

Tage- und wochenlang hatten die Spanier an unerträglichem Durst gelitten, viele ihrer Gefährten waren ihm zum Opfer gefallen. Die Leute des »Fliegenden Fisches« bewiesen ihnen, daß sie in unmittelbarer Nähe genügend Wasser gehabt hätten, um eine Bevölkerung, die viermal so groß war wie sie, ausreichend zu versorgen.

Die Lösung bestand darin, eine Stunde vor Tagesanbruch aufzustehen und in das Innere großer Kürbisse die Millionen von Tautropfen hineinzuschütteln, die die kühle

Nachtluft auf den Sträuchern hinterlassen hatte, bevor die ersten Sonnenstrahlen sie hätten verdunsten lassen.

Genügte dieses Wasser noch nicht, so bestand die zweite Möglichkeit darin, einen der zahllosen Fische zu angeln, die sich zwischen den Riffen herumtrieben, ihn zwischen zwei Steinen zu zerdrücken und die Flüssigkeit aufzusammeln, die aus ihm herauslief. Auch wenn diese bitter und wenig schmackhaft war, so stillte sie dennoch den schlimmsten Durst. Dem pfiffigen Tapú war es gänzlich unbegreiflich, wie Menschen, die er nach wie vor als höhergeartet einstufte, sich vor alltäglichen Widrigkeiten als so verwundbar erweisen konnten.

Was ihn vor allem verwunderte, war die Angst, die ihnen aus jeder Pore zu treten schien. Sie beruhte wohl weniger darauf, daß sie sich noch immer nicht von den Schrecken des Schiffbruchs erholt hatten, sondern rührte eher von ihrer Überzeugung, daß sie es niemals schaffen würden, in ihre Heimat am anderen Ende der Erde zurückzukehren.

Die Passagiere der »San Juan Nepomuceno« waren zumeist Europäer, auch wenn eine Frau und eines der Kinder bereits in Amerika geboren waren. Es war vorgesehen gewesen, daß die Galeone von Lima über Manila nach Sevilla segeln und dabei das Kap der guten Hoffnung umrunden sollte.

Wie die Eingeborenen ihnen zu verstehen gegeben hatten, wollten sie das Boot ausbessern, damit sie ihre Reise fortsetzen konnten. Sie mußten sich daher fragen, welche Chancen sie hatten, in einem so zerbrechlichen Boot die Philippinen zu erreichen, wenn die Seekarten, über die sie anfangs verfügten, nun auf dem Grund des Ozeans lagen.

Ihre Angst war daher berechtigt, auch wenn sie weit davon entfernt waren, Menschen wie Tapú zu verstehen, die die Insel als einen Ort betrachteten, an dem man überleben konnte.

Der Junge hätte einiges darum gegeben, ihre Sprache zu verstehen. Dann nämlich hätte er ihnen Mut zugesprochen und sie davon überzeugt, daß, wenn der Schreiner seine Arbeit an dem Boot beendet und es mit einem Ausleger und einem Segel ausgerüstet hatte, sie in der Lage waren, bis ans Ende der Welt zu gelangen.

Doch abgesehen von »Ratten«, »Gold«, »Schwert« und »Pfanne« erschienen ihm ihre Worte kaum verständlich, mit Ausnahme eines einzigen.

Er lernte es an dem Tag, als Veteá Pitó aus dem Wasser stieg und versicherte, er habe auf dem Grund des Riffs ein riesiges Stück der leuchtenden Sonne entdeckt, und zwar genau an der Stelle, an der das Schiff zerbrochen war. Als sie die »Marara« an diese Stelle brachten und es ihnen gelungen war, den schweren Gegenstand aus dem Wasser zu ziehen, waren alle Anwesenden verblüfft, als der grobe Klöppel, der in seinem Inneren hing, gegen die glänzenden Wände schlug.

Der Schall machte die Polynesier beinahe taub, denn sie hatten noch nie zuvor den Klang eines Metallinstruments gehört, der hundertmal lauter war als ein Schlag auf das größte Schneckengehäuse.

»Eine Glocke!«

Noch nie zuvor hatte die Besatzung des Katamarans mehr Bewunderung für etwas empfunden als für die Glocke der »San Juan Nepomuceno«. Außer daß es der größte Metallgegenstand war, den sie je gesehen hatten, vermochte die Glocke auch die denkbar schönsten Töne hervorzubringen.

In jener Nacht tat niemand auf der Insel ein Auge zu.

Ständig war da jemand, der der Versuchung nicht widerstehen konnte, den Klöppel anzuschlagen.

Insbesondere Vetéa Pitó war ganz aus dem Häuschen, da die Glocke eigentlich seine war. Tapú und der gute Chimé verspürten einen Stich im Herzen, als der Taucher lauthals verkündete, er werde, sobald sie nach Bora Bora zurückgekehrt seien, die Glocke an die Tür seines Hauses hängen, damit die schöne Maiana sie jederzeit bedienen könne.

Die Würfel waren also gefallen.

Wer konnte schon im Kampf um die Gunst einer Frau mithalten, wenn der Rivale in der Lage war, ihr ein riesiges Stück Sonne anzubieten, das dazu noch singen konnte?

Einige Stunden haßte Tapú jene stinkenden Lebewesen, die sich obendrein der Sonne und des Mondes bemächtigt hatten, aus tiefster Seele.

Die stets hilfsbereite Vahíne Tiaré schien seine Furcht zu begreifen und versuchte ihn zu trösten, auch wenn der Trost, den sie ihm spenden konnte, nur schwach war. »Vielleicht gefällt Maiana die Glocke gar nicht«, war alles, was sie zu sagen hatte.

Der enttäuschte Junge sah sie von der Seite an, und ohne daß er etwas sagen konnte, gab er ihr mit seinem Blick zu verstehen, wie dumm diese Bemerkung war.

»Ist ja gut!« sagte sie. »Sicher wird sie ihr gefallen, aber du kannst ihr dafür viele andere Dinge bieten: Pfannen, Schwerter, Spiegel . . .«

»Vetéa Pitó wird ihr Pfannen, Schwerter und Spiegel und obendrein eine Glocke anbieten. Noch dazu die einzige, die es gibt!«

Von diesem Augenblick an, und da die übelriechenden Fremden nicht das geringste Interesse hatten, ihren kostbaren Schatz zurückzufordern, blieb die Glocke am Heckmast des »Fliegenden Fisches« hängen. Miti Matái wies darauf hin, daß niemand das Recht hatte, sie mehr als dreimal am Tag anzuschlagen, und zwar nur dann, wenn es die Ruhe der übrigen Besatzung nicht störte.

Währenddessen ging an Land die Ausbesserung des Beiboots zügig voran. Der Schreiner betrachtete es als ein großartiges Vorzeichen, daß es an dem Tag, an dem sie es vom Stapel laufen lassen wollten, wie aus Kübeln zu gießen anfing.

Es war ein herrlicher Tag. Sie sangen, tanzten, beteten, plagten sich damit, Wasser in allen verfügbaren Kübeln aufzufangen.

Dieses Wasser und die Tatsache, daß das Boot nun flott und mit einem großen Ausleger ausgerüstet war, verbreitete unter den Spaniern eine heitere Stimmung. Da sie über mehr als ausreichende Trinkwasservorräte und ein anständiges Schiff verfügten, dachten sie ernsthaft an Aufbruch.

Sie konnten aus Platzmangel nur wenig mitnehmen. Daher schenkten sie ihren neuen Freunden Hunderte von Dingen, die sie selbst nicht mehr brauchen konnten, dazu drei Paar prächtige Segel aus robustem Tuch.

Die »Marara« sollte sich von diesem Augenblick an in das schnellste Schiff verwandeln, das jemals den Ozean durchpflügt hatte. Nachdem sie überprüft hatten, daß keine Ratten, Flöhe, Wanzen oder Läuse an Bord waren, nahmen die Polynesier zufrieden Abschied von den Spaniern.

»Endlich eine richtige Insel!« rief Miti Matái vierzehn Tage später.

»Wo?« fragte Tapú verwundert. Trotz seines scharfen Blickes konnte er nichts anderes erkennen als den eintönigen Ozean und einen gleichförmig blauen Himmel, der am Horizont mit weißen Wolken besprenkelt war.

Sein Lehrmeister deutete auf eine dieser Wolken, die auf Höhe des Backbordbugs stand. »Dort.«

»Also ich sehe nur eine Wolke!« sagte der Junge trotzig.

Der »Große Seefahrer« warf ihm einen vorwurfsvollen Blick zu. »Hast du sie auch genau angesehen?« fragte er.

Der andere schärfte seinen Blick, um einen Unterschied zwischen dieser und einer anderen Wolke feststellen zu können. Schließlich schüttelte er den Kopf. »Ich kann keinen Unterschied erkennen«, gestand er.

»Du kannst ihn deshalb nicht erkennen, weil du nicht genau hingesehen hast«, lautete die Antwort. »Wärst du aufmerksam gewesen, dann hättest du gemerkt, daß, obwohl von Nordosten her eine leichte Brise weht, diese Wolke recht lange braucht, um sich von der Stelle zu bewegen. Das bedeutet, daß irgend etwas sie daran hindert voranzukommen.« Miti Matái verpaßte ihm eine Kopfnuß, die durchaus liebevoll gemeint war. »Und was kann eine Wolke am Weiterziehen hindern, mitten auf dem Ozean?«

»Eine Insel«, gestand Tapú.

»Und zwar eine Insel, die mindestens achthundert Meter über den Meeresspiegel ragt. Was für eine Schlußfolgerung ziehst du daraus?«

»Schlußfolgerung?« wiederholte der Junge. »Was für eine Schlußfolgerung meinst du?«

»Was die Art der Insel betrifft. Was für eine Insel muß es demnach sein?«

»Eine Insel, die mehr als achthundert Meter hoch ist.«

»Das habe ich doch bereits gesagt! Was noch?«

»Mir fällt nichts ein«, gab Tapú zu.

»Das dachte ich mir«, lautete die trockene Antwort. »Es handelt sich um eine Vulkaninsel.«

»Woher weißt du das?«

»Nun, eine ›normale‹ Insel, die achthundert Meter über den Meeresspiegel herausragt, hat ein breites Fundament. Wenn es so wäre, würden wir bereits über diesem Fundament der Insel segeln, das noch unter Wasser liegen müßte. Wir hätten dann eine Veränderung in der Färbung und Strömung des Wassers festgestellt. Da wir dergleichen noch nicht wahrgenommen haben, müssen wir davon ausgehen, daß das Fundament der Insel recht klein ist, was wiederum ein untrügliches Anzeichen dafür ist, daß die Insel aufgrund einer gewaltigen Eruption in der Tiefe an die Oberfläche gelangt ist. Es handelt sich also um einen steil abfallenden Vulkan.«

Doch obwohl diese Insel weniger als hundert Kilometer entfernt war, zog es Miti Matái vor, den eingeschlagenen Kurs beizubehalten und an ihr vorbeizufahren. Erst als die Nacht hereinbrach, ließ er um neunzig Grad drehen, so daß der Wind vom Heck her wehte.

Nach Mitternacht ließ er einige Segel streichen und zwei Stunden vor dem Morgengrauen wieder setzen. Das erste Licht der Dämmerung brach über sie herein, als sie kaum noch einen Kilometer von dem Vulkankegel entfernt waren, der steil aus dem Ozean ragte. An der Leeseite öffnete sich ein windgeschützter Sandstrand, hinter einem kleinen Kap, das mit großen Felsbrocken ins blaue Meer hineinragte.

Miti Matái manövrierte das Schiff bis auf hundert Meter an den schwarzen Strand heran, wobei der Bug stets zum offenen Meer gerichtet war und alle Männer an den Rudern saßen, für den Fall, daß sie plötzlich die Flucht ergreifen mußten.

Eine knappe Stunde später erwies sich wieder einmal, daß sein Instinkt ihn nicht im Stich gelassen hatte, denn nach und nach tauchten aus dem Dickicht des Urwalds an die fünfzig schwerbewaffnete Krieger auf, die unter lautem Geheul bedrohlich ihre Lanzen schwangen und offenbar die Absicht hatten, sie gewaltsam an Land zu holen. Es war zwecklos, vom Schiff aus mit Gesten ihre friedliche Gesinnung zum Ausdruck zu bringen. Statt dessen ließen sie unzählige Male das Schneckenhorn ertönen und läuteten am Ende sogar kräftig die Glocke.

Das einzige, was sie bewirkten, war, daß die feindseligen Eingeborenen einige Minuten verblüfft dastanden, um dann plötzlich einen wahren Regen von Steinen auf das Schiff niederprasseln zu lassen. Auch einige Lanzen waren darunter, die ihr Ziel aber glücklicherweise verfehlten.

»Was sollen wir tun?« fragte Vahíne Auté. »Offensichtlich wollen sie nichts von uns wissen.«

»Soviel steht fest«, pflichtete Miti Matái ihr bei. »Fest steht allerdings auch, daß sie mit den Wilden, die uns überfallen haben, nichts zu tun haben. Sie haben eine dunklere Hautfarbe, und ihre Tätowierungen sind sehr schlicht.«

Tatsächlich trugen die zornigen Krieger, soweit man dies aus der Entfernung sehen konnte, nur ganz schwache Tätowierungen an den Armen und Beinen. Sie erinnerten nur wenig oder gar nicht an die geometrischen Zeichnungen, wie sie die »Bestie« getragen hatte.

Nachdem sie eine Zeitlang gewartet hatten, faßte der »Große Seefahrer« einen Entschluß: Er ließ die Menschenhaut herbeiholen, die in einem Korb aufbewahrt war, und ließ sie auf zwei gekreuzten Speeren ausbreiten. »Ich brauche einen Freiwilligen, der sie bis zum Kap schafft und sie zwischen den Felsen aufhängt«, sagte er.

»Ich werde gehen!« bot Roonuí-Roonuí sich ohne Zögern an. »Das gehört schließlich zu meinen Aufgaben.«

»Nein«, schnitt Miti Matái ihm schroff das Wort ab. »Deine Aufgabe ist es, die Krieger im Kampf anzuführen.« Er wies stattdessen auf einen jungen Burschen, der ebenfalls die Hand gehoben hatte. »Geh du, aber sei vorsichtig«, forderte er ihn auf. »Und wenn sie dir zu nahe kommen, dann kehrst du um.«

Der Angesprochene stieg ins Wasser. Er schwamm und hielt die Haut hoch, damit die an Land sie betrachten konnten. Er gelangte zum Kap, ohne daß die Krieger ihn bedrängten, befestigte die Speere mit der Haut zwischen zwei Felsen und schwamm unverzüglich zurück.

Es dauerte eine Weile, bis die Eingeborenen sich der Haut näherten. Doch als sie endlich davorstanden, war ihre Reaktion grenzenlose Freude, die sich allerdings rasch verwandelte, denn plötzlich warfen sie ihr unverständliche Beschimpfungen zu, und zuletzt bespuckten sie sie sogar voller Zorn.

Kurz darauf versammelten sie sich zu einer Beratung, bei der sie zweifellos zu dem Schluß kamen, daß die Besatzung der »Marara« friedlich zu ihnen kommen wollte, denn wer die Haut eines Feindes besaß, mußte als Freund betrachtet werden.

Die Krieger ließen sich unter den Kokospalmen am Strand nieder. Nur derjenige, der wohl ihr Anführer war, blieb neben der Haut stehen. Er war offensichtlich unbewaffnet. Jetzt gab er durch Gebärden zu verstehen, daß die Passagiere des Katamarans näherkommen sollten.

Diesmal ließ Roonuí-Roonuí nicht zu, daß jemand anders als er diese Aufgabe übernahm. Er sprang ins Meer und schwamm mit kräftigen Stößen zu der Stelle, wo der andere wartete.

Die Unterredung dauerte lange und war mühevoll, denn die Sprache, die jene Eingeborenen sprachen, unterschied sich deutlich von der der Leute von Bora Bora. Dennoch verfügten beide Seiten über genügend gemeinsame Wörter, was einen einfachen Gedankenaustausch ermöglichte.

Roonuí-Roonuí berichtete vom Anlaß der Reise der »Marara« und von dem Wunsch nach Rache, den alle an Bord hegten. Seinem Gesprächspartner wiederum gelang es, ihm zu erklären, daß die Männer, die diese grauenvollen Tätowierungen trugen, schon immer ihre ärgsten Feinde waren. Grausame Mörder, von denen sie alle sechs oder sieben Jahre überfallen wurden, die ihre Frauen und Kinder entführten und rücksichtslos jeden niedermetzelten, der es wagte, sich ihnen zu widersetzen.

Sie waren ihnen unter dem Namen Te-Onó geläufig, was so viel hieß wie Barracudas, denn ebenso, wie es dieser Fisch tat, war es ihre Eigenart, immer in Scharen anzugreifen, ihr Opfer zu täuschen und dabei keinerlei Erbarmen walten zu lassen.

Als Roonuí-Roonuí sich nach der Heimatinsel dieser Wilden erkundigte, antwortete der andere, daß sie weniger als zwanzig Tage Schiffsreise in südwestlicher Richtung entfernt liege, er ihre genaue Lage aber nicht wisse. Doch der »Große Seefahrer« der Insel könne ihnen Bescheid geben.

Sie einigten sich deshalb darauf, Roonuí-Roonuí als Geisel an Land zu behalten, während der »Große Seefahrer« der Insel den Katamaran bestieg, um die Nacht auf hoher See zu verbringen und Miti Matái den Kurs zu beschreiben, den sie nehmen mußten, um zur Insel der blutrünstigen Te-Onó zu gelangen.

Als die beiden Männer bei hellem Tageslicht zu dem Strand zurückkehrten, schien Miti Matái völlig klar zu sein, in welche Richtung sie steuern mußten und wie die Insel in groben Zügen beschaffen war, die sie bei ihrer Ankunft vorfinden würden.

Roonuí-Roonuí überraschte ihn mit der Nachricht, daß vier Krieger der Insel, deren Angehörige die Te-Onó einst ermordet hatten, darum baten, sich der Expedition anschließen zu dürfen. Dafür stellten sie ein Kanu zur Verfügung, das der Katamaran ins Schlepptau nehmen konnte, sowie einen Vorrat an Fleisch und frischen Früchten.

Miti Matái nahm den Vorschlag an. Das Hilfsboot konnte sehr nützlich sein, wenn sie heimlich die feindliche Insel ansteuern wollten.

Nachdem die vier Krieger versprochen hatten, auf eigene Faust nach Hause zurückzukehren, sobald die Aktion beendet war, verbrachten sie den Rest des Tages damit, Lebensmittel an Bord zu laden. Als die ersten Sterne am Himmel zu sehen waren, sah der »Große Seefahrer« sich bereits in der Lage, die Sterne zu erkennen, die sie zu den verhaßten Te-Onó geleiten sollten.

Unter der Besatzung wuchs von Tag zu Tag die Spannung, denn es waren nunmehr acht Monate vergangen seit der schrecklichen Nacht, in der Bora Bora verwüstet worden war, und zum ersten Mal schienen alle Anzeichen dafür zu sprechen, daß der Tag der langersehnten Rache näherkam.

Immer wieder schliffen die Männer ihre Waffen, die

Pahí-Vahínes brachten dem Kriegsgott Oró Opfer dar, und fast alle Gespräche, die sie untereinander führten, kreisten um die Prinzessin Anuanúa sowie die neun anderen Mädchen.

Von dem Tag an, da Vetéa Pitó die »Singende Sonne« entdeckt hatte, galt er bei allen als der reichste Mann der Welt. Keiner zweifelte mehr daran, daß es sich um ein Stück Sonne handelte, denn wenn deren Strahlen die Glocke trafen, dann glänzte sie so, daß man nichts mehr sehen konnte, und sie wurde so heiß, daß man sie nicht mehr anfassen konnte, ohne sich die Finger zu verbrennen.

Die Bewohner von Bora Bora hatten noch niemals etwas besessen, das die wunderbare Fähigkeit besaß, Licht und Wärme »einzufangen«. Fast die gesamte Besatzung war daher bestürzt, als eines windstillen und drückend heißen Morgens Vetéa Pitó mit dem Messer das dicke Seil durchschnitt, mit dem die Glocke am Mast befestigt war, und diese ins Meer schleuderte, wo sie verschwand.

»Warum hast du das getan?« fragte Miti Matái in einem Tonfall, der keineswegs vorwurfsvoll, sondern nur neugierig klang.

»Ich hatte sie satt«, war Vetéa Pitós ehrliche Antwort. »Und du mochtest sie auch nicht.«

Der »Große Seefahrer« betrachtete ihn halb von der Seite und sagte schließlich verschmitzt: »Wenn du alles über Bord werfen müßtest, was mir nicht gefällt, dann hättest du alle Hände voll zu tun.« Er forderte ihn auf, neben ihm Platz zu nehmen. »Und jetzt gib mir eine Erklärung, die mich wirklich überzeugt.«

Der Taucher machte es sich neben dem »Großen Seefahrer« von Bora Bora bequem und dachte eine Weile nach.

Schließlich zuckte er die Achseln. »Niemand mochte mich mehr.«

»Was willst du damit sagen?«

»Daß mich alle ansahen, als haßten sie mich.« Er zeigte auf Tapú, der sich am Bug aufhielt und eifrig den Horizont beobachtete. »Ich glaube, sogar er, der immer mein bester Freund war, glaubt, daß ich ihn betrogen habe ... Ich träume von Maiana«, fuhr er fort. »Aber ich möchte nicht, daß sie mich heiratet, weil ich zufällig eine ›Singende Sonne‹ gefunden habe. Das wäre nicht richtig. In den nächsten Tagen wird es Krieg geben, und es wäre mir nicht recht, wenn Tapú und Chimé sich Todesgefahren aussetzen und dabei das Gefühl haben, daß ich sie getäuscht habe ... verstehst du?«

»Ich verstehe«, versicherte Miti Matái.

»Jetzt, da wir alle drei wieder gleich sind, können wir auch wieder von Maiana sprechen, wie sehr wir sie lieben und was geschehen wird an dem Tag, an dem wir nach Bora Bora zurückkehren.« Veteá Pitó lächelte schüchtern. »Ihr Herz soll entscheiden, das wird das Beste sein.«

Wenige Tage später tauchte nach und nach der dunkle Streifen einer gebirgigen Küstenlandschaft vor dem Bug der »Marara« auf. Im Schutz der Dunkelheit fuhren sie so nahe an die Küste heran, daß sie die weiße Schaumlinie der Wellen erkennen konnten, die sich an den Korallenriffen brachen und einen fast geschlossenen Ring um die Insel bildeten.

Miti Matái wandte sich an Roonuí-Roonuí. »Hast du deine Leute eingeteilt?«

»Wir werden zu dritt gehen«, antwortete der »Kriegsanführer«. »Die Insel ist groß, und wir brauchen mehrere

Tage, sie zu erforschen. Übermorgen abend werden wir zu euch zurückkehren.«

Tapú hätte Jahre seines Lebens dafür hergegeben, um für eine so gefährliche Aufgabe ausgewählt zu werden, aber er wußte, daß ein solches Abenteuer den besten Kriegern vorbehalten war, Männern, die darin geübt waren, durch das Dickicht zu schleichen, ohne dabei auch nur ein Blatt zu bewegen, und einem Feind ohne zu zittern die Kehle durchzuschneiden.

Dennoch war er auf Chimé nicht neidisch, der zu den Auserwählten gehörte, die mit dem Kanu zu den Riffen ruderten. Aber während der Stunden, die das Boot unterwegs war, fühlte er sich so angespannt, daß er, als Vetéa Pitó sich neben ihn setzte, in die Höhe sprang, als hätte er sich gerade an glühendheißer Kohle verbrannt.

»Immer mit der Ruhe!« beruhigte ihn sein Freund. »Es wird schon gut ausgehen.«

»Hast du denn keine Angst?« fragte Tapú.

»Das kommt noch früh genug«, war die verschmitzte Antwort. »Im Augenblick sind wir sicher und befinden uns noch dazu an Bord des schnellsten Schiffes, das es gibt ... Hast du gemerkt, wie es mit den neuen Segeln davonbraust? Woraus sie wohl gemacht sind?«

»Ich habe keine Ahnung, aber sie sind tausendmal leichter als unsere.«

Niemand an Bord der »Marara« hatte jemals zuvor einen Menschen getötet. Und dennoch war es nun ihre Absicht, die Feinde in ihrer eigenen Heimat niederzumetzeln, auch wenn sie der Besatzung der »Marara« an Zahl überlegen waren.

Auf dem Deck liegend und das Gesicht zum Himmel

gewandt, stellte sich Tapú immer wieder die Frage, ob das alles nicht eine riesige Dummheit war, die der Zorn eines in seiner Ehre gekränkten Volkes hervorgebracht hatte. Es fragte sich auch, ob die Prinzessin Anuanúa und die anderen Mädchen überhaupt noch am Leben waren.

Aber nun waren die Männer von Bora Bora einmal hier, bereit, ihr Ziel zu erreichen, koste es, was es wollte.

Am zweiten Tag wurde die schwüle Hitze fast unerträglich. In der Nacht näherten sie sich der Küste, wo sie Roonuí-Roonuí und seine Leute aufnahmen.

»Sie sind es, zweifellos!« sprudelten diese los. »Sie haben die gleichen Tätowierungen, die gleichen kahlen Schädel mit zwei Schwänzen an den Seiten und die gleiche Art von Keulen ... Es sind fürchterliche Gestalten!«

»Und Anuanúa?« wollte Miti Matái wissen.

»Wir haben sie nicht gesehen«, rief der »Kriegsanführer«. »Und auch die übrigen Mädchen nicht ... Große Schiffe haben sie auch keine. Du hattest recht, wir waren schneller.«

»Bist du dir da sicher?«

»Zumindest sind sie nicht auf der Insel«, bekräftigte Roonuí-Roonuí. »Wir haben nur Fischerboote gesehen.«

»Und wenn wir uns in der Insel getäuscht haben?« argwöhnte der »Große Seefahrer«. »Es kann ja sein, daß es noch andere Inseln gibt, auf der Menschen dieser Art leben.«

Roonuí-Roonuí schüttelte den Kopf. »Es ist die Insel.«

»Woher weißt du das?«

»Weil ich es im Gefühl habe«, war die lakonische Antwort. »Und weil wir kein einziges Kriegsschiff an einer Insel von Kriegern gesehen haben. Und weil wir keine Krieger gesehen haben.«

»Ihr habt keine Krieger gesehen?« meinte der »Mann des Gedächtnisses« und freute sich darüber wie über ein Geschenk. »Wie ist denn das möglich?«

»Jedenfalls nicht in der Anzahl, wie es für die Größe der Insel anzunehmen wäre«, lautete die Antwort. »Diejenigen, die wir gesehen haben, sind entweder zu jung oder zu alt. Die Männer im Kriegsalter müssen demnach unterwegs sein. Mit den Schiffen ...«

»Wie viele Männer sind noch auf der Insel?« wollte Miti Matái wissen.

»Etwa fünfzig.«

»Fünfzig?« rief Vetéa Pitó. »Das heißt, daß sie uns an Zahl fast um das Doppelte überlegen sind.«

»Uns kommt die Wirkung der Überraschung zugute«, antwortete Roonuí-Roonuí. »Nach dem, was man uns über sie erzählt hat, halten sie sich für das stärkste Volk innerhalb des ›Unendlichen Meeres der zahllosen Inseln‹ und sind davon überzeugt, daß ihre Nachbarn aus den beiden ersten Kreisen es nicht wagen, sich zu rächen.« Er bleckte die Zähne. »Aber in diesem Fall sind sie zu weit gegangen. Sie haben Bora Bora angegriffen, und Bora Bora verzeiht nicht.«

»Hast du einen Plan?«

»Sie töten, und zwar noch heute nacht.« Roonuí-Roonuí wandte sich an Miti Matái. »Das hast du vorgeschlagen, nicht wahr?«

»Allerdings bin ich mir nicht sicher, ob wir stark genug sind, sie zu schlagen. Wichtig ist, daß wir unseren Sieg nicht unnötig gefährden. Wenn sich, wie ich vermute, ein Taifun bilden sollte, dann wären die Dinge viel einfacher. Ich schlage daher vor zu warten, ob sich ein Taifun bildet oder nicht.«

Und so warteten sie auf dem offenen Meer. Als die Sonne aufging, stand bereits fest, daß es ein drückend heißer Tag werden würde, noch drückender als der vorhergehende. Das Meer heizte sich so stark auf, daß sogar die sonst allgegenwärtigen Mahí-Mahí in kühlere Tiefen abtauchten. Das bestärkte den »Großen Seefahrer« in seiner Ansicht.

Die dreißig Männer und Frauen des »Fliegenden Fisches« verbrachten den Tag im Schatten der Segel, die sie so aufgestellt hatten, daß sie eine Art Vordach bildeten. Punkt für Punkt gingen sie noch einmal ihren Schlachtplan durch und legten mit äußerster Genauigkeit fest, was jeder zu tun hatte, sobald sie auf der Insel waren.

Als rote Wolkenfetzen bestätigten, daß sich ein gewaltiger Wirbelsturm zusammenbraute, machten sie sich an ihr Vorhaben. Es war Nacht.

Rudernd erreichten sie die Stelle, die sie ausgesucht hatten: eine einsame Bucht, die vor den Passatwinden geschützt war.

Am Bug waren zwei Männer damit beschäftigt, die Meerestiefe zu erloten, und als sie etwa fünf Meter tief sandigen Boden unter sich hatten, ließ der »Große Seefahrer« die Anker werfen.

Zehn Krieger sprangen ins Wasser und verteilten sich blitzschnell über den Strand, bereit, einen Angriff abzuwehren, der allerdings in der Finsternis einer stürmischen Nacht nicht zu erwarten war. Dann machten sich alle auf den Weg, um sich in der Höhle zu verstecken, in der Roonuí-Roonuí und seine Späher sich zwei Tage zuvor verborgen gehalten hatten.

Tapú hatte Wochen gebraucht, um sich seelisch auf einen Kampf gegen diese Wilden vorzubereiten, aber auf eine Begegnung mit den ungebändigten Kräften einer Natur, die in der Lage war, mit einem Schlag alles zu zerstören, was sich während vieler Jahrhunderte gebildet hatte, war er keineswegs eingestellt. Um Mitternacht flehte er zu dem Gott Tané, daß dies sein erster und letzter Taifun sein möge.

Wenige Meter vor dem Höhleneingang kauernd, konnte er draußen ganz deutlich die furchterregenden Blitze sehen, die wie mörderische Pfeile über den Himmel zuckten und in die Palmwipfel einschlugen. Die Insel wurde durch den Wind, das Meer und die Blitze heftig verwüstet. Der strömende Regen verwandelte die Berghänge rasch in schlammige Rutschbahnen, auf denen Felsbrocken und Bäume zum Wasser herabglitten. Das Dach eines großen Tempels brach ein, die Boote, die am Strand lagen, wurden ins Meer geschwemmt, ebenso wie das halbe Dutzend Männer, die versucht hatten, sie zu retten. Einen Verbündeten mit größerer Zerstörungswut hätten die Männer von Bora Bora niemals finden können.

Kurz vor Sonnenaufgang ließ der Wind nach, und beim ersten Tageslicht war es völlig still. Doch als Roonuí-Roonuí seinen Leuten befehlen wollte, sich für den Angriff fertigzumachen, hielt ihn Miti Matái zurück. Er erklärte ihm, daß es sich nur um die Ruhe vor dem zweiten, dem eigentlichen Sturm handelte, der bald aufziehen werde, und zwar mit noch heftigerer Gewalt als der erste.

Am Abend war es soweit: Nachdem der Regen aufgehört hatte, ließ auch der Wind nach. Als die Sonne hervorkam, trat Roonuí-Roonuí vor seine Männer, die entschlossen waren, Rache zu nehmen für die Schmach, die sie erlitten hatten.

In der Höhle blieben nur die Frauen zurück, der fettleibige »Mann des Gedächtnisses«, Vetéa Pitó, den niemand zu Gesicht bekommen durfte, da auf seinem Körper der

Heimweg tätowiert war, und Miti Matái, dessen Leben unantastbar war, da von ihm das Leben aller abhing.

Alle übrigen machten sich zu dem heimlichen Angriff auf. Ihr Auftrag lautete: Töten!

Kein Te-Onó hätte sich träumen lassen, daß auf einen schrecklichen Taifun, der ihre Behausungen zerstörte, rachsüchtige Krieger folgen würden, die von einer weit entfernten Insel kamen.

Die Dolche und Schwerter aus Spanien richteten ein Blutbad unter den Menschen an, denen zur Verteidigung nur Keulen und Lanzen mit Knochenspitzen zur Verfügung standen. Die ungleiche Schlacht entwickelte sich zu einem wilden Massaker, bei dem vor allem die vier Krieger, die von der Vulkaninsel stammten, Grausamkeiten verübten.

Bei Einbruch der Dunkelheit war kein einziger Te-Onó im kampffähigen Alter am Leben geblieben, während die Frauen, die Alten und die Kinder sich zitternd in den Ruinen des einst so prächtigen Tempels drängten.

Niemals zuvor hatten Tod und Zerstörung hier derart ungestraft Einzug gehalten.

Als Miti Matái in die Gesichter der Frauen und Kinder blickte, schien er sich zum ersten Mal in seinem Leben zu schämen. Er warnte seine Leute davor, sich nochmals an diesen armen Teufeln zu vergreifen, sonst werde er sich weigern, auch nur einen einzigen Krieger wieder an Bord zu nehmen. »Ihr werdet ihren Männern gegenübertreten, wenn sie zurückkommen«, sagte er. »Wir sind gekommen, um uns zurückzuholen, was uns gehört, und nicht, um zu zeigen, daß wir grausamer als andere sind.«

Als es dunkel wurde, kehrte auf der Insel, die übel zugerichtet war, wieder Ruhe ein.

Tapú ging es die ganze Nacht schlecht.

Jedesmal, wenn er sich an das Entsetzen erinnerte, das er verspürt hatte, als sein Schwert die Brust eines jungen Mannes durchbohrte, überkam ihn ein unwiderstehlicher Drang, sich zu übergeben. Noch immer klang ihm das Todesröcheln des Opfers in den Ohren.

Von blutiger Rache zu träumen war nämlich eine Sache, sie auszuführen eine ganz andere. Übrigens blieb immer noch die Frage offen, ob es sich bei der Insel wirklich um die handelte, von der ihre Angreifer losgefahren waren. Erst als Roonuí-Roonuí bei Tagesanbruch eine Frau dazu brachte zuzugeben, daß die meisten ihrer Krieger vor zwei Jahren an Bord von fünf Katamaranen aufgebrochen waren, fühlte er sich ein wenig erleichtert.

Vetéa Pitó, der nicht unmittelbar an dem Massaker beteiligt gewesen war, tat alles, was in seiner Macht stand, um seinen Freund zu trösten. Er gab ihm zu bedenken, daß, wenn die Te-Onó nicht so furchtbare Mörder wären, auch niemand auf die Idee gekommen wäre, sie bis zu ihrer eigenen Insel zu verfolgen. »Mag sein, daß der, den du umgebracht hast, noch sehr jung war«, meinte er. »Aber wenn er bei dem Raubzug dabei gewesen wäre, hätte er vielleicht Maiana selbst entführt und vergewaltigt ... Kannst du dir unsere Maiana in Händen solcher Menschen vorstellen?« fragte er. »Es ist ein elendes Pack. Man sollte sie ausrotten, bevor sie uns ausrotten.«

»Du weißt nicht, wovon du sprichst!« erwiderte sein Freund. »Der arme Junge öffnete den Mund und japste nach Luft, dabei sah er mich an ... Und wie er mich ansah!«

»Wahrscheinlich genauso, wie Pamáu geblickt hat, als sie ihn in seinem Bett ermordeten«, erinnerte ihn der andere. »Ach komm, Tapú! Wir haben darum gebeten, an Bord gehen zu dürfen, weil wir uns wie starke Männer gefühlt haben ... Also benimm dich auch wie ein richtiger Mann!«

Tapú blieb nicht viel Zeit, weiter nachzudenken, denn gegen Mittag wurde der Kopf des dicken »Mannes des Gedächtnisses« im Gestrüpp entdeckt, und wenig später bekam einer der vier Krieger der Vulkaninsel einen Dolch in den Rücken.

Roonuí-Roonuí rief alle zusammen. »Offenbar haben wir einige Te-Onó übersehen, die noch frei herumlaufen«, stellte er fest. Was tun wir?«

»Der Oberbefehl liegt in deinen Händen«, erinnerte ihn Miti Matái. »Du mußt eine Entscheidung treffen.«

»Entweder richten wir für jeden von uns, den sie ermorden, drei Gefangene hin, oder wir versuchen die Flüchtigen aufzugreifen.«

»Die Vorstellung, Frauen und Kinder hinzurichten, stößt mich ab«, antwortete der »Große Seefahrer« und wandte sich den übrigen Zuhörern zu, die mit ihren Mienen verrieten, daß sie ihm zustimmten. »In der Geschichte von Bora Bora darf es keine dunklen Flecken geben.«

»Ist es dir lieber, daß sie jede Nacht ein paar von unseren Leuten töten?«

»Selbstverständlich nicht, und deswegen bleibt uns nichts anderes übrig, als uns auf die Suche nach ihnen zu machen.«

»Aber wo?« fragte Roonuí-Roonuí. »Die Überraschung wirkt nicht mehr. Sie können uns hinter jeder Wegkrümmung auflauern und uns einen nach dem anderen niedermetzeln.«

Das war richtig, denn obwohl die Insel nicht sehr groß

war – über zwanzig Kilometer lang und zwölf Kilometer breit –, bot sie dennoch Schluchten, Höhlen, Buchten und Wälder, die als sichere Verstecke dienen konnten.

Sie kamen überein, die Entscheidung um einige Tage zu verschieben. Niemand sollte einer unnötigen Gefahr ausgesetzt werden.

Während der drei folgenden Nächte ereignete sich nichts Nennenswertes. Doch trotz der Sicherheitsvorkehrungen, die sie getroffen hatten, erschraken sie furchtbar, als sie am Morgen des vierten Tages die arme Vahíne Auté, die friedlich an der Steuerbordseite des Schiffes geschlafen hatten, mit durchschnittener Kehle auffanden.

Jemand mußte im Schutz der Dunkelheit lautlos zum Schiff geschwommen sein. Er brauchte nur ein wenig den Arm über den Schiffsrand zu heben und dem nächstbesten, den er antraf, den Hals aufzuschlitzen.

Die Antwort Roonuí-Roonuís auf dieses Verbrechen war, daß er drei Gefangene tötete. Ihre Leichen ließ er ins Dickicht werfen. Miti Matái gab dem Ältesten der Gefangenen zu verstehen, daß sie zu blutigen Repressalien schreiten würden, wenn so etwas noch einmal passierte. Für alle Fälle ließ er in jener Nacht Fackeln anzünden und an Bord der »Marara« Wachen aufstellen.

Dennoch spitzte sich die Situation immer mehr zu. Der Taifun hatte fast alle Vorräte und die Boote, mit denen sie außerhalb des Riffs auf Fischfang gingen, vernichtet.

Auch Trinkwasser gab es um den Tempel herum nicht ausreichend. Sie sahen sich daher gezwungen, die Frauen zu einer entfernt gelegenen Quelle gehen zu lassen, auch wenn die eine oder andere vielleicht nicht lebend zurückkehrte.

Den Te-Onó schien es nichts auszumachen, ihre Kinder

allein zu lassen, die dann stundenlang weinten. Auch dies trug dazu bei, daß die Männer von Bora Bora immer nervöser wurden.

Sie hatten Bora Bora in der Absicht verlassen, eine blitzschnelle Befreiungsaktion durchzuführen. Doch nun stellten sie fest, daß sie auf Wesen aufpaßten, die ihnen bei der kleinsten Unachtsamkeit an die Gurgel springen würden.

Von den höchsten Palmen aus beobachteten die Wachtposten aufmerksam den Horizont und brannten darauf, die feindlichen Schiffe zu sichten.

»Was tun wir, wenn sie nicht zurückkommen?« wollte Chimé eines Abends wissen, als er mit seinen beiden Freunden am Heck des Schiffes saß. »Die Vorstellung, den Rest meines Lebens hier zu verbringen, behagt mir nämlich gar nicht.«

»Ich vermute, daß Miti Matái irgendwann den Befehl geben wird, die Anker zu lichten«, meinte Vetéa Pitó. »Er ist schließlich der einzige, der Roonuí-Roonuí dazu zwingen kann, die Rückreise anzutreten.«

»Wenn Roonuí-Roonuí dableiben will, werden wir alle dableiben«, sagte Tapú.

»An Bord haben alle Miti Matái zu gehorchen«, erinnerte ihn Chimé.

»An Bord ja«, sagte Tapú. »Aber solange Roonuí-Roonuí nicht bereit ist, an Bord zu gehen, ist er es, der die Befehle erteilt. Einen Streit zwischen den beiden würde ich nicht gerne erleben.«

»Sie schätzen einander zu sehr, als daß es dazu kommen könnte«, gab Chimé zu bedenken.

»Ich weiß. Doch ich vermute, Roonuí-Roonuí wird nicht bereit sein, mit leeren Händen nach Hause zurückzukehren. Er hat die Reise wegen der Prinzessin Anuanúa unternommen, und er wird nicht eher zurückfahren, als bis er sie gefunden hat. Er glaubt nämlich, daß sie ihn, falls es ihm gelingen sollte, sie zu retten, für die Zeit bis zu ihrer Volljährigkeit zum König ernennen wird.«

»Wahrscheinlich wäre er nicht einmal ein schlechter König«, sagte Vetéa Pitó.

»Durchaus. Wenn er nur nicht gleichzeitig einer der Hauptanführer der Geheimgesellschaft wäre«, bemerkte daraufhin Tapú. »Fünf oder sechs Jahre Herrschaft eines fanatischen Ariói könnten für Bora Bora Bürgerkrieg bedeuten. König Pamáu und sein Vater, König Matua, regierten mit sehr viel Weisheit, zwar ohne die Gesellschaft zu verbieten, aber ohne ihren Mitgliedern den Zutritt zu den höchsten Ämtern zu gestatten. Sie wußten, daß sie eine Gefahr ist. Die Ariói halten sich für Auserwählte der Götter. Andere wiederum glauben, daß die Götter viel zu beschäftigt sind, als daß sie ihre Zeit damit vergeudeten, irgend jemand auszuwählen.«

»Also ich muß sagen, daß ich jeden Tag mehr mit dem Gedanken spiele, mich ihnen anzuschließen«, stieß Vetéa Pitó zwischen den Zähnen hervor.

»Du?« rief Chimé und brach in lautes Gelächter aus. »Du willst ein Ariói werden? Daß ich nicht lache! Du bist der letzte, der ein Ariói werden könnte.«

»Wieso?« erwiderte der Taucher sichtlich verletzt.

»Weil diejenigen, die der Sekte beitreten möchten, ehrgeizig sind und sich anderen überlegen fühlen. Du, der du der Besitzer einer mächtigen Glocke warst, hast nicht einen Augenblick gezögert, sie ins Meer zu werfen, weil es dir unangenehm war, anders zu sein als die anderen ...« Erneut brach Chimé in Gelächter aus. »An jenem Tag war Roonuí-Roonuí so wütend, daß er dir fast den Hals umgedreht hätte, während Miti Matái dich bewundert hat. Das ist es, was den Unterschied ausmacht, wenn man ein Ariói ist, und du bist eben keiner.«

Daß ihm die Besonderheiten seines eigenen Charakters ausgerechnet von einem seiner besten Freunde vorgehalten wurden, verwirrte Vetéa Pitó. Er verfiel in düsteres Schweigen.

Tapú meinte ihn da wieder herausholen zu müssen. »Los!« sagte er und verpaßte ihm einen kräftigen Stoß gegen den Arm. »Mach nicht so ein Gesicht! Wegen der Ariói geht die Welt nicht unter. Bis jetzt ist es dir ganz gut gegangen.«

»Ich habe mich darauf gefreut.«

»Du bist dumm!« warf Tapú ihm vor. »Wie kannst du dich nur darauf freuen, daß jemand wie Roonuí-Roonuí dir vorschreibt, was du zu tun hast? Dein Leben gehört dir.«

Zwei Tage später geschah etwas, das die Gemüter in Aufregung versetzte: Die drei Krieger der Vulkaninsel nützten die Gelegenheit, als sie gerade Wache hielten, und machten sich mit sechs jungen Mädchen der Te-Onó aus dem Staub. Sie waren verschwunden, noch bevor die Leute von Bora Bora überhaupt begreifen konnten, was vorgefallen war.

Nun wuchsen auch für Roonuí-Roonuí die Schwierigkeiten. Jetzt blieben ihm weniger als ein Dutzend Männer zur Bewachung der Gefangenen, die wegen der Entführung der Mädchen heftig aufbegehrten.

»Wenn sie sich entschließen, sich auf uns zu stürzen, und sei es auch nur mit Steinen, werden wir große Mühe haben, mit ihnen fertig zu werden«, sagte Miti Matái. »Und ich habe nicht vor, Frauen und Kinder umzubringen.«

»Was sollen wir deiner Meinung nach tun?« fragte Roonuí-Roonuí. »Flüchten? Was sagen wir dann auf Bora Bora? Daß wir Angst hatten vor einer Handvoll alter Männer, vor Frauen und Kindern?«

»Ich werde mich niemals dafür schämen, daß ich Angst hatte, ein Massaker zu beginnen.«

»Du vielleicht nicht, ich aber sehr wohl. Als wir losgefahren sind, habe ich einen Schwur geleistet, Prinzessin Anuanúa – sollte sie noch am Leben sein – zurückzubringen. Bis jetzt hat mir noch niemand bewiesen, daß sie gestorben ist. Wenn du willst, dann geh nur; doch meine Männer und ich, wir werden hier bleiben, egal was passiert.«

»Du weißt sehr wohl, daß ich nicht gehen werde«, lautete die Antwort. »Aber du weiß ebenso gut, daß unsere augenblickliche Lage unerträglich wird.«

»Fällt dir etwas Besseres ein?«

»Wir könnten die wichtigsten Gefangenen zu der kleinen Halbinsel im Norden bringen, bevor die Schiffe zurückkehren – wenn sie jemals kommen!«

Der »Kriegsanführer« brauchte nur wenige Minuten nachzudenken, um den Vorschlag anzunehmen. Die folgenden Tage waren daher von fieberhafter Geschäftigkeit geprägt, denn sie mußten Wasser und Lebensmittel auf der kleinen Halbinsel lagern, die nur über eine Landzunge zu erreichen war und sich am äußersten Ende der Insel befand.

Als alles vorbereitet war, wählte Roonuí-Roonuí über zwanzig Frauen und Kinder aus, die er auf die Halbinsel mitnehmen wollte. Alle übrigen Gefangenen ließ er frei, jedoch nicht ohne ihnen vorher eingeschärft zu haben, daß jeder Angriff den Tod der Gefangenen bedeuten würde.

Die Männer von Bora Bora brachten die nächsten Tage

und Wochen damit zu, den Horizont zu beobachten, und das unter den feindseligen Blicken von über zwanzig Augenpaaren.

Miti Matái schien sich dazu entschlossen zu haben, die Verantwortung für die Rückreise nach Bora Bora in Tapús Hände zu legen. »Ich habe das Gefühl, daß ich das Ende dieser Reise nicht mehr erleben werde«, sagte er eines Tages, als sie allein am Ufer des Ozeans saßen. »Und Moeteráuri, der mich hätte vertreten sollen, kommt dafür nicht mehr in Frage, seitdem er durch den Fliegenden Fisch ein Auge verloren hat. Er leidet an fürchterlichen Kopfschmerzen, gelegentlich verliert er auch am anderen Auge das Sehvermögen, und ich habe den Verdacht, daß er die Sterne nicht mehr erkennen kann.« Er stieß einen Seufzer aus; ihm ging das Leid des Freundes zu Herzen. »Ich glaube, er kann dir beim Steuern des Schiffes eine große Hilfe sein; doch wenn es darum geht, das Ziel zu erreichen, dann, glaube ich, kann er dir nicht viel helfen.«

»Du sprichst, als seist du bereits gestorben«, bemerkte der Junge.

»Tané hat mich bis ans Ende der Welt geführt und mich zurückkommen lassen. Doch es gibt eine Regel: Niemand kehrt ein zweites Mal vom Fünften Kreis zurück.«

»Das ist doch nur eine Legende«, widersprach Tapú.

»Eine Legende, die sich seit mehr als zweitausend Jahren bewahrheitet, ist Wirklichkeit.« Miti Matái versetzte ihm einen freundschaftlichen Stoß gegen das Bein. »Aber du mußt dir meinetwegen keine Sorgen machen«, fügte er hinzu. »Mein Schicksal war das wunderbarste, das einem Menschen zuteil wurde, und ich habe Dinge gesehen, die noch keiner zu sehen bekommen hat. Dies ist ein guter

Zeitpunkt, ein Ende zu machen, zumal ich mit der Überzeugung sterben kann, daß mein Schiff wohlbehalten in die Heimat zurückkehrt.« Er lächelte. »Du wirst es sein, der es in die Heimat zurücklenken wird.«

»Wie?« rief der Junge erschrocken.

»Das einzige, was du tun mußt, ist, genau meine Anweisungen zu befolgen.«

Diese Anweisungen waren an drei Stellen festgehalten: in den Zeichen auf der Haut von Vetéa Pitó, auf einer Seekarte, die aus Palmblättern gewebt war, und auf dem Deck des Katamarans, auf dem Miti Matái Sterne und Sternbilder eingebrannt hatte; es handelte sich dabei um die, die er benötigte, um die Küste von Bora Bora anpeilen zu können.

»Aber denk daran, daß die Sterne dir erst dann recht von Nutzen sind, wenn du den Fünften Kreis verlassen hast und dich wieder in der südlichen Hemisphäre befindest, wo sie unsere Sterne sind«, erinnerte ihn der »Große Seefahrer«. »Von diesem Augenblick an mußt du den ersten Stern auswählen, der am Horizont erscheint, und nachprüfen, ob er mit dem Zeichen übereinstimmt, das ich an Deck eingebrannt habe. Wenn dies der Fall ist, brauchst du ihm nur zu folgen.« Er zog ihn auf die Steuerbordseite des Schiffes. »Hier habe ich den Sternenstand während der nächsten acht Monate eingebrannt.« Gemeinsam mit Vetéa Pitó und Chimé widmete sich nun Tapú der mühsamen Arbeit, die Himmelskarte zu entziffern, in die sich ein Teil des Schiffsdecks verwandelt hatte.

»Da kommen sie!«

Die Nachricht traf alle überraschend, obwohl sie länger als einen Monat darauf gewartet hatten. Tapú und seine

Freunde kletterten jeder auf eine Palme und sahen, daß tatsächlich drei riesige Katamarane am Horizont aufgetaucht waren – drei der fünf, die von der Insel zwei Jahre zuvor losgesegelt waren, oder der vier, die Bora Bora vierzehn Monate zuvor überfallen hatten.

Jedem auf dem »Fliegenden Fisch« war klar, was er zu tun hatte, so daß eine halbe Stunde später die Lebensmittel- und Wasservorräte und auch die Gefangenen an Bord gebracht waren. Dann wurden die Taue losgemacht, damit das Schiff ins offene Meer gerudert werden konnte. Sechs Kilometer vor der Küste ging es vor Anker.

Tapú hätte einiges darum gegeben, die Gesichter der Te-Onó zu sehen, als sie entdeckten, daß über ihre Insel ein Wirbelsturm hinweggefegt war, und zwar zum einen in Gestalt eines Taifuns, zum anderen in Gestalt rachsüchtiger Krieger. Gegen Abend tauchte vor ihnen eines der großen Schiffe auf. Es näherte sich sehr langsam und wurde von nur sechs Ruderern vorwärtsgetrieben.

Miti Matái ordnete an, auf das Schiff zuzusteuern und dabei einen Sicherheitsabstand zu wahren. Er vergewisserte sich, daß keine Krieger an Bord waren und daß sich außer den Ruderern nur eine Handvoll Frauen auf dem Schiff befanden, von denen die meisten freudig winkten.

Prinzessin Anuanúa stand aufrecht am Bug, der gelbe Königsgürtel strahlte, und bereits aus der Entfernung hatte Tapú den Eindruck, daß das schmächtige Mädchen von einst sich zu einer schönen, aber hochmütigen Frau entwickelt hatte. Von den neun entführten Mädchen aus Bora Bora sah man nur sieben. Zwei andere Mädchen waren ihnen unbekannt.

Das feindliche Schiff zu besteigen war eine äußerst heikle Angelegenheit. Die ersten, die es erklommen, waren

Roonuí-Roonuí und seine Leute. Sie stellten sich neben den Ruderern auf und bedrohten sie mit den langen Schwertern und spitzen Dolchen der Spanier; die kräftig gebauten Krieger der Te-Onó, deren sonnengegerbte Haut über und über mit furchterregenden Tätowierungen übersät war, wirkten sehr eingeschüchtert.

Tapú konnte nicht umhin, von den Te-Onó fasziniert zu sein. Immerhin waren sie die gefürchtetsten Piraten des Pazifischen Ozeans, Mörder mit entstellten Gesichtern, in denen sich jetzt Hilflosigkeit spiegelte, während ihre Augen haßerfüllt funkelten. Gelegentlich bleckten sie ihre gelblichen Zähne, um ihren Feinden zu verstehen zu geben, daß sie sie früher oder später niedermetzeln würden.

Der Gefangenenaustausch erfolgte reibungslos. Danach befahl Roonuí-Roonuí den feindlichen Ruderern, ihre Ruder ins Wasser zu werfen – so gewannen sie einen Zeitvorsprung.

Jetzt stießen die Besatzungsmitglieder der »Marara« einen Siegesschrei aus, denn die Prinzessin Anuanúa, sieben der Mädchen, der Königsgürtel und sogar die »Große Perle« waren unversehrt geblieben. Die Mühen dieser langen und harten Reise hatten sich gelohnt.

Ihre Freude währte jedoch nur so lange, bis Prinzessin Anuanúa vor den lächelnden Miti Matái trat und ohne Umschweife sagte: »Da mein Vater nun tot ist, befehle ich dir, mich, die Königin von Bora Bora, an Land zu lassen zu meinem Mann, König Oktar.«

»Was hast du gesagt?« brachte der »Große Seefahrer« von Bora Bora schließlich hervor.

»Ich habe dir befohlen, daß du mich dem Vater meines Sohnes zurückgibst. Ein Kind muß auf der Insel geboren werden, über die es einst als König herrschen wird.«

Es trat eine angespannte Stille ein, wie sie Tapú noch nie erlebt hatte. Prinzessin Anuanúa hatte noch immer dieselben Augen und dasselbe Gesicht, das sie unzählige Male gesehen hatten, als sie vor dem Palast des Königs Pamáu spielte. Doch bis auf diese äußerlichen Züge erinnerte nichts an dieser Frau, die sich herausfordernd vor Miti Matái aufgepflanzt hatte, an jenes bezaubernde Geschöpf, das alle geliebt und voller Achtung als die zukünftige Königin von Bora Bora behandelt hatten.

Schließlich wandte sich Miti Matái an Ihona, das älteste der soeben befreiten Mädchen, und fragte sie: »Wovon zum Teufel spricht sie?«

»Von Oktar, dem König der Te-Onó, einem Hünen mit einem riesigen Penis, der meine Schwester Purúa geschändet hat, woraufhin sie gestorben ist, und der auch uns andere fast zu Tode gequält hat. Er ist ein fettes und übelriechendes Monster, aber ihr gefällt er wohl.«

»Oktar wird dir dafür die Zunge herausreißen«, zischte Anuanúa zornig.

»Ich weiß, daß du an dem Fest teilgenommen hast, als sie Purúa aufgefressen haben!«

»Schweig!« gebot ihr Roonuí-Roonuí streng. »Wie kannst du es wagen, so mit der Königin von Bora Bora zu sprechen?«

»Königin von Bora Bora?« äffte Ihona ihn nach. »Königin der Kannibalen! Mir klingen noch ihre Lustschreie in den Ohren, als sie sich diesem Schwein hingegeben hat, während meine Schwester mit dem Tode rang. Wenn dieses Miststück die Königin von Bora Bora ist, dann möchte ich lieber keinen Fuß mehr auf unsere Heimatinsel setzen.«

Zum ersten Mal in seinem Leben war Miti Matái so verwirrt, daß er nicht wußte, wie er sich verhalten sollte.

Schließlich fragte er mit heiserer Stimme: »Ist das wahr? Du hast mit dem Mörder deines Vaters verkehrt, während Purúa mit dem Tode rang?«

»Ich habe keinen Anlaß, mich für mein Tun zu rechtfertigen«, lautete die kalte Antwort. »Laut Gesetz bin ich die Königin.« Sie lächelte boshaft. »Laßt mich also auf die Insel zurück!«

»Aber das Gesetz schreibt ebenfalls vor, daß an Bord eines Schiffes die Autorität des Kapitäns über der des Königs steht«, unterbrach sie plötzlich ein ganz aufgebrachter Tapú.

»Was für ein dummes Gesetz ist das?« fragte die Prinzessin angriffslustig. »Holt mir den ›Mann des Gedächtnisses‹, er soll es mir erklären!«

»Der ist tot. Die Te-Onó haben ihn umgebracht«, antwortete Vetéa Pitó ruhig, während er zugleich auf seinen Freund deutete. »Tapú ist jetzt derjenige unter uns, der die Gesetze am besten kennt, und was er sagt, zählt. Er war der Lieblingsschüler von Hiro Tavaeárii.«

»Ich erkenne dieses Gesetz nicht an«, antwortete Anuanúa.

Tapú mußte sich mit allem Mut rüsten, dessen er fähig war, ehe er sagte: »Dieses Gesetz ist in der Gesetzessammlung enthalten, die die Herrschaft auf der Insel behandelt, wovon das sechste Gesetz sagt, daß sie vererbt werden muß. Wenn du das erste Gesetz nicht anerkennst, so bedeutet das, daß du auch das sechste nicht anerkennst, und in diesem Fall wird dir der Anspruch auf die rechtmäßige Thronfolge aberkannt.«

Sie wären drauf und dran gewesen, mitten auf dem Meer eine absurde Gesetzeserörterung zu beginnen – wenn nicht in diesem Augenblick einer der Wächter Alarm geschlagen und auf die Insel gedeutet hätte, von der aus zwei Katamarane mit hoher Geschwindigkeit auf sie zusegelten.

Das Schiff, das für den Gefangenenaustausch eingesetzt worden war, kehrte langsam an Land zurück. Die anderen beiden sahen dagegen beeindruckend aus, da jeweils mehr als vierzig Krieger mit unglaublicher Kraft die Ruder bewegten. Miti Matái schob die Prinzessin beiseite, um die Gefahr einschätzen zu können, die der »Marara« drohte.

Es fehlte noch eine Stunde bis zum Einbruch der Dunkelheit, doch war klar, daß ihre Feinde angesichts des Tempos, das sie vorlegten, bereits zuvor über sie herfallen würden. So mußten sie also auf den Schutz der Nacht verzichten. Außerdem wehte nur eine leichte Brise, und das Meer war so ruhig, als hätte sich die Natur mit den bludürstigen Te-Onó verbündet.

Panik machte sich breit.

Die Mädchen brachen in Tränen aus, denn sie befürchteten, ihre soeben wiedererlangte Freiheit sei nur eine Täuschung gewesen. Roonuí-Roonuí erteilte hastige Anweisungen.

An Bord des »Fliegenden Fisches« herrschte einige Augenblicke ein unbeschreibliches Chaos, in dem nur zwei Menschen die Ruhe zu bewahren schienen: der nachdenkliche »Große Seefahrer«, dem nichts von dem entging, was um ihn herum geschah, und die jetzt lächelnde Anuanúa.

Vetéa Pitó war totenbleich, doch griff er tapfer zu seiner Waffe, während der bärenstarke Chimé die Zähne zusammenbiß und in beiden Händen eine riesige Keule hielt, mit der er offenbar vorhatte, jedem, der ihm zu nahe kam, den Schädel einzuschlagen.

Vahíne Tiaré und Vahíne Tipanié bemühten sich, so gut es ging, die verschreckten Mädchen zu beruhigen.

Währenddessen setzten die Katamarane ihre Fahrt mit immer größerer Geschwindigkeit fort.

Die Te-Onó kamen so nahe heran, daß man ihre fürchterlichen Tätowierungen erkennen konnte.

Die »Marara« vollzog eine Kehrtwendung, um sich den Feinden mit der Bugseite zu stellen, als wäre sie zum Gegenangriff bereit.

Tapú heftete seinen Blick voller Bewunderung auf den »Großen Seefahrer«. Es war das heiterste und zufriedenste Gesicht, das er je gesehen hatte, weshalb er unwillkürlich die Anspannung löste, mit der er den Griff seines Schwertes in der Hand hielt.

Es vergingen nicht enden wollende Minuten.

Sie lauschten mit gespitzten Ohren den Stimmen, die von den feindlichen Schiffen her erklangen.

Die Sonne verschwand hinter einer roten Wolke, und fast im selben Augenblick kam ein leichter Wind auf.

»Setzt die Segel!«

Die Männer gehorchten, und Tapú konnte beobachten, was er sich niemals hätte vorstellen können: Zwei schneeweiße spanische Segel breiteten sich über die volle Länge des Schiffes aus. Dabei bildeten sie riesige Dreiecke, die den leisesten Windhauch einfingen, der vom Heck her wehte.

Das Schiff machte einen Satz nach vorne.

»Alle Mann ans Heck!« lautete Miti Matáis Befehl.

Sie gehorchten, und kurz darauf richteten sich die beiden Bugkörper fast einen Meter über der Wasseroberfläche auf, so daß sie wie ein Messer das Wasser durchschnitten. Die »Marara« knarrte bedrohlich, doch sie begann an Geschwindigkeit zuzulegen.

Mit dem Sonnenuntergang wurde der Wind heftiger.

»Verstärkt die Pardunen!« brüllte der »Große Seefahrer«.

Zwei der Männer kletterten geschwind die Masten empor, die unter der enormen Spannung der Segel zitterten, und zogen die beiden Seile nach, die am Heck befestigt waren. Der »Fliegende Fisch« setzte tatsächlich zum Abflug an.

Meter um Meter gewann er an Tempo und näherte sich dabei den beiden Schiffen, deren Ruderer vor Schreck die Ruder aus der Hand gelegt hatten.

Miti Matái gab Tapú einen Wink, dem Steuermann zur Hand zu gehen, der Unterstützung brauchte, um den Ankerschaft in Position zu halten.

Als sie nur noch hundert Meter von ihren Feinden entfernt waren, schrie der »Große Seefahrer«: »Alle Mann an Backbord! Taue an der Backbordseite anziehen!«

Der Katamaran drehte sich um fünfundvierzig Grad. Er verlor zwar zusehends an Geschwindigkeit, behielt aber genügend Schwung bei, um wie ein Blitz an den Te-Onó vorbeizuzischen, die nicht wahrhaben wollten, was sie da zu sehen bekamen.

Tapú konnte deutlich die furchterregende Gestalt eines Riesen erkennen, der am ganzen Körper mit Tätowierungen übersät war und wüste Drohungen ausstieß, während er mit einem Dolch herumfuchtelte. Ohne Zweifel handelte es sich bei diesem gräßlichen Wesen um niemand anderen als den grausamen König Oktar.

In diesem Augenblick machte Prinzessin Anuanúa Anstalten, sich ins Meer zu stürzen. Doch Miti Matái, der ihre Bewegungen aufmerksam beobachtet hatte, packte sie am Arm und zog sie an Deck zurück. Mit einem Griff um ihre Mitte hielt er sie so fest, daß sie sich nicht mehr rühren konnte; sie schleuderte ihm üble Beschimpfungen entgegen.

Als die Sonne unter dem Horizont verschwunden war, blieb von den Te-Onó nicht mehr übrig als winzige Punkte, die sich in der Ferne verloren.

Der »Fliegende Fisch« indes flog weiter.

Mit dem Anbruch der Morgendämmerung ließ der Wind nach.

Von den Te-Onó war keine Spur mehr zu sehen, auch nicht von ihrer Insel, die die »Marara« weit hinter sich gelassen hatte.

Das einzige, was Miti Matái bis jetzt beschäftigt hatte, war, so viel Vorsprung wie möglich vor ihren Verfolgern zu gewinnen, auch wenn er sich gezwungen sah, die Segelfläche erheblich zu vermindern. Denn weder die Masten noch die Nähte des Schiffes hätten über längere Zeit hinweg dem enormen Druck standgehalten, dem sie anfangs ausgesetzt waren.

Tatsächlich hatte der Rumpfkörper der Steuerbordseite Risse bekommen, so daß zwei Leute pausenlos Wasser schöpfen mußten, und selbst dem geschickten Schreiner war es unmöglich, in voller Fahrt die Risse zu flicken.

Als weit und breit keine Spur der feindlichen Schiffe zu sehen war, ließ der »Große Seefahrer« den »Fliegenden Fisch« anhalten. Er wollte die Stille des Ozeans nutzen, um die Ausbesserungen vornehmen zu lassen.

Dazu mußten die Männer auf die Backbordseite gehen, damit sich der rechte Schwimmkörper so weit erhob, daß die beschädigte Stelle aus dem Wasser ragte. Gleichzeitig mußten sie darauf achten, daß sie das Gleichgewicht behielten, um das Schiff nicht zum Kentern zu bringen.

Geschickt wie ein Affe kletterte der Schreiner an der äußeren Bordwand entlang, während er von einem dicken Seil gehalten wurde. Mit einer langen Nadel aus Knochen flickte er die Nahtstellen wieder zusammen, wobei ihm jemand von der Innenseite immer wieder die Nadel nach außen durchschob. Während der Schreiner und seine Helfer sich an die Arbeit machten, lauschten alle übrigen dem traurigen Bericht Ihonas über die Zeit ihrer und der anderen Mädchen Gefangenschaft.

»Am ersten Tag«, sagte Ihona, »vergewaltigte König Oktar, der über seine Leute die Herrschaft eines Tyrannen ausübt, vier von uns; Purúa verletzte er dabei so schwer, daß sie verblutete. Oktar ist kein normaler Mann, sondern ein Wahnsinniger, der sich damit brüstet, den größten Penis zu besitzen, den es je gegeben hat, und diesen zu jeder beliebigen Tagesstunde einsetzen zu können.«

»So ein Schwein!« knurrte Vetéa Pitó wütend.

»Alle übrigen Männer und sogar die zwanzig Frauen, die bei ihnen waren, sahen zu und brachen in Gelächter aus, als sie die Verrenkungen ihres Häuptlings sahen, an denen sie sich so aufgeilten, daß kurz darauf auf unsere Kosten eine ekelerregende Orgie ausbrach, die nichts Menschliches an sich hatte.«

»Wie verhielt sich Anuanúa?« fragte Miti Matái.

»Ich weiß es nicht«, lautete die Antwort. »Wir hatten keine Zeit, nachzudenken oder wahrzunehmen, was um uns herum geschah. Oktar hatte wohl beschlossen, sie fürs erste nicht anzurühren, vielleicht, weil sie ihm noch zu jung erschien oder aber weil er, da sie so zerbrechlich wirkte, befürchtete, sie könnte ebenso sterben wie Purúa. Er sparte sie sich für später auf. Dann überfielen sie eines Nachts eine Insel und entführen drei Mädchen, von denen eines mittlerweile gestorben ist. Sie machten sich auf die nämliche Weise über sie her.«

»Gelobt sei Taaroa!« rief Vahiné Tipanié.

»Taaroa gibt es nicht«, stieß Ihona zwischen den Zähnen hervor. »Tausendmal haben wir zu ihm gebetet, er möge uns zu Hilfe kommen, und niemals ist er gekommen. Für mich ist er tot. Für uns sind alle Götter tot.«

Die Prinzessin war seit dem Augenblick verschwunden, da Miti Matái sie nicht mehr festhielt. Sie versteckte sich in einem Winkel des Schuppens am Bug, den sie nicht mehr verließ.

»Eines Tages«, begann eines der Mädchen von neuem, »während wir auf einer kleinen unbewohnten Insel hausten, bekam Anuanúa plötzlich ihre erste Blutung. Oktar schien dies sofort zu bemerken, denn wie ein Hund begann er an ihr herumzuschnüffeln. Dann packte er sie am Arm und verschwand mit ihr. Sie unternahm nicht den leisesten Versuch, sich zu wehren. Zwei Tage und zwei Nächte lang sahen wir sie nicht, doch als wir schon fürchteten, daß er sie vielleicht umgebracht hatte, tauchten sie plötzlich wie zwei Verliebte auf. Es war klar, daß Anuanúa von diesem Augenblick an nicht mehr Königin von Bora Bora, sondern die Königin der Te-Onó war.«

»Möge Oró sie mit seinem Blitz töten!« rief jemand.

»Und möge Tané sie dazu verdammen, für immer in der Tiefe des Ozeans zu bleiben!« fügte das Mädchen sofort hinzu. »Niemals zuvor ist jemand so böse oder so stolz auf seine Schlechtigkeit gewesen gegenüber denen, die noch kurz zuvor Freundinnen und Leidensgefährtinnen waren. Sie war noch nicht einmal dreizehn Jahre alt, doch genoß sie schon in aller Öffentlichkeit die Liebkosungen einer vom Teufel besessenen Kreatur, die Purúa getötet und uns so viel Schmerz und Schmach zugefügt hat. Mögen die bösen Geister mit ihr ins Gericht gehen!«

»Das kann einfach nicht wahr sein!« murmelte Roonuí-Roonuí, der offenbar noch immer nicht glauben konnte, was er da hörte. »Ich hielt sie nach ihrer Geburt in meinen Armen, und ich habe sie aufwachsen sehen. Sie war immer ein süßes, liebenswertes Mädchen.«

»Innerhalb von zwei Tagen verwandelte sie sich in das verderbteste Wesen, das es auf den Inseln dieses Ozeans gegeben hat«, entgegnete ihm das Mädchen. »Eine Bestie mit einem kranken Verstand, die ihre Zwillingsseele in einer anderen Bestie gefunden hat, die offenbar ebenso krank ist.«

»Oktar!« schrie Anuanúa aus dem Schuppen. Ihr Schrei glich dem eines Tieres. »Oktar!«

»Hört sie euch an!« rief das Mädchen. »Sie ist kein Mensch. Sie ist ein böser Geist, der tausend Tode verdient. Sie hat nicht nur keinen Finger gerührt, um unsere Leiden zu mildern, nein, ganz im Gegenteil, sie hatte ihren Spaß daran.«

»Und dennoch bleibt sie die Königin«, murmelte Roonuí-Roonuí.

»Aber was wird geschehen, wenn sie an der Macht ist?« fuhr das Mädchen fort. »Dann werden die Nacht und die Finsternis über Bora Bora hereinbrechen wie ein Mantel des Todes, des Schreckens und der Schande. Was werden die ›Männer des Gedächtnisses‹ in Zukunft zu berichten haben über diese Verkörperung des Bösen, die in ihrem Leib das Kind eines Monsters trägt, das seinerseits zum Thronerben werden wird? Ist das die Zukunft, die uns bevorsteht? Müssen wir uns der Tyrannei von Wahnsinnigen unterwerfen?«

»Das dürfen wir nicht zulassen«, antwortete Chimé schnell. »Das wäre nicht gerecht!«

»Aber so verlangt es das Gesetz!« erklärte Roonuí-Roonuí. »Mag sein, daß es uns nicht gefällt, aber wir leben seit mehr als tausend Jahren mit diesen Gesetzen, und es würde uns schlecht gehen, wenn wir anfingen, sie zu mißachten.«

»Aber noch schlimmer ist es, sie zu befolgen«, erwiderte Vetéa Pitó.

»Das ist hier die Frage«, lautete die Antwort des »Kriegsanführers«. »In jedem Fall muß der Rat die Entscheidung treffen.«

»Sobald Anuanúa in Bora Bora von Bord geht, wird niemand, nicht einmal der Rat, es wagen, ihre Autorität in Frage zu stellen«, warf Tapú ein. »Und die Ariói noch weniger.«

»Laß die Ariói aus dem Spiel«, entgegnete ihm Roonuí-Roonuí, und es war ein bedrohlich klingender Unterton in seiner Stimme. »Ich glaube, daß auch ihnen die Situation unangenehm ist.«

»Du mußt es ja wissen!« lautete die Antwort. »Ich habe jedenfalls nicht vor, unter der Herrschaft von jemand zu leben, der so verdorben ist.«

»Du kannst ja immer noch in die Verbannung gehen«, erinnerte ihn der andere.

»In diesem Fall wären es aber viele, die in die Verbannung gehen würden«, schaltete sich Miti Matái ein. »Was mich dabei beunruhigt, ist, daß all das in einen Streit zwischen verfeindeten Gruppen ausarten kann.«

»Was wäre deiner Meinung nach die Lösung?« wollte Roonuí-Roonuí wissen. »Sollen wir Anuanúa umbringen? Wer von uns wäre schon bereit, sich die Hände mit königlichem Blut zu beflecken? Wißt ihr, welche Strafe die Götter für ein solches Verbrechen bereithalten? Sie verwandeln den Täter in einen Weißen Hai.« Er sah einem nach dem anderen in die Augen. »Wer würde es riskieren, sein Dasein bis ans Ende aller Tage als Teatea-Maó zu fristen?«

Keiner der Anwesenden schien zu einem solchen Vorhaben bereit zu sein. Die meisten stießen daher einen Seufzer der Erleichterung aus, als der Schreiner mitteilte, daß der Schaden am Schiff behoben sei. Die Ruderer konnten ihre Posten wieder einnehmen und sich an die Arbeit machen.

Anders als man sich es nach einem so unzweifelhaften Sieg hätte wünschen mögen, war die Stimmung auf dem Schiff nicht gut. Allein der Gedanke, daß sich die liebliche und unschuldige Prinzessin mit dem Beinamen »Regenbogen«, für die sie bereit gewesen waren, sich tausenderlei Gefahren auszusetzen, in ein abstoßendes, verabscheuungswürdiges Wesen verwandelt hatte, vermochte alle niederzudrücken.

Zwei Stunden versuchte Tapú vergeblich, sich durch Wasserschöpfen abzulenken und nicht mehr an das Geschehen zu denken. Dann setzte er sich neben seinem besten Freund nieder, der ebenso wenig wie er Ruhe und Trost finden konnte.

»Wir sollten sie ins Meer werfen!« rief Vetéa Pitó erzürnt. »Wir sollten sie über Bord stoßen und den Haien überlassen.«

»Sie ins Meer werfen wäre genau dasselbe, wie sie zu töten«, gab ihm Tapú zu bedenken. »Und wer hätte schon den Mut, ihr den Todesstoß zu versetzen? Taaroa hat den Königen die Macht verliehen, und nur er kann sie ihnen nehmen. So hat man es mir immer gesagt. Und seit ich Pamáu kannte, hatte ich niemals Grund, dies zu bezweifeln.«

»Und warum ist sie so geworden?«

»Ich weiß es nicht«, gestand Tapú. »Aber ich erinnere mich, daß Hiro Tavaeárii meinte, das weibliche Geschlecht sei dunkel, geheimnisvoll. Wenn ein Mann es schafft, in ihren letzten Winkel vorzudringen, wird er schließlich auch ihre Seele erlangen.«

»Anuanúa ist eine räudige Hündin ohne Gewissen ... Warum hat Oktar sie nicht auf dieselbe Weise umgebracht wie Purúa? Wir müßten nicht das widerliche Gefühl haben, uns lächerlich gemacht zu haben.«

»Fühlst du dich lächerlich?«

»Du etwa nicht?«

»Schon möglich«, räumte Tapú ein. »Obwohl es vielleicht zutreffender wäre zu sagen, daß ich mich machtlos fühle ... Wir müßten etwas tun, um sie loszuwerden, aber mir fällt nicht ein, was.«

»Uns wird schon etwas einfallen«, murmelte Vetéa Pitó listig. »Wir haben viel Zeit und viel Meer vor uns.«

»Oktar!«

Der markerschütternde Schrei ließ sie in die Höhe fahren, und kurz kamen auch die Ruderer aus dem Takt. Jedesmal, wenn dieser fürchterliche Schrei auf dem Deck des »Fliegenden Fisches« ertönte, fürchtete man einen anderen Schrei als Antwort. Allen war klar, daß der blutdürstige König der Te-Onó sich auf die Suche machen würde nach der, die seinen Namen rief.

Den Leuten von Bora Bora kam das Verhältnis zwischen dem abscheulich tätowierten Riesen und dem jungen Mädchen unbegreiflich vor. Sie waren es von altersher gewohnt, daß Geschlechtlichkeit etwas Schönes, Ehrliches und Natürliches war, das der gütige Gott Taaroa geschaffen hatte, damit seine Geschöpfe es genossen.

»Wir brauchen Wind.«

Tapú wandte sein Gesicht Miti Matái zu, der mit dieser knappen Bemerkung seine Gedanken unterbrochen hatte. Die Besorgnis, die im Gesicht des »Großen Seefahrers« zu lesen war, beunruhigte ihn. Ununterbrochen blickte Miti Matái zum Horizont.

»Glaubst du, die verfolgen uns?« fragte Tapú.

»Ich vermute es.«

»Aber die wissen doch, daß wir viel schneller sind als sie.«

»Mit Wind ja«, war die Antwort. »Aber sobald wir in die windstillen Zonen vordringen, und das ist nun bald der Fall, sind sie schneller. Denk daran, daß sie auf jeder Seite zwanzig ausgezeichnete Ruderer haben, während es bei uns nicht einmal halb so viele sind.«

»Vielleicht haben sie es sich anders überlegt und sind zu ihrer Insel zurückgekehrt«, meinte Tapú optimistisch.

»Das bezweifle ich«, urteilte der »Große Seefahrer«. »Die Te-Onó kennen diese Gewässer bestens. Denn für sie ist das hier ihr Erster Kreis, während wir uns im Fünften befinden.« Er kratzte sich nachdenklich an der Augenbraue, was gewöhnlich bedeutete, daß er Zweifel hegte. »Wir müssen auf jeden Fall auf die winzigsten Kleinigkeiten achten.«

Am Abend kam eine leichte Brise auf, die sich kaum eine Stunde hielt und wieder abflaute, als es dunkel wurde. Der Ozean lag totenstill da, nicht einmal das Wasser, das die Schiffskörper umfloß, verursachte ein Geräusch.

Nach Mitternacht beobachtete Tapú, wie die zierliche Figur der Prinzessin aus ihrem Unterschlupf hervorkam, zum Bug an der Backbordseite ging und in die Finsternis blickte.

An was sie wohl denken mochte?

Miti Matái betrachtete sie ebenfalls. Auch ihm fiel der Gedanke offenbar schwer, daß das Mädchen, dem er einst beim Spielen zugeschaut hatte, Opfer einer krankhaften Leidenschaft werden konnte.

Als sich Anuanúa vor Sonnenaufgang in ihr Versteck zurückzog, folgte ihr der »Große Seefahrer« mit dem Blick. Plötzlich drückte er den Arm seines Schülers und raunte ihm zu: »Laß es nicht zu, daß sie nach Bora Bora gelangt! Ich weiß, daß ich das Ende dieser Reise nicht erleben werde. Aber sorge dafür, daß auch sie es nicht erlebt, denn wenn sie es schafft, an Land zu gehen, wird sie Bora Bora bis in alle Ewigkeit entehren.«

Um Mittag des folgenden Tages flog eine Möwe über das Schiff. Miti Matái ließ eine Angel mit einem Köder am Haken auswerfen.

Sofort stürzte sich der Vogel auf den Köder. Als die Männer die Möwe an Deck gezogen hatten, drehte ihr der »Große Seefahrer« den Hals um, schnitt sie entzwei und breitete den Inhalt ihres Magens auf dem Deck aus: den Kopf eines Fliegenden Fisches und die Gedärme eines weiteren halb verdauten Fisches.

Miti Matái sagte: »Sie verfolgen uns, nur noch dreißig Kilometer trennen uns von ihnen.«

»Woher willst du das wissen?« fragte Tapú.

»Was siehst du da?« fragte Miti Matái dagegen.

»Den Kopf eines Fliegenden Fisches und einen Haufen Gedärme.«

»Und wo ist der Rest des Fliegenden Fisches?«

»Keine Ahnung.«

»Und von welchem Tier stammen die Gedärme?«

»Ich weiß es nicht.«

»Die Gedärme gehörten einem Mahí-Mahí, der über zwölf Kilo wog, und auch der Fisch war zu groß, als daß eine Möwe allein ihn hätte erbeuten können. Was sagt uns das?«

»Jemand hat die Gedärme ins Meer geworfen.«

»Wir sind über hundert Kilometer von der nächsten Küste entfernt. Keine Möwe würde jemals so weit über die Küste hinausfliegen, es sei denn, sie folgt einem Schiff und ernährt sich von den Abfällen . . . Verstehst du jetzt?«

»Ich verstehe«, räumte der Junge ein. »Was ich aber noch immer nicht verstehe, ist, wie du die Entfernung zu dem anderen Schiff berechnen kannst?«

»Ich kann sie ungefähr abschätzen, denn der Vogel hatte noch nicht ganz verdaut, was bedeutet, daß es etwas über eine Stunde her ist, daß er gefressen hat.«

»Eine Möwe fliegt normalerweise etwa dreißig Kilometer in der Stunde, wenn sie es nicht besonders eilig hat«, sagte der Steuermann, der aufmerksam zugehört hatte.

»Und woher konnte sie wissen, daß wir hier sind?« fragte Chimé.

»Weil sie uns aus der Höhe gesehen hat«, antwortete Miti Matái. Nachdenklich fügte er hinzu: »Aber das haben die Te-Onó ebenfalls bemerkt, und sie wissen nun, wo wir sind.«

»Wieso?«

»Weil sie sicherlich bemerkt haben, daß die Möwe sie verlassen hat und in eine Richtung geflogen ist, von der sie wissen, daß dort keine Insel liegt. Sie denken sich also, daß sie deshalb abgeflogen ist, weil sie ein Schiff gesehen hat, das sie von unten aus zwar nicht sehen können, das sich aber in Sichtweite einer Möwe befindet, also etwa dreißig

Kilometer entfernt ... Aber was tun wir jetzt?« fuhr er fort. »Wenn sie wissen, daß wir uns hier befinden und rudern müssen, haben sie uns bald eingeholt. Doch wir haben nichts weiter zu tun, als sie dazu zu bringen, einem falschen Kurs zu folgen.«

Er ließ sich den größten Kürbis bringen, den es an Bord gab, bestrich ihn mit Kokosöl und verschloß ihn fest. Dann versiegelte er ihn mit dem Harz, das der Schreiner gewöhnlich zum Abdichten der Fugen am Schiff verwendete. Zuletzt band er an der Oberseite einen großen Fischkopf fest sowie einen der kleinen Spiegel, die ihnen die Spanier geschenkt hatten.

Eine halbe Stunde vor Einbruch der Dunkelheit nagelte er an den Boden dieser Boje einen kleinen Dorn und bat Tapú, sie aufs Wasser zu setzen. Die Boje trieb nach Osten ab. Sie kam viel schneller voran als der schwere Katamaran. Als Miti Matái sich vergewissert hatte, daß sie auch wirklich den Kurs verfolgte, mit dem er gerechnet hatte, gab er lächelnd die Anweisung: »Alle Mann an die Ruder! Bug südwärts!«

»Warum befiehlst du das?« wollte Tapú sofort wissen.

»Damit die Te-Onó der Boje folgen«, war die Antwort. »Und um sie zu zwingen zu rudern, bis ihnen die Arme abfallen! Dank der starken Strömung wird der Kürbis ihnen voranschwimmen. Und wenn sie ihn erreichen, werden sie vor Erschöpfung halb tot sein.«

»Und wozu dient das Kokosöl?«

»Es wird an dem Dorn entlang langsam durchsickern und dabei auf der Meeresoberfläche deutlich sichtbare Flecken hinterlassen. Die Te-Onó werden glauben, daß wir so dumm sind und nicht merken, daß unsere Küche ein Leck hat und Öl durchsickert.«

»Ich verstehe«, nickte der Junge. »Und der Fischkopf?«

»Der ist für den Fall, daß noch eine Möwe aufkreuzen sollte. Sie wird herbeifliegen, um den Fischkopf zu fressen, und unsere Verfolger werden hinter ihr hersegeln.«

»Und der Spiegel?«

»Das ist ein herrlicher Köder«, meinte der »Große Seefahrer« vergnügt. »Hast du gesehen, wie er die Sonnenstrahlen zurückwirft und dabei Lichter streut, die aus weiter Entfernung zu sehen sind? Wenn sich der Kürbis von Zeit zu Zeit dreht, werden die Te-Onó glauben, daß es sich um unsere Schwerter handelt, die sie ja schon einmal gesehen haben. Sie wissen, daß niemand außer uns Gegenstände besitzt, die aus Stücken der Sonne und des Mondes gefertigt sind. Das wird sie dazu treiben, dem Spiegel bis zum ›Unendlichen Land‹ zu folgen.«

Tapú betrachtete Miti Matái verblüfft. Nach einer Weile schüttelte er den Kopf und rief: »Was für Dinge dir nur einfallen! Du bist wirklich schlau!«

»Diese Dinge sind Erfahrungen vieler Seeleute. Wenn es unserem Volk gelungen ist, seit über zweitausend Jahren auf dem Meer zu überleben, dann deshalb, weil es gelernt hat, es durch Beobachtung kennenzulernen. Wenn ich so darauf dränge, daß du auf jede Einzelheit achtest, dann deshalb, weil in der Natur nichts aus Willkür geschieht. Alles hat seinen Sinn, und alle Dinge stehen in Beziehung zueinander.« Miti Matái lächelte ihn an. »Wenn du also hundert Kilometer vor der Küste eine Möwe siehst, dann darfst du nicht nur sagen: ›Oh, wie schön, eine Möwe!‹ Nein, du mußt dich vielmehr nach dem Grund fragen, weshalb sie sich dort aufhält, und nach einer schlüssigen Antwort auf diese Frage suchen. Dasselbe gilt für eine Wolke, die unvermittelt stehen bleibt, eine Welle, die dort hinschwappt, wo sie es normalerweise nicht tut, oder für den Himmel, der plötzlich eine andere Farbe bekommt. Wenn du aufmerksam bist, dann wirst du immer wissen, daß etwas geschehen ist oder bald geschehen wird.«

»Glaubst du, daß ich eines Tages so viel wissen werde wie du?«

Miti Matái betrachtete Tapú von der Seite. »Du bist sehr klug«, sagte er. »Und du hast während dieser Monate viel gelernt, aber noch nicht genug. Könnte ich dir zur Seite stehen, dann würdest du ein großer Seefahrer werden, aber leider spüre ich, daß ich nicht mehr viel Zeit zu leben habe.«

»Aber du bist so gesund wie jeder von uns«, rief der Junge.

»Das mag sein«, räumte Miti Matái ein. »Doch es wird etwas geschehen. Niemand, weder ich noch jemand anders, kann gegen den Willen Tanés etwas unternehmen.« Seine Stimme klang besorgt. »Das einzige, um was ich ihn bitte, ist, daß er mich das Schiff sicher in den Vierten Kreis zurücksteuern läßt. Sobald wir diese Grenze passiert haben, kann ich es dir überlassen, denn ich bin überzeugt, du wirst es nach Hause führen.«

»Wenn du nicht mehr lange mein Lehrer bist, werde ich nie ein richtiger Seefahrer.«

»Es gibt noch andere gute Lehrer«, erwiderte Miti Matái. »Von dem großen Vatau von Moorea habe ich viel gelernt, er ist einer der weisesten Männer, die ich kenne. Er ist jetzt alt, doch bin ich sicher, daß er dich als Schüler annehmen wird, da du ja von mir kommst. Schließlich bist du jemand, dem es gelungen ist, aus dem Fünften Kreis zurückzukehren.«

»Wie lange werde ich brauchen, um alles zu lernen?« wollte der Junge wissen.

»Drei Jahre. Vielleicht vier«, war die Antwort. »Es wird davon abhängen, wie fleißig du bist.«

»Maiana wird nicht so lange warten wollen.«

»Maiana!« rief Miti Matái. »Immer geht es um Maiana! Jemand, der vorhat, ein ›Großer Seefahrer‹ zu werden, der darf nicht so von einer Frau besessen sein. Seefahrer zu sein ist etwas anderes, als König zu sein, wofür schon ein gutes Urteilsvermögen genügt, oder Priester zu sein, wofür allein der gute Glaube genügt. Der Seefahrer muß alles über das Meer wissen. Du mußt deine Augen, deine Ohren, deinen Geruchssinn, deinen Tastsinn, deine Klugheit und dein Erinnerungsvermögen einzig und allein darauf richten, was du tust, und wenn dich etwas ablenkt, dann mußt du dich seiner entledigen.«

»Liebst du deine Frau denn nicht?«

»Doch, sehr sogar«, gestand Miti Matái. »Doch ich habe mir angewöhnt, außer in den Augenblicken der Ruhe nicht an sie zu denken.«

»Ich habe noch nie gesehen, daß du einen einzigen Augenblick lang Ruhe hattest.«

»Wahrscheinlich deshalb, weil von mir mehr als dreißig Menschenleben abhängen«, räumte der Anführer der »Marara« ein. »Doch wenn ich an Land bin, widme ich ihr all meine Zeit. Du mußt begreifen, daß du während des Segelns mit dem Meer verheiratet bist, sonst läufst du Gefahr, daß es dich betrügt. Jetzt scheint es zum Beispiel ganz ruhig und friedlich, doch ich fürchte, daß es versucht, uns einen Streich zu spielen.«

Tapú beobachtete lange den Ozean, der wie gefroren zu sein schien, auch den Himmel. »Ich sehe nichts, was uns beunruhigen könnte«, sagte er endlich.

»Doch die Gefahr ist da«, lautete die Antwort. »Im

Augenblick ist sie nicht zu sehen, doch wenn du sie nicht rechtzeitig erkennst, dann kann sie dein Schiff schon in kurzer Zeit zerstören.«

»Aber wer soll das denn sein?« fragte der Junge begierig.

»Niho-Nuí, der ›Große Zahn‹.«

»Ist das ein Hai?« fragte Tapú beunruhigt. »Oder ein Wal?«

»O nein!« Der andere brach in Gelächter aus. »In dieser Jahreszeit hat der ›Große Zahn‹ nicht einmal die Größe eines Flohs, und selbst wenn er ausgewachsen ist, ist er nicht größer als mein Finger. Es handelt sich dabei um eine Muschelart. Sie ist in der Lage, ein Schiff wie die ›Marara‹ so zu bearbeiten, daß davon nur noch Trümmer übrigbleiben.«

»Wie macht sie das?«

»Sie frißt sich durch. Die Niho-Nuí ernähren sich von Holz, und zwar von jeder Holzart, die im Wasser schwimmt. In dieser Jahreszeit findet ihre Fortpflanzung statt. Wenn das Meer so ruhig ist wie jetzt, lassen die Niho-Nuí Larven los, die in großen Kolonien im Meer treiben, bis sie ein Stück Holz gefunden haben, an dem sie sich festbeißen. Sie sind sehr hungrig und schaffen es daher, in kürzester Zeit einen Schiffsrumpf durchzubeißen.«

»Bist du dir sicher, daß sie uns angreifen werden?«

Der andere zeigte auf ein Brett, das sie an einer kurzen Schnur hinter sich herzogen und das der Junge bisher kaum wahrgenommen hatte.

»Bald werden wir es feststellen«, sagte Miti Matái. »Wenn sie sich über das Brett hergemacht haben, haben sie sich auch schon am Boden des Schiffes festgesetzt.«

»Was tun wir dann?«

»Du wirst es beizeiten erfahren ... Beobachte jetzt die

Sterne, die bald aufgehen werden. Denn wenn ich mich nicht irre, muß unser Himmel schon ganz nahe sein.«

Tapú war es gewohnt, daß, wenn sein Lehrmeister sagte: »Wenn ich mich nicht irre«, dies bedeutete, daß er sich absolut nicht irrte. Es überraschte ihn daher keineswegs, als er Stunden später entdeckte, wie die altvertraute Himmelslandschaft in Erscheinung trat. Das war der Beweis dafür, daß sie sich genau auf der Äquatorlinie befanden und durch eine ruhige, aber gleichbleibende Strömung in östlicher Richtung trieben. Da sie nach Süden wollten, mußten sie der Strömung auf der linken Seite des Schiffes folgen.

Die Männer ruderten ohne Unterbrechung mit tiefen und geräuschlosen Schlägen, die die Ruderer von Bora Bora berühmt gemacht hatten: Das Schiff kam dabei voran, ohne daß ein Laut zu vernehmen war noch Wasser spritzte.

Kurz vor Tagesanbruch ließ Miti Matái das Schiff anhalten und die Masten abbauen. Er befahl allen, sich auf Deck niederzulegen, bis die Wachtposten sich vergewissert hätten, daß der Feind nicht zu sehen war. »Je geringer die Schiffshöhe ist und je weniger wir uns bewegen, um so schwieriger wird es sein, uns ausfindig zu machen. Und daß ja niemand einen Gegenstand hervorholt, der sich in der Sonne spiegelt!«

Die Vorsichtsmaßnahmen konnten nicht streng genug sein, doch jetzt erwiesen sie sich als unnötig. Die Späher konnten kein Lebenszeichen erkennen, wohin sie ihren Blick auch wendeten.

Miti Matái bat die Männer daraufhin auszuruhen. Wieder war es ein so drückendheißer Tag, daß man erneut einen Taifun befürchten mußte.

Am Abend gebar eines der Mädchen, das sie befreit hatten, ein Kind. Vahíne Tipanié hob es, das noch an der

Nabelschnur hing, in die Höhe und wollte es dem Kapitän zeigen, der jedoch unablässig zum Horizont starrte.

Sie sprachen kein Wort.

Die Frau machte eine Gebärde, mit der sie um Rat bat, was mit dem »Ding« geschehen sollte, und der »Große Seefahrer« bewegte den Kopf kaum wahrnehmbar zum Wasser hin.

Ein leises Platschen ließ sich vernehmen, ein kurzes Wimmern, und ein Hai bemächtigte sich der blutenden Beute, um damit in den Tiefen des Ozeans zu verschwinden.

In dieser Nacht hatte niemand Lust, auch nur ein Wort zu sagen.

Erst als es schon beinahe Tag war, hörte man erneut einen Schrei: »Oktar!«

Als Miti Matái das Brett zwei Tage später aus dem Wasser zog, erschraken alle.

Dutzende von fingernagelgroßen Schiffsbohrwürmern nisteten bereits im Holz und durchbohrten es beharrlich.

»Tané möge uns beistehen!« rief Vetéa Pitó erschrocken aus, dem offenbar die Würmer mehr Angst einjagten als die Te-Onó.

»Wir müssen uns auf die Suche nach Land machen«, sagte Miti Matái. »Nur die Luft wird mit diesem Ungeziefer fertig. Wir müssen das Schiff vierundzwanzig Stunden auf den Strand setzen.«

»Ist denn Land in der Nähe?«

»Das will ich hoffen!« antwortete Miti Matái, und es lag ein gewisser Humor in seiner Stimme. »Wenn wir nicht bald auf Land stoßen, sitzen wir ziemlich in der Tinte.«

Von diesem Augenblick an spähten alle an Bord nach einer Insel aus.

Jeden Morgen holte Miti Matái als erstes das Brett aus dem Wasser, um die Fortschritte zu beobachten, die die hartnäckigen Bohrwürmer bei ihrer unermüdlichen Arbeit gemacht hatten.

»Um den Kiel mache ich mir keine Sorgen«, erklärte er seinem Schüler Tapú während einer der täglichen Kontrollen. »Er ist massiv genug und außerdem perfekt zusammengenäht. Aber das seitliche Plankenwerk ist kaum zwei Finger dick, und die Fäden dürften vom Wasser schon ganz aufgeweicht sein.« Ein bitteres Lächeln umspielte seine Lippen. »Es wäre ziemlich traurig, wenn wir die Te-Onó besiegt hätten, einen Weißen Hai und sogar einen Taifun, uns aber von widerlichen Schnecken besiegen ließen, die man mit dem Finger zerquetschen kann.«

»Das wird Tané nicht zulassen«, rief der Junge empört.

»Die Götter können manchmal sehr grausam sein«, war die Antwort.

»Du wirst eine Insel finden«, meinte Tapú in seinem unerschütterlichen Glauben.

»Man kann nur dann etwas finden, wenn es auch existiert«, gab ihm sein Lehrmeister zu verstehen. »Und was wir nicht wissen, ist, ob es eine Insel gibt, die nahe genug liegt, daß wir sie rechtzeitig erreichen können.«

Sie segelten noch außerhalb der Grenzen des Vierten Kreises. Nichts gab ihnen Anlaß zur Hoffnung, daß in der unermeßlichen Weite Inseln lagen, die man ansteuern konnte, um den Katamaran an Land zu ziehen.

Wenn das Meer absolut ruhig war, legte sich der »Große Seefahrer« der Länge nach auf den Boden eines der Rümpfe, um sein Ohr darauf zu pressen, und versuchte dabei das

Geräusch aufzufangen, das die Würmer bei ihrem Zerstörungswerk machten.

Die Prinzessin, die sich tagsüber in dem Verschlag am Bug verborgen hielt, ertrug nur die Nähe von Vahíne Tiaré, zu der sie beharrlich sagte, Miti Matái solle sie auf die Insel der Te-Onó zurückbringen. »Wenn er es nicht tut«, meinte sie, »wird Oktar bis nach Bora Bora segeln. Und jeden, der sich ihm in den Weg stellt, wird er niedermetzeln. Ich bin seine Frau, in meinem Bauch trage ich sein Kind, und er ist kein Mann, der es hinnimmt, daß man ihn von seiner Familie trennt.«

»Und Miti Matái ist kein Mann, der umkehrt«, gab die Vahíne ihr zu verstehen.

»Dann werde ich ihn hinrichten lassen, sobald wir auf Bora Bora sind«, war die Antwort.

»Er weiß ganz genau, daß er nie nach Bora Bora zurückkehren wird.«

»Dann werde ich all die hinrichten lassen, die ihm gehorcht haben.«

Gegenüber ihrer engsten Freundin, Vahíne Tipanié, war Vahíne Tiaré der Meinung, daß man sich am besten ein für allemal von einer so abstoßenden Kreatur befreite, die fähig war, sogar ihre eigene Mutter zu opfern, nur um zu dem Mann zurückzukehren, der sie verhext hatte. »Mit Liebe hat das nichts zu tun«, sagte sie. »Es ist vielmehr so, als wäre sie von einem Teufel besessen, der sich ihres Körpers, ihres Willens und ihrer Seele bemächtigt hat.«

Es regnete, und die drückende Hitze ließ einen dichten Nebel entstehen, der die Sicht auf hundert Meter beschränkte. Die Besatzung des »Fliegenden Fisches« gewann den Eindruck, sie sei dazu verdammt, für ewige Zeiten auf einem Ozean umherzuziehen, der sich in den

Vorhof zur Hölle verwandelt hatte. Das war nun der wahre Fünfte Kreis, der Ort, von dem niemand zurückkehrte.

Sogar der tapfere Tapú spürte, daß seine Selbstsicherheit ins Wanken geriet.

»Wir werden da herauskommen«, bedeutete ihm Miti Matái dennoch eines Tages. »Du mußt Vertrauen haben. Zwar steht für mich fest, daß ich es nicht mehr erleben werde, doch bin ich überzeugt, daß Tané sich euer erbarmen und ihr in die Heimat zurückkehren werdet.«

Es verging eine ganze Woche, ohne daß sich etwas änderte, aber als der Wächter im Bug eine Schildkröte entdeckte, bedeutete dies offenbar, daß Tané sich der »Marara« erbarmte. Die Schildkröte schwamm an der Wasseroberfläche dahin. Sofort befahl Miti Matái, ihr zu folgen, um herauszufinden, ob sie einen bestimmten Kurs verfolgte. Zuletzt ließ er das Netz am Bug ins Wasser werfen und in entgegengesetzter Richtung rudern, bis es ihnen gelungen war, das Netz unter der Schildkröte durchzuziehen, noch bevor sie merken konnte, was da vor sich ging. »Zieht sie hoch!« schrie er.

Die Männer gehorchten, und sobald die Schildkröte mit dem Rücken auf Deck lag und mit den Beinen in der Luft strampelte, griff der »Große Seefahrer« ihr unter den Panzer, tastete sie ab und lächelte auf einmal zufrieden. »Genau wie ich es vermutet habe, als ich die Art und Weise beobachtet habe, wie sie sich fortbewegt«, sagte er. »Es handelt sich um ein Weibchen, das eine Menge Eier bei sich trägt. Sie ist auf der Suche nach einem Strand, an dem sie ihre Eier ablegen kann. Dank ihrem Instinkt weiß sie, wo er ist, mag es noch so neblig sein.« Er wies in die Richtung, in die sich das Tier bewegte, nachdem sie es wieder ins Wasser gelassen hatten. »Alle Mann an die Ruder!«

Die Männer legten sich ins Zeug und ruderten nun mit doppeltem Eifer. Als die Nacht hereinbrach, vernahmen sie plötzlich unzählige Stimmen von Vögeln, die über ihren Köpfen ihre Kreise zogen. Gegen drei Uhr morgens drang der Duft von feuchter Erde zu ihnen, und kurz darauf tauchte die Silhouette eines langgestreckten Korallenriffs vor ihnen auf.

Miti Matái zog es vor, das Morgengrauen abzuwarten, bevor sie sich auf die Suche nach einem Eingang in die Lagune machten. Nachdem er sich noch einmal vergewissert hatte, daß alles in Ordnung war, lehnte er den Kopf gegen den Heckmast, schloß die Augen, und zum ersten Mal seit vielen Tagen schlief er fest und ohne Unterbrechung, bis im Osten das erste Morgenlicht zu sehen war.

Die Insel, die sie erreicht hatten, bestand aus einem Vulkankegel, während die Korallen einen weiten Ring um ihn bildeten. Von menschlichen Wesen war keine Spur zu sehen. Roonuí-Roonuí sandte vier Späher an Land und gab zweien von ihnen den Befehl, auf der höchsten Erhebung Wache zu halten. »Und hinterlaßt keine Spuren eurer Fußabdrücke«, schloß er. »Miti Matái hält es für sehr wahrscheinlich, daß die Te-Onó hier aufkreuzen, und es wäre schlecht, wenn sie entdeckten, daß wir hier gewesen sind.«

»Weshalb glaubst du, daß sie kommen werden?« wollte Chimé vom »Großen Seefahrer« wissen. »Dies ist doch nichts anderes als eine einsame Insel.«

»Für dich mag es so sein«, lautete die Antwort. »Aber ich bin mir sicher, daß die Te-Onó sie sehr gut kennen.«

»Was bringt dich auf diesen Gedanken?«

Miti Matái wies auf die zahlreichen Spuren, die am Sandstrand zu erkennen waren und die vom Rand des

Wassers etwa acht oder zehn Meter landeinwärts reichten. »Schau dir diese Spuren genau an!« sagte er. »Die Schildkröten, die zum Laichen hierherkommen, haben sie hinterlassen. Es sind viele, nicht wahr? Was sagt dir das?«

»Daß es hier in der Nähe nicht allzu viele Inseln gibt, auf denen sie ablaichen können.«

»Richtig«, bestätigte Miti Matái. »Diese ist eine von wenigen, und die Te-Onó müssen das wissen, denn sie befindet sich noch innerhalb ihres Ersten Kreises. Da sie ausgezeichnete Seefahrer sind, wird ihnen klar sein, daß sie ihre Schiffe zum Trocknen an Land ziehen müssen, wenn sie vermeiden wollen, daß die Niho-Nuí sie in kürzester Zeit auf Grund setzen. Ihr braucht euch also nicht zu wundern, wenn unsere Freunde jeden Augenblick auftauchen!«

»Und was werden wir dann tun?« fragte Tapú. »Sie sind doch in der Überzahl!«

»Darüber muß ich nachdenken«, war die scherzhafte Antwort. »Doch solange ihr schwatzt, kann ich es nicht.«

Sie ließen ihn daher in Ruhe nachdenken, und als sie aus dem Schiff gestiegen waren und um die ganze Insel gingen, deutete der »Große Seefahrer« auf eine winzige Insel, die höchstens siebzig Meter breit war und in einem entlegenen Winkel des Riffs lag. »Dort werden wir uns verstecken«, sagte er.

»Auf dieser kleinen Insel?« staunte Roonuí-Roonuí. »Dort hat doch die ›Marara‹ gar keinen Platz, außerdem kann sie dort jeder sofort sehen.«

»Das ist ja genau das, was ich will«, war die Antwort. »Die Te-Onó werden niemals auf die Idee kommen, daß sich an einem so winzigen Fleck ein so großes Schiff verbergen könnte.«

»Und wie willst du das erreichen?« fragte ihn der andere ironisch.

»Indem wir es abtakeln«, erklärte Miti Matái. »Sie suchen nach einem großen Katamaran, doch wir werden einen Rumpf auf einer Seite verstecken und den anderen auf der anderen Seite.«

Sie machten sich also an die Arbeit. Das Schiff wurde an den Strand gezogen, damit der Schreiner und seine Gehilfen beide Rumpfteile von dem großen Deck abmontieren konnten.

Inzwischen hoben die übrigen Männer zwei lange Gräben aus, die fast vier Meter breit und zwei Meter tief waren, so daß, als sie die Schiffskörper hineinlegten, diese kaum anderthalb Meter über den Sandboden hinausragten. Zuletzt hoben sie ein geräumiges Versteck aus und legten das Schiffsdeck hinein. Zur Tarnung warfen sie Erde darauf und bepflanzten sie mit Sträuchern, die überall wucherten. Als sie schließlich mit ihrem Werk zufrieden waren, hätte man glauben können, der riesige Katamaran samt seiner Besatzung sei wie durch Zauber von der Bildfläche verschwunden.

Die Besatzung begutachtete genau zum richtigen Zeitpunkt die Schäden, die die schrecklichen Bohrwürmer angerichtet hatten. Auch wenn ihr Ausmaß noch nicht katastrophal war, so wäre es das nach zwei weiteren Wochen auf offener See bestimmt geworden.

Die widerlichen Schnecken waren bereits vier Zentimeter lang und einen Zentimeter dick. Angesichts der Unmengen von Löchern, die man von außen zählen konnte, wurde ihnen klar, wie nahe sie der Gefahr gewesen waren, mitten auf dem Ozean Schiffbruch zu erleiden.

Miti Matái wußte, daß Luft, Wärme und der Mangel an

Feuchtigkeit die Todfeinde der Niho-Nuí waren, so daß die Schädlinge in knapp vierundzwanzig Stunden wie reife Früchte herabfallen würden. Vögel, die einen ungeheuren Appetit auf so widerwärtige Happen zu haben schienen, würden sich über sie hermachen.

Und tatsächlich kam eine vielköpfige Finkenfamilie angeflogen und hackte mit ihren langen, scharfen Schnäbeln geschickt in die Löcher hinein. Dabei störte sie die Anwesenheit der Besatzung nicht.

Der Schreiner stopfte das Mittelteil des Decks mit kleinen Holzkegeln zu, und seine Gehilfen bestrichen danach die Schiffskörper mit einer Mischung aus dem Harz des Pandanús-Baumes und dem Gift der stachligen Nohús, die die Frauen in der Lagune angelten. Diese Maßnahme sollte verhindern, daß sich für die Dauer eines Monats neue Larven des Bohrwurms an der »Marara« festsetzten. Bis dahin, so glaubte der Kapitän, würden sie Gewässer erreicht haben, in denen dieser zerstörerische Feind weniger zahlreich vorkam.

Prinzessin Anuanúa hatte sich in den hintersten Winkel der Insel zurückgezogen. Dort verbrachte sie, das Gesicht dem offenen Meer zugewandt, die Stunden im Schatten einer Palme und betrachtete den Ozean, als hoffte sie, daß irgendwann das rettende Schiff Oktars auftauchte.

Sie schien um Jahre gealtert, ihre Lider waren gerötet, ihre Augen blutunterlaufen. Ihr Bauch begann plötzlich auffallend rund zu werden, so als ob sich das Kind in ihr im Eiltempo entwickelte.

Sie sprach kaum noch mit Vahíne Tiaré, wenn diese ihr das Essen brachte. Statt dessen flüsterte sie die ganze Zeit mit ihrem Kind.

»Vielleicht sollte Miti Matái sie hier lassen«, meinte Vetéa Pitó mit deutlichem Groll.

»Und was ist, wenn die Te-Onó tatsächlich kommen und sie finden?« wollte Tapú wissen.

»Von mir aus sollen sie ruhig kommen!« lautete die Antwort.

»Das wäre aber gefährlich«, gab sein Freund zu bedenken. »Nicht nur für uns, sondern vor allem für Bora Bora. Anuanúa ist wie verhext durch diesen Oktar, er hat sie regelrecht zu seiner Sklavin gemacht. Ist dir klar, was es bedeuten würde, sie den Händen derer zu überlassen, deren Insel wir vernichtet, deren Angehörige wir getötet haben und die Bora Bora so gut kennen?« Er schüttelte mehrmals den Kopf. »Wir würden keine Nacht mehr ein Auge zutun.«

»Daran habe ich nicht gedacht«, räumte der Taucher nachdenklich ein. »Vielleicht hast du recht.«

»Ich habe recht«, sagte Tapú hartnäckig. »Hiro Tavaeárii hat mich gelehrt, daß dein ärgster Feind gewöhnlich dein eigen Fleisch und Blut ist. Für Bora Bora würde das bedeuten, daß sein schlimmster Feind seine eigene Königin wäre.«

»Was hat Miti Matái mit ihr vor?«

»Ich weiß es nicht«, gestand der Junge. »Ich glaube, daß er es auch nicht weiß. Was ich weiß, ist, daß er mich gebeten hat, sie nicht nach Bora Bora zurückkehren zu lassen.«

Der andere sagte übelgelaunt: »Wenn wir sie nicht nach Bora Bora bringen sollen, sie aber auch nicht den Te-Onó überlassen oder ins Meer stoßen dürfen, was zum Teufel sollen wir dann mit ihr anfangen?«

»Sie Tané anvertrauen.«

»Was soll das heißen?« wollte Vetéa Pitó leicht gereizt wissen. »Tané vertraut man doch nur die Toten an.«

»Anuanúa ist bereits tot«, war die verblüffende Antwort. »Und zwar so tot, als würde ihr Körper seit einer Woche verwesen.«

Nach drei Tagen war die »Marara« frei von Bohrwürmern. Der Rest, der nicht abgefallen oder von den Vögeln herausgezogen worden war, war im Inneren des Decks krepiert. Dennoch war der Schreiner der Ansicht, daß sie noch mindestens vierundzwanzig Stunden benötigten, bis die Harzschicht, die sie auf die Schiffsrümpfe aufgetragen hatten, getrocknet sei und man wieder in See stechen könne.

»Mit jedem Augenblick, den wir länger auf der Insel verbringen, riskieren wir mehr«, wandte Roonuí-Roonuí ein. »Es wäre lächerlich, es mit Hunderten von Kriegern aufnehmen zu wollen.«

»Es wäre noch schlimmer, wieder von dem ›Großen Zahn‹ angegriffen zu werden«, erwiderte ihm Miti Matái. »Die Rümpfe sind sehr schwach, und es werden viele Monate vergehen, bevor wir in Bora Bora ankommen.«

Um Mitternacht des folgenden Tages zogen die letzten Wolken ab, der dichte Nebel, der die Sicht stark eingeschränkt hatte, löste sich auf, und der zunehmende Mond stieg an einem klaren Himmel auf.

Ein Fest wurde veranstaltet, und sie sangen und tanzten. Es gab ein üppiges Mahl im Schein eines Feuers, das aber vom offenen Meer aus nicht zu sehen war. Zum ersten Mal seit langer Zeit hegten die Frauen und Männer die Vorstellung, die Götter seien bereit, ihnen zu einer sicheren Heimkehr zu verhelfen.

Tapú bemerkte dennoch, daß Miti Matái die allgemeine

Begeisterung nicht teilte. Er zog sich in einen Winkel am Strand zurück.

Am folgenden Morgen berief Miti Matái eine Versammlung ein, und als alle mit Ausnahme von Prinzessin Anuanúa auf dem Sand Platz genommen hatten, sagte er: »Gestern abend habe ich über unsere Situation nachgedacht und darüber, was geschehen wird, wenn wir nicht wieder lossegeln. Es ist möglich, daß die Te-Onó uns mitten in dieser Ruhe aufspüren und uns, ohne mit der Wimper zu zucken, niedermetzeln. Oder aber sie verfolgen uns bis nach Bora Bora, um uns dort anzugreifen und abzuschlachten.«

»Das sind Risiken, die wir in Kauf nehmen müssen«, wandte Roonuí-Roonuí ein. »Welche Wahl haben wir sonst?«

»Uns ihnen in den Weg zu stellen, wo sie es am wenigsten vermuten«, war die Antwort. »Keine Verfolgungsjagden mehr.«

»Uns ihnen in den Weg stellen?« wiederholte der andere. »Wo denn?«

»Hier. Auf dieser Insel.«

»Hier?« rief Roonuí-Roonuí. »Bist du verrückt geworden? Wir hätten nicht die geringste Chance, mit ihnen fertig zu werden! Wir wären einer gegen vier!«

»Ich weiß«, räumte der »Große Seefahrer« ein. »Aber mir ist eine Idee gekommen, wie wir dieses verdammte Volk von der Bildfläche verschwinden lassen können. Wir können sie vernichten!«

»Alles wird gut werden, wenn ich tot bin«, sagte Miti Matái eines Nachts zu seinem Lieblingsschüler. Er hatte in seiner Himmelsbeobachtung innegehalten, die er wieder einmal dazu nutzte, Tapú den Weg zurück nach Bora Bora zu zeigen, so als ob er die Route auf einer Seekarte aufzeichnete. »Wenn du zurückgekommen bist, kannst du verlangen, daß man dir die Sterne und Sternbilder tätowiert. Du wirst sie brauchen, um deinen Standort zu bestimmen, wenn du einst ein ›Großer Seefahrer‹ sein wirst. Aber sorge dafür, daß du niemals über den Vierten Kreis hinausgelangst, damit nicht der Zorn Tanés dein Schiff trifft.«

»Auch du wirst zurückkehren«, antwortete Tapú ein weiteres Mal, der nur zu gerne an seine eigenen Worte geglaubt hätte. »Nicht einmal Tané wird es wagen, den besten Seemann zu töten, der jemals die Ozeane durchpflügt hat.«

»Ein Seemann wird nur dann richtig gut, wenn er alle Gesetze des Meeres achtet«, lautete die Antwort. »Präge dir das gut ein! Das Meer ist ein Gott, dem du Gehorsam schwörst. Dafür läßt er zu, daß du auf seiner Haut am Leben bleibst – bis zu dem Tag, an dem er beschließt, daß du ein Teil von ihm werden sollst. Ist er mit deinem Verhalten zufrieden, dann führt er dich zu seinem Herzen, wo du ein glücklicher Seefahrer sein wirst. Ist er aber unzufrieden mit dir, so wird er dich in die tiefsten Regionen seiner eisigsten Eingeweide schicken, dorthin, wo die Riesenkraken und Seeschlangen leben ... Was zählt, ist nicht, wie und wann du stirbst, sondern wohin du gelangst, wenn du einmal tot bist.«

»Und du hast keine Angst?« fragte Tapú.

»Angst? Weshalb sollte ich Angst haben?«

»Du hast recht. Du bist gesund und noch immer gut bei Kräften. Außerdem erwarten dich in Bora Bora deine Frau und deine Kinder.«

»Sie erwarten mich nicht mehr«, antwortete Miti Matái

mit ruhiger Stimme. »Seit das Schiff ausgelaufen ist, ist ihnen klar, daß ich niemals zurückkehren werde. Sie haben sich damit abgefunden, denn sie wissen, daß dies das Schicksal ist, das Tané für mich bereithält.« Er machte eine wegwerfende Handbewegung, als verscheuchte er eine Fliege, die ihn belästigte. »Aber laß uns nicht länger über mich sprechen, sondern über dich«, fuhr er fort. »Was hast du vor, wenn du in Bora Bora ankommst?«

»Ich werde bei dem großen Vatau von Moorea in die Schule gehen, sofern er noch lebt und mich als Schüler annimmt.«

»Und was ist mit Maiana?«

»Ich weiß es nicht«, gestand Tapú freimütig. »Es ist möglich, daß mir die Knie anfangen zu zittern, wenn ich sie wiedersehe, daß ich alle guten Vorsätze vergesse und mich wieder dafür entscheide, um sie zu kämpfen. Doch jetzt denke ich, es ist besser, sie zu vergessen. Vetéa Pitó wäre ein guter Ehemann für sie, und er verdient sie mehr als jeder andere.«

»Wäre ich Maiana, so würde ich mich für dich entscheiden.«

»Ich glaube nicht, daß es einer Frau wichtig ist, daß ein Mann über Sterne Bescheid weiß, vielmehr legt sie Wert darauf, daß er sich in ihr auskennt. Und sowohl Vetéa Pitó als auch Chimé würden ihr wesentlich mehr Aufmerksamkeit schenken, als ich es könnte.« Tapú deutete auf den sternenübersäten Himmel. »Sie hätte zu viele Rivalinnen ... Hunderte von Rivalinnen!«

»Ich verstehe dich besser als ein anderer, denn mir erging es genauso«, räumte Miti Matái ein. »Ich glaube, daß ich Tupaia im Grunde niemals die Aufmerksamkeit zukommen ließ, die sie verdient hat. Denn wenn es uns wichtig ist,

Weisheit über Dinge zu erlangen, die weit entfernt sind, werden wir blind für die Dinge, die uns nahestehen. Ich möchte dich nicht beeinflussen, doch wie es aussieht, hast du vor, in meine Fußstapfen zu treten; versuche dann aber zumindest, nicht dieselben Fehler zu begehen wie ich. Heirate nicht, bevor du nicht alles über das Meer erfahren hast.«

»Es wird mir nie gelingen, alles über das Meer zu wissen«, meinte der Junge.

»In dem Fall solltest du überhaupt nicht heiraten«, riet ihm sein Lehrmeister.

Dies war das letzte Mal, daß Tapú und Miti Matái unter vier Augen miteinander sprachen.

Tapú verliebte sich jetzt wirklich in die Sterne und in den Ozean. Diese Liebe überdauerte jede andere Leidenschaft. Denn das Gefühl der Bedeutsamkeit, das der Junge bei der stundenlangen Betrachtung des sternklaren Himmels empfand, ließ sich nicht annähernd mit jenem kurzen Feuer der Leidenschaft vergleichen, das er verspürte, wenn er mit einer Frau zusammen war, auch mit der schönen und feurigen Maiana.

Bora Bora hatte jetzt einen neuen »Großen Seefahrer«, auch wenn es noch Jahre dauern sollte, bis er diesen Titel mit vollem Recht tragen durfte. Für Tapú selbst stand fest, daß er niemals den Ruf und das Wissen seines Lehrmeisters erlangen würde.

Drei Tage zuvor hatte Miti Matái sich darauf beschränkt, seinen Leuten zu sagen, was sie tun sollten. Doch der Ton seiner Stimme ließ erkennen, daß es eher Ratschläge als Befehle waren, als wollte er damit sagen, daß die Zeit, da er das Kommando innegehabt hatte, nun der Vergangenheit angehörte.

Tané mußte ihm seine letzte Botschaft gesandt haben.

Nachdem er sich vergewissert hatte, daß sie gegen die Te-Onó gewappnet waren, zog sich Miti Matái in den entlegensten Winkel der Insel zurück, wo er viele Stunden damit verbrachte, mit seinem Gewissen ins reine zu kommen. Er bereitete sich auf den Zeitpunkt vor, da die Götter ihn zu sich rufen würden.

Er wußte zu gut, daß diese verlorene Insel die Grenze zwischen dem Vierten und dem Fünften Kreis markierte und daß es ihm versagt war, von ihr fortzugehen.

Da er zu der Überzeugung gelangt war, daß Tapú zusammen mit dem einäugigen Steuermann das Schiff nach Bora Bora zurückführen würde, mußte er seine Aufgabe auf dieser Welt für beendet erklären.

»Es kann nicht mehr lange dauern, bis die Te-Onó kommen«, versicherte Chimé ein ums andere Mal. »Wenn sie so gute Seefahrer sind, wie Miti Matái stets behauptet, dann werden sie bald eintreffen ... Und wenn sie das nicht tun, werden sie bald auf dem Meeresgrund liegen.«

»Es ist doch möglich, daß sie noch immer der Spur des Kürbisses folgen«, gab Vetéa Pitó zu bedenken.

»Inzwischen müßten sie ihn entweder eingeholt oder völlig aus den Augen verloren haben«, lautete die Antwort. »Sie werden schon noch kommen! Ich ahne es!«

Vom ersten Tageslicht an bis Sonnenuntergang blieben dreißig Augenpaare auf den Horizont gerichtet. Bei Einbruch der Dunkelheit nahmen zwar alle unter dem Deck der »Marara« Zuflucht, aber vier Wachtposten gaben acht, ob vom offenen Meer her etwas zu hören war.

Schließlich gab Miti Matái nach über einer Woche seine Zurückgezogenheit auf und kehrte zurück. »Es ist sehr wahrscheinlich, daß sie morgen kommen«, sagte er.

»Warum?« fragte Roonuí-Roonuí.

»Weil in den nächsten drei Tagen Vollmond sein wird und sie wissen, daß wir dann nicht gerne auf dem Meer sind.« Miti Matái lächelte, als machte er sich über die Absichten seiner Feinde lustig. »Sie werden mindestens einen Tag benötigen, um ihre Schiffe an Land zu ziehen und sie zu verstecken. Denn selbst wenn ihre größte Sorge die Niho-Nuí sind, werden sie die Gelegenheit nutzen wollen, uns eine Falle zu stellen – für den Fall, daß wir hier vorbeikommen.«

»Und wenn sie merken, daß wir bereits da sind?«

»Dann werden sie uns über die Klinge springen lassen und uns das Herz aus dem Leib reißen.« Miti Matái sah einen nach dem anderen an. »Deshalb ist es wichtig, daß auf der Insel keine Spur unseres Aufenthalts zu entdecken ist. Nichts! Es geht um unser Leben! Denkt also scharf nach, ob ihr irgend etwas zurückgelassen habt, das uns verraten könnte. Diese Wilden sind ausgezeichnete Jäger und daran gewöhnt, die Fährte ihrer Opfer zu verfolgen.«

In jener Nacht tat auf dem kleinen Eiland fast niemand ein Auge zu. Die Männer hatten nicht allzu große Mühe, die Insel zu säubern, so als hätte sie während der letzten zehn Jahre niemand betreten.

Es waren noch zwei Stunden bis zum Morgengrauen, als einer der Wachtposten sie weckte und mit heiserer Stimme flüsterte: »Sie sind da!«

Miti Matái gab Chimé mit wenigen Worten zu verstehen, er möge Anuanúa schleunigst fesseln und knebeln, damit sie die Ankömmlinge nicht auf sich aufmerksam machen konnte.

Da noch immer Dunkelheit herrschte und die feindlichen Schiffe über einen Kilometer entfernt waren, erlaubte der »Große Seefahrer« seinen Leuten, sie zu beobachten. Manch einer war tief beeindruckt zu sehen, wie sie im Schein des untergehenden Mondes näherkamen.

Noch war nicht mehr zu erkennen als zwei Flecken, die langsam auf dem Meer dahinglitten, doch Tapú konnte nicht umhin, sie für zwei riesige Spinnen mit endlos langen Beinen zu halten, die es eilig hatten, im Schutz der Dunkelheit über ihre ahnungslosen Opfer herzufallen.

Den Jungen überkam ein unbezwinglicher Drang davonzulaufen. Aber er war wie hypnotisiert von der Nähe der blutdürstigen Feinde, die, ohne zu zögern, seine Eingeweide verschlingen würden, sollte es ihnen gelingen, ihn zu fassen.

Die beiden riesigen Schiffe kamen unerbittlich näher. Diejenigen, die auf der kleinen Halbinsel ausharrten, waren sich bewußt, daß sie ihnen während der folgenden Stunden ausgeliefert sein würden, da der »Fliegende Fisch« abgetakelt war und halb im Sand vergraben lag. Es bestand nicht einmal mehr die Möglichkeit, sich durch eine überstürzte Flucht zu retten.

Sollten die »Barracudas« sie entdecken, dann würde das ihren baldigen Tod bedeuten. Und sie würden nicht nur getötet, sondern auch aufgefressen.

Der Mond schickte einen letzten Gruß, um dann zu verschwinden – so als fürchtete er, Zeuge der bevorstehenden Ereignisse auf dieser verlorenen Insel im Pazifik zu werden. Ein Flüstern ging von Mund zu Mund, alle sollten sich schleunigst in das Versteck zurückziehen.

Niemand widersetzte sich dem Befehl, und als schließlich der Tag anbrach, steckte auch der letzte im Inneren der tiefen Grube, die sie mit dem Schiffsdeck zugedeckt hatten.

Den Eingang hatten sie zugenagelt; somit konnten sie nur durch schmale Ritzen erkennen, was sich draußen abspielte. Auf diese Weise nahmen sie an der Ankunft der Schiffe am westlichen Ufer teil, an der Landung von etwa dreißig Kundschaftern, die die Insel Stück für Stück durchkämmten, die Äste des Dickichts entwirrten und zwei tiefe Öffnungen schlugen, um ihre Schiffe darin verschwinden zu lassen.

Gelegentlich drangen, wenn auch unverständlich, die Befehle des herkuleshaften Oktar an ihre Ohren, obwohl er noch weit entfernt war. Später vernahmen sie die rauhen Stimmen der Te-Onó.

Auf dem höchsten Punkt der Insel konnte man ganz deutlich zwei Wachtposten erkennen, die ununterbrochen zum Horizont spähten. Tapú fragte sich, was wohl geschehen mochte, wenn sie den Verdacht schöpften, daß es mit der nahen Halbinsel etwas Merkwürdiges auf sich hatte, und einer von ihnen sich dazu entschließen sollte, dort einmal nachzusehen.

Es wurde ein langer und anstrengender Tag, vor allem für die Te-Onó. Bereits am Nachmittag hätte man Mühe gehabt herauszufinden, daß sich zwischen den Palmen und den Pflanzen, die am Rand des breiten Weststrandes wucherten, ihre beiden Schiffe verbargen.

Zugleich war es aber auch ein beklemmender Tag für die Männer und Frauen, die sich schweißgebadet unter dem Sand der Halbinsel zusammendrängten und beinahe erstickten, da die Luft durch die Ritzen nicht durchdringen wollte.

Niemand schlief, aß oder trank, obwohl sie wie ausgetrocknet waren. Die Angst sorgte dafür, daß sie selbst ihre dringendsten körperlichen Bedürfnisse vergaßen.

Die letzten Abendstunden waren die bittersten für die Besatzung des »Fliegenden Fisches«: Ihr Versteck war mittlerweile ein stinkender Ofen. Endlich tauchte die Sonne in den Ozean ein und machte den ersten Schatten Platz.

»Seid ihr bereit?« flüsterte Miti Matái.

Alle waren bereit. Schon seit Stunden, seit Tagen, denn jeder von ihnen hatte im Geist bereits tausendmal jede kleinste Bewegung vollführt, die er ab diesem Zeitpunkt ausführen mußte.

Ohne ein Wort zu sagen, schlichen die Männer und Frauen bis zu der Stelle, an der der Steuerbordrumpf der »Marara« vergraben war. Nachdem sie leise die darüberstehenden Sträucher entfernt hatten, zogen sie den Rumpf zum offenen Meer hin, in Richtung der anderen Seite der Lagune und des Korallenriffs.

Fast eine Stunde später, als der erste Schiffskörper mit dem halben Kiel ins Wasser ragte und die andere Hälfte auf dem Sand lag, kehrten sie zurück, um das zweite Rumpfteil zu holen. Als beide Rumpfteile am Rand des Wassers nebeneinanderlagen, befreiten sie das Deck von seinem Mantel aus Erde und Sträuchern und trugen es fast im Flug herbei, damit der Schreiner und seine Gehilfen es annähen konnten. Dabei kam ihnen das Licht der ersten Sterne zu Hilfe, die am Himmel funkelten.

Im Augenblick konnte man nicht viel mehr tun, denn bald würde der riesige Vollmond am Horizont erscheinen, und zu dem Zeitpunkt sollten sie schon über alle Meere sein.

Roonuí-Roonuí, Chimé und vier weitere Krieger, deren Körper andeutungsweise mit den Tätowierungen der Te-Onó bemalt waren, blieben an Land zurück. Alle übrigen halfen den Frauen beim Besteigen des Schiffes, unter anderem auch der gefesselten Anuanúa. Sie schoben das Schiff an und kletterten an Bord, um loszurudern.

Sobald sie außer Sichtweite waren, stürzten sich Roonuí-Roonuí und die Krieger mit Ausnahme Chimés kopfüber in ein Behelfsboot, das sie im Gestrüpp versteckt hatten. Dann ruderten sie auf die Insel zu, wobei sie nichts anderes zu Hilfe nahmen als ihre Hände.

Chimé blieb allein auf der Halbinsel zurück.

Noch bevor das Boot die Küste erreichte, ging der gelbe Mond auf. Roonuí-Roonuí und seine Männer mußten sich daher beeilen, sich im Dickicht zu verstecken, bevor er die ganze Lagune erhellte.

Miti Matái vergewisserte sich sorgfältig, daß sein Schiff fahrbereit war. Dann befahl er den Ruderern, ohne Eile bis zum Eingang der Lagune zu rudern, die genau hinter jener lag, auf der die Boote der Te-Onó versteckt waren.

Da der Mond sie voll beleuchtete, war die »Marara« für die Wachen auf dem Berggipfel schon bald sichtbar. Diese konnten ihre Schadenfreude nicht verbergen, als sie feststellten, daß ihre Feinde offenbar das Mondlicht dazu nutzen wollten, ihre Schiffe von den gefräßigen Niho-Nuí zu befreien.

Es war also eingetreten, was ihr scharfsinniger König vorausgesagt hatte; und hier waren sie also, und sie, die Te-Onó, erwarteten sie.

Oktar und sein Stellvertreter stiegen auf einen Hügel, von dem aus sie die Ostküste überblicken konnten. Von dort war es für sie leichter mitzuverfolgen, wie sich der Katamaran dem Barrierenriff näherte.

Insgeheim betete jeder Te-Onó zu den Göttern, daß ihre Feinde mühelos den Eingang in die Lagune fänden. Und die Götter gewährten ihnen den Wunsch, denn nach einigen unsicheren Versuchen tauchte die »Marara« in ruhige Gewässer ein und näherte sich dem großen Strand an der Ostküste.

König Oktar sah sich vor zwei Möglichkeiten gestellt: entweder seine Boote flottzumachen, um mit ihnen die Ausgänge der Lagune zu blockieren und den »Fliegenden Fisch« darin einzukesseln, oder seine Krieger im dichten Wald aufzustellen, der den Strand umgab. So hätten sie sofort über ihre Feinde herfallen können, sobald diese den Strand betraten.

Er prüfte den Stand des Mondes, berechnete die Zeit, die ihm blieb, und kam zu dem Schluß, daß die Zeit gegen ihn arbeitete. Der Mond würde verschwinden, lange bevor er die schweren Katamarane aus ihrem Versteck holen, auf den Sandstrand ziehen und sie zum Angriff rüsten konnte. Er mußte bedenken, daß der Erfolg eines solchen Angriffs von den Kräften der Ruderer abhing, die bis dahin sicher völlig erschöpft waren.

Es bestand außerdem die große Gefahr, daß die feindlichen Späher ihr Vorgehen bemerkten und ihnen so genügend Zeit blieb zu fliehen.

Im Augenblick blies jedoch überhaupt kein Wind. Oktar beschloß, eine Seeschlacht mit ungewissem Ausgang vorerst nicht zu wagen. Vielmehr schwebte ihm ein Überfall an Land vor. Er befahl daher seinen Leuten, sich lautlos am Strand zu verteilen und die Kundschafter der »Marara«, sollten sie an Land gehen, ungehindert passieren zu lassen.

Chimé, der auf der nun einsamen Halbinsel vor einem Haufen Laub und verdorrten Zweigen hockte, heftete seinen Blick weiterhin fest auf das Ufer der Westküste und wartete gespannt auf einen Hinweis, daß die Te-Onó ihre

Boote zu Wasser ließen. Sein Auftrag war ebenso einfach wie gefährlich: das aufgehäufte Laub anzuzünden und auf diese Weise einen Waldbrand zu entfachen, der mit seinen weithin sichtbaren Flammen für die Leute der »Marara« das Signal war, sich sogleich auf die Flucht zu machen.

Das Feuer würde gleichzeitig Roonuí-Roonuí und seine vier Gefährten alarmieren, die unverzüglich zur Halbinsel zurückkehren würden, damit der Katamaran sie an Bord nehmen konnte.

Dies war also der Fluchtplan, den Miti Matái entwickelt hatte, um zu verhüten, daß sie im Inneren der Lagune von Schiffen eingekesselt wurden, die viel größer und stärker als ihres waren. Dennoch hegte er die Überzeugung, daß der schlaue Oktar eher dazu neigte, ihnen eine Schlacht auf dem Land zu liefern.

Wenig später beschloß er, Oktar in dieser Hinsicht Vorschub zu leisten, denn er wies die Ruderer an, sich der Küste zu nähern, bis sie nur noch hundert Meter vom Strand entfernt waren.

Das heikle Manöver bedeutete, daß sie sich in die Reichweite der Lanzen der Te-Onó begaben. Doch schon bald stellte sich heraus, daß diese es vorzogen, sich weiterhin zwischen den Palmen, die am Ufer wuchsen, versteckt zu halten.

Oktars Leute wurden nervös. Obendrein mußten sie sich ihren Zorn darüber verbeißen, daß ihre verhaßten Opfer nicht an Land gingen.

Unter dem strahlenden Licht des Mondes glaubte Oktar Prinzessin Anuanúa zu erkennen, die an den Bugmast gefesselt war. Bei ihrem Anblick mußte er sich beherrschen, um nicht vor Zorn einen überstürzten Angriff zu beginnen.

Tausendmal hatte er es in den vergangenen Tagen bereut, den Vorschlag von Anuanúa angenommen zu haben. Sie hatte ihn überredet, sie gegen die Gefangenen auszutauschen, da sie sich ganz sicher war, der gutgläubige Miti Matái werde sie, die Prinzessin, sofort zurückgeben.

Kein Te-Onó hätte es jemals gewagt, seinem König zu widersprechen, und noch weniger, ihn wie einen Sklaven an den Mast seines Schiffes zu fesseln.

Wenn er die zu fassen bekam, die seine Insel überfallen, ihre Bewohner getötet und ausgerechnet die Frau entführt hatten, die er über alles liebte und die die Mutter seines Sohnes war, wollte Oktar ihnen einen derart grausamen Tod bereiten, daß die »Männer des Gedächtnisses« sich jahrhundertelang daran erinnern würden als an die ausgetüfteltste Rache, die je stattgefunden hatte.

Kurz darauf ließen sich zwei Kundschafter von Bord des »Fliegenden Fisches« ins Wasser gleiten, um in langsamen Zügen ans Ufer zu schwimmen. Oktar spürte, wie sein Herz sich vor Freude beinahe überschlug, denn er war sicher, daß, wenn erst einmal die Späher an Land schwammen, es auch bald die übrige Besatzung tat.

Am Bug der »Marara« entging Miti Matái nichts von dem, was sich an Land abspielte, während seine Ruderer zugleich auf den Befehl warteten, ihren Takt zu beschleunigen.

Tatsächlich handelte es sich bei den Kundschaftern, die zwar zum Ufer schwimmen, jedoch beim geringsten Anzeichen einer Gefahr schleunigst umkehren sollten, um die beiden schnellsten Schwimmer von ganz Bora Bora.

Oktar hatte trotz seiner Ungeduld nicht vor, sie zu überfallen. Statt dessen befahl er seinen Leuten, sich noch besser zu verstecken, so daß die Späher keinesfalls den

Verdacht schöpften, jemand könne bei ihrer Ankunft an Land in der Nähe sein.

Wenige Minuten später ging am Horizont der Stern Antares auf. Da dies das vereinbarte Zeichen war, begannen Roonuí-Roonuí und seine Krieger ihren Marsch in Richtung des Verstecks der zwei großen Katamarane, ohne auf Wachtposten zu stoßen.

Es stand somit für sie fest, daß die Te-Onó ihre Feinde auf der anderen Seite der Insel vermuteten, an Bord eines Schiffes. Aus diesem Grund hatten sie nicht einmal einen Wachtposten aufgestellt. Ihnen war nicht der Gedanke gekommen, daß die, die sie in den Hinterhalt locken wollten, ihre Absichten bereits kannten.

Solch unvorsichtiges Verhalten übertraf die optimistischsten Erwartungen von Roonuí-Roonuí bei weitem. Während er aufpaßte, ob jemand heranschlich, machten seine Gefährten sich an die gefährliche Aufgabe, acht von jeweils zehn der zusammengeklebten Bretter, die den Bug des Katamarans bildeten, herauszuschneiden; die scharfen spanischen Messer waren ihnen dabei eine unschätzbare Hilfe.

Sie gingen bei ihrer Zerstörung so rasch und energisch vor, daß die vier Bugteile der zwei mächtigen Kriegsschiffe eine halbe Stunde später nicht einmal mehr einen kräftigen Fußtritt verkraftet hätten, ohne zusammenzubrechen. Ihr bloßer Anblick hingegen ließ nicht auf eine wesentliche Veränderung schließen.

Der Mond ging langsam unter, und am Westufer verweilten noch immer die vermeintlichen Späher, als zögerten sie, in den Wald einzudringen.

Die Te-Onó wurden allmählich unruhig.

Jetzt schwammen die beiden Kundschafter gemächlich

zum »Fliegenden Fisch« zurück, während die Truppe um Roonuí-Roonuí sich auf den Weg zu dem kleinen Floß machte.

Sobald die zwei Männer wieder an Bord waren, schnippte Miti Matái mit den Fingern. Sogleich legten sich die Ruderer in die Riemen und steuerten den Ausgang der Lagune an.

König Oktar war am Rande eines Wutanfalls, als er feststellen mußte, daß seine geliebte Anuanúa so greifbar nah gewesen war und ihm nun erneut entrissen wurde.

Er fragte sich, ob die Späher durch irgendeine Kleinigkeit, die er übersehen haben mußte, alarmiert worden waren. Jetzt bereute er, daß er die Schiffe nicht flottgemacht hatte, als noch Zeit gewesen war.

Bald darauf bemerkte er, daß die »Marara« nicht die geringste Absicht zu haben schien, sich von der Insel zu verabschieden.

Das letzte Licht des Mondes gestattete ihm mitanzusehen, wie das Schiff nicht mehr als zweihundert Meter von dem Korallenriff entfernt an der Küste entlangfuhr, um vor der im nördlichen Winkel gelegenen Halbinsel zu halten. Dort lag es bei und wartete offenbar den Anbruch des Tages ab.

Wenig später herrschte Dunkelheit über der Landschaft, und Oktar stand vor derselben Entscheidung: entweder zu bleiben, wo er war, und darauf zu vertrauen, daß die Leute von Bora Bora dieses Mal tatsächlich an Land gingen, oder die Stunden der Finsternis dafür zu nutzen, die Schiffe flottzumachen und die Feinde in einem Überraschungsangriff zu überfallen.

»Es wird sehr schwierig sein, uns zu verstecken, ohne daß uns ihre Späher bei Tagesanbruch entdecken«, meinte einer seiner Leute. »Sie hätten einen enormen Vorsprung, wenn sie sich aus dem Staub machen, während wir Zeit verlieren, um unsere Schiffe bereitzumachen.«

Sie kamen daher überein, den Überfall sofort zu beginnen. Wenige Minuten später waren fast alle Te-Onó damit beschäftigt, so schnell wie möglich und ohne einen Laut die Katamarane flottzumachen.

Roonuí-Roonuí hielt sich in unmittelbarer Entfernung der Schiffe versteckt, bis er sich ganz sicher war, daß sie angefangen hatten, sie fahrbereit zu machen. Dann schlich er sich davon, bis zu der Stelle, an der ihn seine Männer mit dem Floß erwarteten.

Lautlos rudernd erreichten sie die Halbinsel, auf der sie Chimé erwartete, um mit ihnen seewärts zum »Fliegenden Fisch« zu rudern.

»Kommen sie?« war das erste, was Miti Matái wissen wollte, als sie an Deck kletterten.

»Ja, sie kommen«, bestätigte der »Kriegsanführer« und grinste breit. »In den frühen Morgenstunden werden sie da sein.«

»Habt ihr eure Arbeit gut gemacht?«

»Ja, das haben wir.«

»Großartig!« meinte Miti Matái. »Diesmal werden sie eine unangenehme Überraschung erleben.« Er befahl seinen Ruderern, sich eine halbe Meile von der Küste zu entfernen. Dann bat er sie, eine Weile zu schlafen. »Sobald es hell wird, brauchen wir alle unsere Kräfte«, sagte er. »Alle!«

Doch in der kurzen Zeit, die bis zum Morgengrauen noch blieb, fand niemand an Bord der »Marara« auch nur für eine Minute Ruhe.

Tapú und Vetéa Pitó setzten sich zu Chimé und gratulierten ihm zu dem Mut, den er bewiesen hatte, völlig allein auf der Halbinsel zurückzubleiben, noch dazu in dem Bewußtsein, daß er vielleicht von den Te-Onó geschnappt worden wäre.

»Sie hätten mich niemals geschnappt«, widersprach der Junge. »Miti Matái hat alles bestens vorbereitet.«

»Kein Zweifel, er ist ein Genie«, bekräftigte Vetéa Pitó. »Eigentlich müßten wir ihn zum König ernennen anstelle dieser Hexe Anuanúa.«

»Miti Matái ist überzeugt davon, daß er niemals lebend nach Bora Bora zurückkehren wird«, sagte Tapú. »Und selbst wenn er zurückkäme, würde er niemals den Königsgürtel annehmen. Er ist zufrieden mit dem, was er ist.«

»Schade«, rief der Taucher. »Denn es steht fest, daß wir keinen klügeren, würdigeren und tapfereren König haben könnten.«

»Statt dessen werden wir die dümmste, niederträchtigste und verabscheuungswürdigste Königin haben«, sagte Chimé und deutete auf Anuanúa, die nach wie vor am Bug kauerte, den Blick auf die Insel gerichtet.

»Sie wird niemals Königin von Bora Bora werden«, antwortete Tapú. »Da könnt ihr sicher sein.«

»Ist dir etwas eingefallen, wie wir sie loswerden können?« fragte Vetéa Pitó hoffnungsvoll.

»Möglicherweise«, erwiderte sein Freund. »Sollte Miti Matái etwas zustoßen, was die Götter hoffentlich nicht zulassen werden, werde ich das Kommando des Schiffes übernehmen. Und in diesem Fall habe ich vor, sie auf dem erstbesten Atoll auszusetzen, auf das wir stoßen. Ich bin alle Gesetze durchgegangen: Es gibt kein Gesetz, das vorschreibt, daß jemand, der einen König auf einem Atoll aussetzt, sich in einen Hai verwandeln muß.«

Vetéa Pitó und Chimé sahen ihn skeptisch an. Schließlich sagte der erstere kopfschüttelnd: »Ich habe den Eindruck, daß du deine eigenen Gesetze erfindest. Oder du erinnerst dich nur an die, die dir gelegen kommen.«

»Ich erfinde sie nicht«, stellte sein Freund klar. »Aber Hiro Tavaeárii hat mir zu verstehen gegeben, daß die Gesetze von Menschen geschaffen wurden, und sie werden auch nur im Gedächtnis von Menschen aufbewahrt.«

»Was soll das heißen?«

»Daß die Menschen auf ebensolche Weise neue Gesetze schaffen oder die, die es schon gibt, vergessen können«, lautete die Antwort. »Mit den Gesetzen verhält es sich nicht wie mit der Sonne, dem Mond oder den Sternen, die immer da waren, sich nie geändert haben und sich auch nie ändern werden. Gesetze müssen sich den Zeiten anpassen.«

»Wir sollen uns also daranmachen, Gesetze zu lernen, um sie später zu unseren Gunsten abzuändern«, sagte Vetéa Pitó. »Dieser unverschämte Kerl erreicht doch wirklich alles, was ihm einfällt, ohne daß jemand es wagt, ihm zu widersprechen. Nur gut, daß er bloß ›Großer Seefahrer‹ werden möchte. Bei dem Unfug, den er im Kopf hat, könnte er es sogar zum König bringen.«

»Ich habe keinen Unfug im Kopf«, entgegnete Tapú ebenso ernsthaft. »Ich denke bloß nach, denn ich habe von zwei Lehrmeistern gelernt, daß nachdenken für uns die einzige Möglichkeit ist, mit denen fertig zu werden, die stärker sind als wir. Wäre Miti Matái nicht imstande, sein Gehirn so gut zu gebrauchen, dann würden uns heute diese Wilden niedermetzeln . . . Die ›Große einsame Dame‹ verschwindet gerade, bald wird es hell.«

»Frauen an die Ruder! Männer an die Waffen!«

Der Befehl des »Großen Seefahrers« brachte alle in Bewegung, denn wie Tapú es vorhergesagt hatte, kündigte sich die Morgenröte an. Als ein zartes Licht den Himmel überzog und die Insel aus der Dunkelheit hervortrat, konnten sie erkennen, wie zwei große Katamarane die Lagune verließen, einer in westlicher und einer in östlicher Richtung. Sie kamen mit großer Geschwindigkeit voran und beabsichtigten eindeutig, sie in die Zange zu nehmen.

Es war absolut windstill, und es war auch nicht zu erwarten, daß an diesem Tag noch ein Wind aufkam. Die einzige Rettung bestand darin, so schnell wie möglich zu fliehen.

Die Te-Onó kamen zusehends schneller voran. Doch dies schien Miti Matái nicht sonderlich zu kümmern. Ihm war klar, daß ihre Feinde erschöpft sein mußten, nachdem sie fast zwei Stunden lang die tonnenschweren Schiffe über den Sand gezogen hatten, und daß die Geschwindigkeit, die sie mit ihren Ruderschlägen erzielten, früher oder später nachlassen würde.

Daß sie sich so schnell ihren Opfern näherten und Oktar, der am Backbordbug des vorderen Schiffes stand, seine Leute mit Gebrüll anfeuerte, trieb die Te-Onó dazu, ihren Einsatz zu verstärken. Sie schnauften und schwitzten, waren aber überzeugt, sie würden schon bald das feindliche Schiff stürmen, die Männer erschlagen und die Frauen vergewaltigen. Der Sieg war greifbar nah.

Weniger als dreihundert Meter trennten Oktar vom Heck der »Marara«, als Miti Matái gelassen sagte: »Frauen nach draußen! Männer an die Ruder!«

Der Wechsel dauerte einige Sekunden, und während die

Frauen vor Erschöpfung auf dem Deck zusammenbrachen, griffen die Männer zu den Paddeln. Es gelang ihnen, den »Fliegenden Fisch« wie in einem jähen Satz nach vorne zu bringen und den Abstand von ihren Verfolgern wieder zu vergrößern.

Oktar brüllte vor Zorn.

Seine Krieger ruderten weiter, obwohl ihnen die Schiffe mit jedem Schlag schwerer vorkamen.

Zuerst waren es zwei, dann drei und zuletzt vier Männer, die das Wasser schöpfen mußten, das mit besorgniserregender Schnelligkeit die Schiffskörper überschwemmte. Zuerst stand es ihnen bis zu den Füßen, dann reichte es über die Knöchel, bis sie schließlich mit den Waden darin standen. Jetzt begriffen sie, daß ihre Schiffe, so sehr sie sich auch ins Zeug legten, an Geschwindigkeit verloren und schließlich ganz liegen blieben.

Oktar sprang an Deck, besah sich einen der Schiffskörper und begriff, daß er in eine teuflische Falle geraten war.

Sofort wies er seine Schreiner an, ins Wasser zu springen und von außen die größten Schäden zu reparieren. Als der erste von ihnen wieder auftauchte, schrie er: »Wir ertrinken!«

Oktar drehte sich hilfesuchend nach seinem zweiten Schiff um. Doch was er zu sehen bekam, ließ ihn erbleichen: Weniger als zweihundert Meter entfernt lag es ebenso unbeweglich da, und seine Wasserlinie drohte auf den Meeresspiegel abzusacken.

Auf dem Deck zusammengedrängt machten ihm fast fünfzig seiner besten Krieger verzweifelt Zeichen, daß er ihnen zu Hilfe kommen solle.

Die Küste war eine verschwommene Linie am Horizont.

Die »Marara« hatte angehalten, und der fassungslose König der Te-Onó konnte sehen, wie das Schiff langsam eine Kehrtwendung machte.

Während das Wasser sprudelnd in die massiven Rumpfteile seiner Schiffe eindrang, stand der bis zu diesem Augenblick als unbezwingbar geltende Oktar vor dem Rätsel, wie dies hatte geschehen können. Warum hatten die Götter seiner Vorfahren ihn so im Stich gelassen?

Die »Marara« näherte sich ohne Eile.

Das zweite seiner Schiffe, das noch stärker beschädigt war, hatte bereits starke Schlagseite. Einige seiner Leute sprangen ins Wasser, um mit letzter Kraft zu dem anderen Schiff zu schwimmen.

Ein halbes Dutzend Haie zogen in der Umgebung ihre Kreise, wenn auch keiner von ihnen angriffslustig zu sein schien.

Indes sanken sie weiter.

Die Leute an Bord des ersten Schiffes riefen denen, die sich schwimmend näherten, zu, sie sollten nicht versuchen, an Bord zu klettern. Diese unternahmen den abenteuerlichen Versuch, zur Küste zurückzuschwimmen.

Der »Fliegende Fisch« hielt in dreihundert Metern Entfernung an, seine Besatzung riß die Ruder in die Höhe und jubelte dem »Großen Seefahrer« zu.

Tapú und seine beiden Freunde führten mitten auf dem Deck einen Kriegstanz auf.

Miti Matái blieb völlig ungerührt.

Prinzessin Anuanúa stand am Bug und glich einer Sphinx.

Das zweite Schiff der Te-Onó ging unter. Die meisten Krieger mußten ins Wasser springen und klammerten sich dann an die Schiffsteile, die noch obenauf schwammen. Die

Haie, die bis dahin noch recht friedlich gewesen waren, wurden zusehends unruhiger.

»Oktar!«

Der herzzerreißende Schrei eilte über das Meer und verlor sich in der Ferne.

Tapú unterbrach seinen ausgelassenen Tanz. Er betrachtete aufmerksam die monsterhaften Wesen, die von Kopf bis Fuß mit furchterregenden Tätowierungen bemalt waren und mit einemmal ein trostloses Bild der Verzweiflung abgaben.

Ihnen war bewußt geworden, daß der Tod nahe bevorstand. Er umkreiste sie in Gestalt von spindelförmigen Körpern, ausgestattet mit gierigen Unterkiefern, in denen messerscharfe Zähne saßen. Doch was sie besonders quälte, war nicht der nahe Tod, sondern die Tatsache, daß er vor den Augen derer stattfinden sollte, von denen sie in die Falle gelockt worden waren.

Immer mehr Haie tauchten auf, als hätte sich in Windeseile die Einladung zu einem leckeren Fressen herumgesprochen. Die frechsten unter ihnen streiften bereits die Schenkel der Schiffbrüchigen.

Es war nur noch eine Frage der Zeit.

Oktars Schiff ragte nur noch wenig über das Wasser, so daß die Wellen ungehindert in die Schiffsrümpfe eindringen konnten.

Plötzlich stieß ein Mann einen markerschütternden Schrei aus: Ein Hai hatte ihm einen Fuß abgebissen.

Ein roter Fleck breitete sich um ihn herum aus. Als wäre dies das Zeichen gewesen, auf das alle nur gewartet hatten, gingen nun Dutzende von Haien zum Angriff über und richteten ein blutiges Gemetzel an.

Das Meer färbte sich rot. Wie Blitze schossen die Haie aus allen Richtungen herbei, angelockt vom Geruch des Blutes, das aus unzähligen Wunden strömte.

Tapú mußte sich die Ohren zuhalten. Er konnte die Schreie der Sterbenden nicht länger ertragen, nicht das Geräusch der Kiefer, die an den Körpern der Männer rissen.

In blinder Angriffslust prallte ein Hai gegen die Bordwand der »Marara«.

»Zurück! Zurück!« schrie Miti Matái sofort. »Laßt uns sofort von hier verschwinden, oder sie fallen auch über uns her!«

»Oktar!«

Oktar hielt sich mit einem halben Dutzend seiner Leute auf dem Schiff, das inmitten eines heftigen Sturms hin und her zu schwanken schien. Mit Hilfe eines langen Speers versuchte er, die verwegensten Angreifer zu vertreiben, die an die Oberfläche schossen, um ihn zu packen.

Schließlich versank der Katamaran, und die letzten Männer an Bord fielen ins Meer. Jetzt war es der hünenhafte Oktar, der seine Hand nach der Prinzessin ausstreckte und wie zum Abschied rief: »Anuanúa! Anuanúa!«

Ein Hai riß ihn an sich und schwamm mit ihm ins offene Meer; sein Arm war noch immer erhoben.

Wenig später war kein einziger Te-Onó mehr am Leben.

Es war ein erschütterndes Schauspiel gewesen, an das Tapú sich bis an sein Lebensende erinnern sollte. Doch noch lebhafter würde er das in Erinnerung behalten, was gefolgt war: Prinzessin Anuanúa sprang völlig unerwartet auf, ergriff, obwohl sie noch immer gefesselt war, eines der Messer, das die Krieger an Deck liegen gelassen hatten, und stieß es Miti Matái in den Bauch. Wie von allen Dämonen der Unterwelt besessen schrie sie dazu: »Mistkerl! Mistkerl!«

Roonuí-Roonuí und Chimé stürzten sich auf sie und hielten sie fest, um sie daran zu hindern, weiter auf den »Großen Seefahrer« einzustechen. Sie riß sich los, sprang kopfüber ins Meer und schrie wie wahnsinnig: »Oktar!«

Dann drängten die Haie herbei und fielen über sie her.

Der »Große Seefahrer«, der das Ende der Welt erreicht hatte, wo die Meere sich in weiße Gebirge verwandeln, der das »Unendliche Land« erahnt und sich bis ins Herz des »Unendlichen Meeres der zahllosen Inseln« vorgewagt hatte, starb zwei Tage später im Frieden mit sich und seinen Göttern.

»Gebt Anuanúa nicht die Schuld«, waren seine letzten Worte. »Sie tat nur, was Tané ihr geraten hat.« Er lächelte seinen Lieblingsschüler traurig an. »Und du, weine nicht«, bat er. »Wir wußten alle, daß niemand ein zweites Mal vom ›Fünften Kreis‹ zurückkehrt . . . So will es das Gesetz.«

Er war ganz ruhig und betrachtete, ohne sehen zu können, den Himmel, an dem sich alle Sternbilder versammelt hatten, um ihn ins Paradies zu geleiten. Tapú spürte, wie sein Herz in tausend Stücke zersprang. Denn sein Vorbild und Lehrmeister in der schwierigen Seemannskunst verließ ihn nun für immer.

Es gab keine Tränen, die einen so tiefen Schmerz hätten stillen können, es gab auch keine Worte, die über einen so unermeßlichen Verlust hätten hinwegtrösten können. Daher war das einzige, was er tun konnte, sich in den hintersten Winkel zu verkriechen.

Niemand kam, um ihn zu trösten, denn auch die anderen hatten Trost nötig. Niemand schien zu begreifen, daß er sich wie eine Waise fühlte, denn auch die anderen waren nun verwaist.

Miti Matái war tot!

Der Rausch des Sieges hatte sich plötzlich in eine bittere Niederlage verwandelt.

Miti Matái war tot!

Am folgenden Tag zimmerte der Schreiner ein kleines Boot. Darein betteten sie den »Großen Seefahrer« und schmückten das Boot mit dem gelben Königsgürtel, den Miti Matái mehr als jeder andere verdient hätte. Bei Einbruch der Dämmerung ließen sie das Boot ins Meer hinaustreiben, mit Kurs auf die untergehende Sonne. Dies war das Begräbnis, das nur die besten Seefahrer verdienten.

Tané, der Gott des Meeres, würde ihn zu seinem Vater geleiten, dem großen Taaroa, dem Schöpfer aller Dinge. Diesem würde sein anderer Sohn Oró, der Kriegsgott, einen Lobgesang darbringen auf den, der der Tapferste unter den Tapferen und der Klügste unter den Klugen gewesen war.

Taaroa würde schweigend zuhören, zufrieden lächeln, den neugewonnenen Halbgott in seinem Tempel umarmen und ihm das prächtigste Schiff übergeben, das jemals in den himmlischen Werften gebaut worden war. Hundert Schildkröten würden es ziehen. Tausend Delphine würden vor ihm herschwimmen. Eine Million Mahí-Mahís würden es umkreisen.

Miti Matái würde für immer den stillen Ozean durchpflügen, und jeden Abend würde er die Insel besuchen, auf der er geboren wurde und deren sagenumwobener Held er geworden war.

Als der Sarg des größten aller Seefahrer in der Dunkelheit verschwand und der Himmel sich mit Sternen bedeckte, suchte sich Tapú einen aus, der am stärksten funkelte und von nun an den Namen »Miti Matái« tragen sollte. Dann befragte er die Sternbilder, die auf dem Deck der »Marara« eingezeichnet waren, setzte sich mit gespreizten Beinen hin, wie es sein Lehrmeister immer getan hatte, und befahl mit heiserer Stimme: »Laßt uns nach Hause zurückkehren! Kurs Südsüdost! Kurs auf Bora Bora!«

GOLDMANN

Das Gesamtverzeichnis aller lieferbaren Titel erhalten Sie im Buchhandel oder direkt beim Verlag.

Taschenbuch-Bestseller zu Taschenbuchpreisen
– Monat für Monat interessante und fesselnde Titel –

✳

Literatur deutschsprachiger und internationaler Autoren

✳

Unterhaltung, Thriller, Historische Romane
und Anthologien

✳

Aktuelle Sachbücher, Ratgeber, Handbücher
und Nachschlagewerke

✳

Esoterik, Persönliches Wachstum und
Ganzheitliches Heilen

✳

Krimis, Science-Fiction und Fantasy-Literatur

✳

Klassiker mit Anmerkungen, Autoreneditionen
und Werkausgaben

✳

Kalender, Kriminalhörspielkassetten und
Popbiographien

Die ganze Welt des Taschenbuchs

Goldmann Verlag · Neumarkter Str. 18 · 81673 München

Bitte senden Sie mir das neue kostenlose Gesamtverzeichnis

Name: ______________________________

Straße: ______________________________

PLZ / Ort: ______________________________